James Munro

Stirb woanders, Johnny

Ein John-Craig-Abenteuer

Übersetzt von Dr. Ursula Schottelius

Ullstein Krimi

Ullstein Krimi
Lektorat: Georg Schmidt
Ullstein Buch Nr. 10383
im Verlag Ullstein GmbH,
Frankfurt/M – Berlin
Titel der englischen
Originalausgabe:
The Money That Money Can't Buy

Neuauflage des Ullstein Krimi 1214

Umschlaggestaltung & Fotorealisation:
Welfhard Kraiker & Karin Szekessy

Printed in Germany 1986
Druck und Verarbeitung:
Ebner Ulm
ISBN 3 548 10383 9

Juni 1986

Vom selben Autor
in der Reihe der
Ullstein Krimis:

Als nächster bist du dran (10382)

CIP-Kurztitelaufnahme
der Deutschen Bibliothek

Munro, James:
Stirb woanders, Johnny: e. John-Craig-Abenteuer / James Munro. Übers. von Ursula Schottelius. – Neuaufl. d. Ullstein-Krimi 1214. – Frankfurt/M; Berlin: Ullstein, 1986.
(Ullstein-Buch; Nr. 10383: Ullstein-Krimi)
Einheitssacht.: The money that money can't buy <dt.>
ISBN 3-548-10383-9
NE: GT

I

Die drei Männer im Volkswagen sprachen meistens über Schach, ein Spiel, dem sie sich mit Begeisterung hingaben. Ab und zu wandte sich die Unterhaltung dem Ballett zu, wohl auch dem Fußball — einer von ihnen hatte einen Sohn, der bald in seine Werksmannschaft aufgenommen zu werden hoffte; aber meistens sprachen sie über Schach. Die Landschaft interessierte sie nicht: Seen, verwilderter Wald, schneebedeckte Berge — all das war ihnen nichts Neues, man konnte darüber hinwegsehen. Aber Schach war anregend — und abstrakt. Es machte Spaß, über Schach zu sprechen, wenn man unterwegs war, um einen Auftrag zu erledigen. Es war schön, mit geöffneten Fenstern zu fahren, nachdem man in einem Hochseefischkutter eingeschlossen gewesen war, der sich rollend und stampfend durch den North Channel nach Whitehaven gearbeitet hatte.

Die drei Männer waren hochqualifizierte Techniker, sie waren bessere Beförderung und Unterbringung gewöhnt, aber es wäre ihnen nicht eingefallen, sich zu beschweren. Keiner von ihnen hatte volles Vertrauen zu den beiden anderen, aber jeder wußte vom anderen, daß er seine Spezialaufgabe perfekt erledigen würde.

Der Fahrer bremste am Stoppschild vor einer Hauptstraße. Auch er war wie seine Begleiter noch nie in England gewesen. Aber das KGB, der sowjetische Sicherheitsdienst, hatte sich darum gekümmert, daß er links fahren lernte, so wie es sich um alles übrige gekümmert hatte. Er wußte genau über Autobahnen und Espresso-Bars Bescheid, welche Zeitung man zu welchem Anzug »trug«, wann es angebracht war, Bier zu bestellen, und wann nur Whisky in Frage kam. Er und seine beiden Begleiter ließen sich schon seit drei Monaten die Haare von einem Friseur schneiden, der in Croydon gearbeitet hatte. Ihre Kleidung war nach und nach in Sportgeschäften in London, der Schweiz, in Inverness gekauft worden: Anoraks, schwere genagelte Schuhe, windundurchlässige Hosen, gestrickte Mützen. Ihr Kletterseil war geschmeidig und gebraucht, ihr Eispickel alt und sorgfältig gepflegt. Selbst die Sonnenbräune wirkte natürlich. Schicht um Schicht Sonne und Wind auf blasser Haut, so daß sie aussahen, als wären sie von Kindheit an mit den Bergen vertraut. Wohl blickten ihre Augen vorsichtig und blinzelten kaum, aber Bergsteiger pflegten ja vorsichtige Männer zu sein.

Bei einem Schild, auf dem: ›Keswick, 7 Meilen‹ stand, bogen sie nach links ein, fuhren weiter durch die verlassene, unberührte Landschaft des Lake Districts und sahen seine Schönheit nicht einmal.

Als Derwentwater in Sicht kam, sprachen sie immer noch von Springern und Läufern und W-Formationen. Sie schwiegen erst, als sie die kleine Stadt erreicht hatten. Der Mann neben dem Fahrer dirigierte dann den Wagen nach einer Karte, die er sich eine Woche lang eingeprägt hatte, an Hotels und Sportgeschäften vorbei, an Andenkenläden mit Schmuck und Wollsachen, Postkarten und Wasserfarben, in ein Labyrinth von Seitenstraßen hinein, die er genausogut kannte wie das Gesicht seines Sohnes, der vielleicht bald in der Werksmannschaft spielen würde. Schließlich erreichten sie ihr Ziel. Ein Volkswagenbus, der bisher zwei Parklücken besetzt gehalten hatte, reihte sich richtig ein, so daß sie Platz fanden. Vielleicht war die Wahl eines deutschen Wagens etwas gewagt für eine Aufgabe von solch internationalem Zuschnitt.

Fahrer und Beifahrer stiegen aus, der Mann auf dem Rücksitz folgte. Sie standen zusammen, streckten sich und zündeten sich Zigaretten an, englische Zigaretten, King-size mit Filter. Das Feuerzeug des Fahrers war ein englisches Fabrikat. Er könne es behalten, hatte man ihm gesagt, aber man hatte ihm kein Benzin gegeben, und Butan war zu Hause schwer zu bekommen. Der Fahrer bezeichnete mit einer Kopfbewegung ein Restaurant auf der gegenüberliegenden Straßenseite. Der Beifahrer stimmte nickend zu, aber der dritte Mann schüttelte den Kopf und setzte sich auf den Fahrersitz. Die beiden anderen überquerten die Straße in Richtung auf das Restaurant. Es war April, eine Woche vor Ostern, ein kalter Tag, Schnee lag in der Luft, und die Straße war sehr ruhig. Der dritte Mann zog sich die Handschuhe fest an und griff in den Spalt zwischen den beiden Vordersitzen. Der Eispickel war da. Er öffnete die Verriegelung der Wagentür, legte sich den Pickel auf den Schoß und beobachtete das große Schaufenster des Restaurants.

Es war ein neues Restaurant, dessen Plastikaufmachung Holz imitierte. Man bekam Eier, Speck, Frikadellen, Würste, gebackene Bohnen und Chips in riesigen Mengen, dem Riesenhunger der

Wanderer und Bergsteiger angemessen. Als Fahrer und Beifahrer eintraten, saß schon eine Gruppe junger Männer und Mädchen in einer Ecke, die bereits eine Wanderung von siebzehn Kilometern hinter sich hatten und voller Ungeduld auf den Kellner warteten. Sie konnten ihn hören, wie er langsam und in bedächtigem Englisch mit der Köchin sprach, deren Dialekt er schlecht verstand. Man hörte auch das Spritzen des heißen Fetts und das Geklapper von Steingutgeschirr. Die jungen Leute verschlangen Brot und fragten sich, ob sie wohl auch genug bestellt hatten. Lachend versuchten sie, ihre Verlegenheit darüber zu verbergen, daß sie etwas so Profanes wie Essen derart gierig herbeisehnten. Die beiden Männer neben der Tür rauchten Filterzigaretten und warteten.

Der Kellner war Chinese: jung, groß, muskulös und flink. Er trug ein hochgetürmtes Tablett und bewegte sich dennoch sicher und gewandt. Als er einen Tisch umrundete, befand er sich für etwa zwei Sekunden dem Fahrer und Beifahrer gegenüber. Der Fahrer sagte etwas in kantonesischem Dialekt. Er hatte drei Tage gebraucht, um diesen Satz richtig und genau aussprechen zu können, denn Kantonesisch fällt jedem Europäer schwer. Die Gruppe in der Ecke hörte nicht, was er sagte. Ihr verlegenes Lachen wurde lauter, da sie sich am Ziel ihrer Wünsche sahen: goldgelbe Chips, hellgelbe Eier, rosa Schinken und das knusprige Braun der Würste. Aber sie merkten, daß der Kellner erstarrte, daß sein Gesicht zunächst Erstaunen, dann Entsetzen verriet.

Und dann geriet er in Bewegung. Er warf das Tablett voll Essen — ihr herrliches, herbeigesehntes Essen — nach den beiden Männern an der Tür und tat dann noch etwas viel Verrückteres: Er kreuzte die Arme vor dem Gesicht und sprang in einem Satz durchs Fenster. Scherben regneten wie Wurfmesser auf die Gruppe in der Ecke. Eines der Mädchen schrie auf und der Beifahrer rief: »Was ist?« und stürzte dann mit dem Fahrer zur Tür. Sie liefen auf die Straße, der Volkswagenbus setzte zurück, und sie sprangen hinein. Eine halbe Minute verging, ehe einer der hungrigen jungen Leute hinauslief. Kein lebendes Wesen war zu sehen: nur ein junger chinesischer Kellner mit weißer Messejacke und schwarzen Hosen und einem Eispickel im Hinterkopf. Der hungrige junge Mann merkte, daß man sich auch mit leerem Magen übergeben konnte.

Craig fuhr nicht gerne zum Queen Anne's Gate. Das bedeutete nämlich Konferenzen und meist unnützen Papierkram und Auseinandersetzungen mit einem dicken, leicht erregbaren Mann, der nie genug Leute hatte. Er ging zum Eingang und betrachtete die Reihe der Messingschilder: Dr. H. B. Cunnington-Low, Lady Brett, Major Fuller, Rt. Reverend Hugh Bean. Keine der Klingeln unterhalb der Messingschilder funktionierte. Er drückte auf den Knopf, unter dem ›Hausverwalter‹ stand, und die Tür öffnete sich sofort. Der Mann, der sie öffnete, trug einen Overall und die brummige Höflichkeit eines Portiers zur Schau. Er war klein, muskulös, behende, ein früherer Unteroffizier der Kommando-Verbände. Soweit Craig wußte, hatte er drei Männer umgebracht. Unter dem Overall trug er einen Smith & Wesson-Revolver und ein Stoßmesser. Manchmal übte Craig mit ihm unbewaffneten Kampf. Der Verwalter haßte diese Übungen.

»Morgen, Chef«, sagte der Hausverwalter. »Der Alte ist da.«

»Wie geht's ihm?« fragte Craig.

»Komisch: Eine Zeitlang spielt er verrückt, dann wieder benimmt er sich, als ob etwas passiert sei, das er nicht für möglich hält. Danach wird er wieder verrückt.«

Craig machte Anstalten, wieder umzudrehen. »Ich wollte auch noch jemand anders besuchen«, sagte er.

»Ich soll Sie auf jeden Fall hereinbringen«, sagte der Verwalter. »Und Sie möchten warten.«

Craig seufzte und ging die Treppen zu seinem Büro hinauf. Der Verwalter blickte finster. Er haßte es, wenn er Craig eine schlechte Nachricht ausrichten mußte. Ihre Übungskämpfe auf der Karate-Matte waren ohnedies schlimm genug.

Craigs Büro beanspruchte die Etage, an der ›Lady Brett‹ stand. Die Wohnung wie auch die Sekretärin, eine unfreundliche Witwe namens McNab, hatten früher Philip Grierson gehört. Grierson war ein unbeschwerter, eleganter, amüsanter Mann gewesen, und Mrs. McNab hatte ihn geliebt, stumm und uneingeschränkt. Beide hatten sich mit der Tatsache abgefunden, daß er jeden Augenblick sterben konnte. Mitarbeiter von Dezernat K pflegten ein ebenso nützliches, wie bewegtes und kurzes Leben zu führen, und der Geheimdienst machte bei ihrer Einstellung kein Hehl aus dieser Perspektive. Dezernat K war die skrupelloseste Abteilung des Dienstes. Hier wurden die Aufträge ausgeführt, die für andere Abteilungen zu gefährlich oder zu schmutzig waren. Die Leute, die dort arbeiteten, brauchten keine Gerontologen. Und Grierson hatte wie alle anderen gewußt, daß der Tod immer nah war. Worauf er aber nicht vorbereitet gewesen war, war die Tatsache, daß seine Nerven reißen und er durchdrehen könnte, und zwar vollständig und unheilbar. Daß zuviel an Gewalttätigkeit, Schmutz und Heimlichkeit schließlich seine Persönlichkeit zerstören würden. Grierson hatte mit Craig zusammengearbeitet, als seine Nerven nachgaben, und Mrs. McNab wußte das. Sie haßte Craig und behandelte ihn dementsprechend.

Sie beobachtete, wie Craig sich in seinen Schreibtischstuhl fallen ließ und ärgerlich den schön gestapelten Aktenberg vor ihm anstarrte. Sie beobachtete die sichere Kraft seiner Hände und erriet unter dem eleganten Anzug animalische Gewalttätigkeit. Er kauft nicht mehr in der Savile Row, dachte sie. Das sieht nach Sloane Street aus. Meinetwegen, Hauptsache er wird nicht noch exzentrischer. Sie sah dann in sein Gesicht: ein energisches Gesicht mit einer anständigen Nase, einem volleren Mund, als man erwartete, und blaßgrauen Augen, die nichts verrieten, Augen wie die kalte See. Nie würde sie diesen Mann lieben können: er war zu stark für sie. Aber sie konnte ihn um Griersons willen hassen.

»Ich soll Ihnen von Mr. Loomis sagen, daß Sie warten möchten«, sagte sie. »Wollen Sie Kaffee?«

»Nein danke.« Er mußte noch genug Kaffee trinken, wenn er bei Loomis war. Er warf einen Blick auf die Akten. Es ging um Marokko: Drogen, Homosexuelle, Banken, Schmuggel, Prostitution, Bars. Für jeden etwas.

Um halb elf ließ Loomis ihn rufen. Craig ging in das Zimmer des großen Mannes, das mit der herrlichen Stuckdecke und den Schiebefenstern, er versank in den Polstern eines riesigen, mit geblümtem Chintz überzogenen Armsessels und betrachtete den Mann, der ihm an dem Chippendale-Schreibtisch gegenübersaß. Loomis war gewaltig: ein Ungetüm von Mann mit dunkelrotem Gesicht, blassen, manischen Augen, rotem Haar und einer hochmütigen Nase. Loomis erinnerte Craig immer an ein angreifendes Rhinozeros mit einem hohen Intelligenzquotienten.

Loomis sagte: »Gießen Sie sich Kaffee ein«, und Craig kämpfte sich aus dem Sessel heraus, um zu tun, wie ihm geheißen. Der Kaffee war genauso heiß, dunkel und bitter wie Loomis selbst. Craig stellte eine Tasse auf den Schreibtisch, wartete dann, bis der dicke Mann, vor Anstrengung keuchend, ein gequetschtes Zigarettenpaket aus seiner Tasche produzierte und Craig eine überreichte, als ob es sich um einen Rubin handelte.

»Vom Minister, zollfrei«, sagte er.

»Danke«, erwiderte Craig. Die Zigarette war in der Mitte angebrochen.

»Rauchen Sie«, sagte Loomis, »verpesten Sie ruhig die Luft. Mir macht es nichts aus.«

Craig zerbrach die Zigarette in zwei Teile und zündete das längere Ende an.

»Verdammt dämliche Sache ist da passiert«, sagte Loomis, »oben im Lake District. Irgend jemand hat einen Chinamann umgebracht.«

Craig prustete über der Zigarette.

»Sie finden das doch nicht etwa witzig?« fragte Loomis.

»Aber nein. Nur ungewöhnlich«, sagte Craig.

»Sehr«, entgegnete Loomis. »Der einzige Chinamann weit und breit, und irgend jemand geht hin und bringt ihn um. Rammte ihm einen Eispickel in den Kopf. Mit einem einzigen Stoß. Er steckte noch drin, als sie ihn fanden.«

»Anhaltspunkte?« fragte Craig.

»Ja. Drei Kerle fuhren in so einem Käfer vor, einem Volkswagen. Zwei stiegen aus, gingen in das Café, wo der Gelbe arbeitete, und sprachen ihn an. Der Gelbe warf ihnen ein Tablett voll Essen an den Kopf und sprang durchs Fenster. Aber der dritte Bursche erwischte ihn draußen mit dem Eispickel. Das ist jedenfalls die Meinung der Polizei von Cumberland. Die Aussagen sind nicht eindeutig.«

»Sie fuhren in dem Volkswagen wieder davon?«

»Nein. Ein Volkswagenbus nahm sie auf. Die Polizei hat ihn sichergestellt, auch den ersten Wagen.«

»Fingerabdrücke?«

Loomis schüttelte den Kopf. »An beiden nichts.«

»Mit einem Stoß, das kann Glück sein oder auch Geschicklichkeit«, sagte Craig. »Keine Fingerabdrücke — das bedeutet Fachleute.« Er machte eine Pause. »Sie sagten Eispickel?«

Loomis brummte.

»Braucht man so etwas nicht für Gletscher?« fragte Craig.

»Man braucht.«

»Ich habe mal neunzig Kilometer von den Seen entfernt gewohnt«, sagte Craig. »Hätte nicht gedacht, daß sie dort Gletscher haben.«

»Sie haben keine«, sagte Loomis. »Aber die drei Kerle waren wie

Bergsteiger angezogen, mit einer ganzen Reihe von Ausrüstungsgegenständen. Der Eispickel war tatsächlich ein Fehler — außer, wenn sie ihn im Wagen versteckt hatten.« Er hielt inne, und Craig sah, daß er nach Worten rang. Das erstaunte Craig. Gewöhnlich war der Dicke nur zu beredt.

Schließlich sagte Loomis: »Wenn Sie über das, was ich jetzt sage, lachen, dann ...« Er zögerte. »Nein, es muß auf jeden Fall gesagt werden: Ein russischer Fischkutter lief am Tage des Mordes in Whitehaven ein. Kleiner Maschinenschaden. Ein paar Leute gingen an Land. Whitehaven liegt nur dreißig Kilometer von Keswick entfernt. Der Kutter lief siebzig Minuten nach dem Mord wieder aus.«

»Russen?« fragte Craig. »Die einen Chinamann ermorden? In Keswick?«

»Diese Männer waren Profis«, sagte Loomis. »Schnelle saubere Arbeit. Ein Stoß, keine Fingerabdrücke — noch nicht einmal Berufsmörder. Wir kommen nicht an sie heran.«

»Aber man hat sie gesehen«, sagte Craig. »Sie töteten vor Zeugen. Das tun Russen nie.«

»Vielleicht sollten wir es erfahren«, sagte Loomis.

»Sagte einer der Zeugen, daß sie Russen sein könnten?«

»Sehr englisch hätten sie ausgesehen. Aber das mußten sie auch bei einem solchen Auftrag.«

»Und der Chinese?«

»Er heißt Soong, James Soong. Dreißig Jahre alt. Paß aus Hongkong. Die Polizei oben beschäftigt sich damit.«

»Er kam direkt aus Hongkong?«

»Wenn der Paß stimmt«, sagte Loomis, »hat er seit sechs Monaten in Keswick gearbeitet. Ein großer zäher Bursche, sagt die Polizei. Hatte keine Freunde, aber auch keine Feinde. Außer einem Kerl mit einem Eispickel.«

»Aber wenn die Russen das wirklich getan hätten ...«

»Ich weiß, mein Bester. Unter unserer Nase. Ich glaube, das würde mich fertigmachen«, sagte Loomis. Sein schwerer Bauch hob und senkte sich, und der Sessel unter ihm stöhnte.

»Ich will Sie dort hinauf schicken«, sagte er. »Nehmen Sie Linton mit, dann kann alles auf die Polizei abgewälzt werden, wenn die Dinge sich normal entwickeln.«

»Normal?«

»Genau wie in *News of the World*«, sagte Loomis müde. »Auch

Chinesen tun manchmal Dinge, für die andere Leute sie umbringen wollen. Hoffen wir, daß es so war.«

»Und wenn nicht?«

»Dann will ich diese verdammten Russen haben«, sagte Loomis, und es klang wie ein Schlachtruf. »Tranchiert und auf silbernem Tablett.«

2

Der Jaguar brachte sie in angenehmer Fahrt nach Norden, und Kriminaloberinspektor Linton war es zufrieden, neben Craig zu sitzen und zuzuhören. Es machte Spaß, mit Craig zusammenzuarbeiten: immer ein guter Wagen, angemessenes Essen und Getränke. Für die Überlebenden.

Craig sagte: »Loomis meint, daß da allerhand drin ist.«

»Er hat keinen Beweis«, sagte Linton. »Keinen wirklichen Beweis.«

»Aber einen Verdacht. Ich halte ihn für richtig. Wenn wir herausfinden, daß er recht hat, springt er an die Decke.«

Linton seufzte: »Was für ein Ding. Soongs Paß war gefälscht. Wir haben ihn im Labor prüfen lassen.«

»Weiß das Loomis?«

»Ja, ich habe selbst mit ihm telefoniert. Er war begeistert.«

Sie fuhren bis Keswick und gingen ins *George*, ein altes, gesetztes, nach Leder riechendes, vollgestopftes Hotel, wo das Essen ausgezeichnet und sehr englisch war, und eine Zentralheizung nicht vorhanden. Linton gefiel es, aber Craig registrierte von sich, daß er ab und zu schlief oder aß. Denn die Aufgabe hatte begonnen, ihn zu faszinieren. Zu ihrer Suite gehörte ein kleines Wohnzimmer, und hier unterhielten sie sich mit den Wanderern. Einzeln sprachen sie mit jedem die ganze Geschichte durch, immer wieder von neuem, und ließen gelassen die schüchternen Beschwerden der gut erzogenen jungen Leute über sich ergehen. Sie erfuhren zwei Dinge.

Das erste kam von Dr. Arthur Hornsey, 27 Jahre alt, gewissermaßen der Kopf der Gruppe; mit Forschungen am Psychologischen Institut der Universität von Lancaster beschäftigt. Hornsey hatte die beiden Männer im Restaurant gut beobachtet. Craig zeigte ihm eine Reihe von Fotos — eine willkürliche Zusammenstellung von russischen und russisch aussehenden Typen. Dazu gehörten Tänzer,

Schwerathleten, orthodoxe Priester und ein echter Fürst, der nun in der Werbung arbeitete; Hornsey identifizierte die beiden Männer aus dem Restaurant sofort. Weder waren die Fotos gut, noch trugen die Männer Bergsteigerkleidung, aber Hornsey war seiner Sache sicher, obgleich Linton ihm schwer zusetzte.

»Ich bin absolut sicher«, sagte er. »Ich hatte schon immer ein phantastisches Personengedächtnis.«

»Sind es Ausländer?« fragte Hornsey.

»Nein«, sagte Craig.

Hornsey sah ihn an. Die Antwort war eine glatte, fast brutale Ablehnung jeder weiteren Diskussion. Hornsey, der ganz auf Forschung eingestellt war, erschien eine solche Ablehnung unmöglich.

»Ich finde aber, sie sehen wie Ausländer aus«, behauptete er.

Craig entgegnete nichts, und Hornsey fühlte, daß er rot wurde. Er war ein kräftiger, muskulöser junger Mann, der aus einem Restaurant hinausgegangen war, um einem verrückt gewordenen Chinesen entgegenzutreten, der durchs Fenster gesprungen war. Kraft und Mut hatte er immer als etwas Selbstverständliches angesehen. Und doch wurde er rot, als Craig schwieg und er die brutale Willenskraft hinter diesem Schweigen spürte.

»Es ist möglich, daß wir Sie später als Zeugen brauchen«, sagte Linton.

»Ach so, Identifizierungsparade. Auf dieser Linie ungefähr?« fragte Hornsey.

»So ähnlich«, entgegnete Linton, und Hornsey ging hinaus.

Erst als er schon draußen war, fiel ihm auf, daß er Lintons Rang wußte und seine Befragungstechnik durchschaut hatte (Linton stand durchaus über dem Durchschnitt, dachte er, mindestens Beta plus), aber daß er von Craig nur den Namen kannte und darüber hinaus das Gefühl — nicht mehr — einer lauernden Gewalt verspürte. Hornsey hatte ein gutes Gedächtnis, das sorgfältig geschult worden war. Es wird am besten sein, dachte er, sich von Craig fernzuhalten.

Die zweite Information kam von einem Mädchen. Es hieß Jane Simmons, war zwanzig Jahre alt, in einer Klosterschule und einem Internat in Lausanne erzogen worden — was eine Kapitalinvestition von mindestens fünftausend Pfund bedeutete. Augenblicklich trug sie einen grob gestrickten Pullover, der sie wie ein Panzer umgab, schwere Wollhosen, Socken und Nagelschuhe. Ohne Beruf. Sie hatte es mit Malen versucht, aber nun gab ihr Daddy einen Monatswechsel. Daddy machte in Presse und Fernsehen. Linton tastete sich mit äußerster Vorsicht vor.

Die Fotos waren bei ihr kein Erfolg — vielleicht doch richtig, dachte Linton, daß sie die Malerei aufgegeben hatte —, und ihre einzige klare optische Erinnerung war die Form der zerbrochenen Fensterscheibe, nachdem der Chinese hindurch gesprungen war. Linton wollte sie schon gehen lassen.

Da fragte Craig: »Hat einer der beiden Männer mit dem Kellner gesprochen?«

Sie sah ihn an. Augenblicklich schwärmte sie für Frank Sinatra, einen goldbraunen Apportierhund namens Jackson und für Rudolf Nurejew. Sie setzte Craig sofort mit auf die Liste. Sie bemerkte, daß der kleine Finger seiner linken Hand steif war, wie gebrochen und schlecht angeheilt. Aber seine Hände waren schön.

»Sie werden mich für schrecklich dämlich halten«, sagte sie.

»Lassen Sie's auf einen Versuch ankommen«, entgegnete Craig, und ihr Herz schmolz dahin. Wenn sie nur daran gedacht hätte, vorher zum Friseur zu gehen. Aber wer hätte das für nötig gehalten, bloß für zwei Polizeibeamte?

»Ich glaube, einer von ihnen hat mit dem Kellner gesprochen«, sagte sie schließlich. »Nur es war nicht eigentlich gesprochen. Eher ein Singen. Das heißt, ich hörte nicht viel, wir machten gerade so einen Lärm, wir waren beinahe am Verhungern. Aber ich erinnere mich, daß ich dachte: wie komisch. Das Singen, meine ich. Wo wir doch alle so hungrig waren. Und dann . . . dann war er tot.«

Linton hielt es auch für komisch, und wollte es dabei belassen. Aber Craig blieb beharrlich, achtete gar nicht darauf, daß das Mädchen seiner selbst nicht sicher war, und daß man allen Grund hatte, ihren Vater, der in Presse und Fernsehen machte, nicht mit den Inspektoren des Sonderdezernates zu konfrontieren. Craig sang Jane etwas vor. Er sang Pop-Melodien und Rogers und Hart, Perlen von Verdi und russische Volkslieder, Beethoven, Bach und Bacherach, und immer sagte sie nein, und Linton war beunruhigt.

Schließlich ließ Craig Jane gehen, und Linton fragte, ob Craig verrückt geworden sei. Aber Craig hatte schon das Telefon in der Hand und sprach mit einem begeisterten Loomis, der einen alten Pensionär in Grasmere ausfindig machte. Sie fuhren durch Schneegestöber zu ihm hin, und der alte Mann sang für sie auf Tonband, erklärte ihnen, es sei alles Unsinn, gab ihnen aber trotzdem erstaunlich guten Cherry Brandy.

Am gleichen Abend ließ Craig Miss Simmons noch einmal kommen. Dieses Mal hatte sie Zeit gehabt, sich zurechtzumachen, und trug ein reizendes kleines Kleid aus Seidenjersey, das auch noch nach vier Tagen im Rucksack gut aussah, und Perlen, die ihr Daddy zu Weihnachten geschenkt hatte — Daddy war altmodisch. Er hielt Perlen für ungefährlich, aber wenn man dunkel und sonnengebräunt war, wirkten sie eigentlich sehr sexy. Hinter das Ohr tupfte sie eine ordentliche Ladung von *je reviens*.

Jane wußte, daß sie gut aussah, aber die blassen Augen sagten ihr nichts, und sie war darüber so enttäuscht, daß sie sogar vergaß, sich zu ärgern, als sie merkte, daß Linton dazu kam.

Craig bezahlte ihr einen Martini an der Bar, dann luden sie sie zum Essen ein, und zwar zu Wildsuppe, Lachs, Entenbraten und Erdbeeren. Bei Tisch gestattete er ihr ein Glas Rheinwein und ein Glas Rosée. Keinen Likör, obgleich sie für Grand Marnier schwärmte. Er könnte mein Vater sein, dachte Jane und merkte dann, daß das in der Tat möglich war. Aber sie wußte nicht, wie sie sein Alter erfahren sollte. Doch daß er sexy war — die Leidenschaftlichkeit seines Mundes, die kalte Brutalität in seinen Augen — daran konnte kein Zweifel bestehen. Sie atmete tief ein, und der Seidenjersey modellierte in sehr anziehender Weise ihr Figur. Craig sprach weiter von griechischen Inseln, und wie teuer die Häuser dort seien, seit alle Welt hinführe. Nach dem Essen war sie ein bißchen verärgert, hatte aber einen klaren Kopf und war sehr munter, und genau das hatte Craig beabsichtigt.

Danach gingen sie wieder in das private Wohnzimmer, und Craig machte Kaffee, der um vieles besser war als das Zeug, das sie im Speisesaal bekommen hatten. Dann holte er das Bandgerät hervor, und Jane fragte sich, was um Himmels willen in ihn gefahren war. Wie konnte er Musik machen, wenn alle Lichter noch brannten und dieser gräßliche Linton wie eine Dueña oder so da herumsaß? Craig spulte das Band zurück und ließ es dann ablaufen. Die Stimme eines alten Mannes erklang, hoch und klar. Es war nicht richtiges Singen, aber auch kein Sprechen. Immer wieder wurde der gleiche Satz wiederholt, als ob der alte Mann ein Priester gewesen wäre, der im Gottesdienst sang.

Nachdem Jane die Stimme zweimal gehört hatte, sagte sie: »Ich denke, ja.« Nach dem zehnten Mal sagte sie: »Ja, so war es.«

Craig schaltete das Gerät ab.

»Aber was sagte er?« fragte Jane. »Wovon sang er?«

»Leider kann ich Ihnen das jetzt noch nicht sagen«, entgegnete Craig.

»Wahrscheinlich ist es noch anhängig, oder wie nennen Sie das?«

»So ähnlich«, sagte Craig.

Nicht einmal der Tochter eines Zeitungs- und Fernsehkönigs durfte gesagt werden, was auf dem Band zu hören war. Die Stimme gehörte einem pensionierten Inspektor der Hongkonger Polizei. Was er sagte, war weder gesungen noch psalmodiert, sondern auf kantonesisch gesprochen. Und was der Inspektor ein über das andere Mal wiederholt hatte, lautete: »Genosse Soong, wir sind gekommen, um dich zu töten.«

»Hoffentlich konnte ich Ihnen helfen«, sagte Jane.

»Ja«, erwiderte Craig. »Sehr.«

Drei Russen, dachte er. Geschickt, um einen Agenten umzulegen; der Chinese mußte ein Agent gewesen sein. Loomis würde Amok laufen.

»Ich weiß nicht, was wir ohne Sie angefangen hätten«, sagte Craig. »Möchten Sie noch Kaffee?«

»Ich sollte eigentlich zurück in die Jugendherberge«, sagte Jane, und fügte hinzu: »Schneit es noch?«

»Ich fahre Sie hin«, sagte Craig.

Im Jaguar gab sie ihm jede Chance, aber er wollte sie nicht wahrnehmen. Als sie dann wieder zu Hause in Surrey war, betrachtete sie sich eines Tages im Spiegel: dichtes dunkles Haar, sehr große, vertrauensvolle Augen, so braun wie süßer Sherry (etwas wie Hundeaugen leider, aber man konnte wenigstens die Liebe darin erkennen), und ein jugendlich fester Körper mit den ersten Zeichen der Reife. All das auf dem Präsentierteller angeboten. Bloß, er hatte keinen Appetit. Das einzige, was sie von ihm bekam, war ein: »Vielen Dank, Miss Simmons.«

Und als sie ihn fragte, ob er sie noch einmal brauchte. »Ja, das ist durchaus möglich.«

Danach nichts mehr, nur die Rücklichter des Jaguar. Das war wirklich zu wenig.

Loomis war begeistert. Seine Begeisterung dauerte ungefähr zehn Minuten und wurde dann abgelöst von einem Wutanfall. Die Russen unter seiner Nase, legten mir nichts dir nichts einen Chinamann um, ohne auch nur ›Gott sei mit dir‹ zu sagen, einen Chinamann überdies, von dem er, Loomis, nichts gewußt hatte. Einen Chinamann, der sein Leben lang gebackene Bohnen und Chips hätte servieren können, ohne daß Loomis es gewußt oder gekümmert hätte. Nur, daß es ihn jetzt außerordentlich bekümmerte. Und es gab keine Spur. Keine einzige. Alles, was James Soong besessen hatte, war durchsucht, auseinandergenommen, erneut durchsucht, analysiert worden, Fingerabdrücke waren festgestellt und überprüft worden. Und sie hatten nichts daraus erfahren. James Soong hatte nur in der Gegenwart gelebt, seine Vergangenheit und seine Zukunft existierten nicht.

»Man kann die Russen nicht daran hindern, Leute umzulegen«, sagte Loomis. »Das weiß ich. Ich habe das alles schon durchexerziert. Aber zum erstenmal weiß ich diesmal nicht, warum sie es getan haben. Wir haben über diesen Typ Soong nichts erfahren. Die anderen Abteilungen ebensowenig. Ich mußte bei ihnen nachfragen.« Es schauderte ihn noch in der Erinnerung. »Das geht nicht so weiter.« Er zögerte. »Ich möchte wissen, ob er je in Marokko war.«

Craig erinnerte sich an die Akten auf seinem Schreibtisch, damals an dem Tag, als die Nachricht von dem Mord an Soong kam. Sie betrafen alle Marokko.

»Egal. Ich habe jemand, der sich um Marokko kümmert«, sagte Loomis. »Mir kommt noch eine andere Idee. Es ist wohl an der Zeit, daß wir jetzt unsere Kugel stoßen. Und ich weiß, wohin wir stoßen könnten. Hätten Sie Lust, einen Iwan für mich zu kidnappen, junger Mann? Könnte interessant für Sie werden. Sie klauen mir einen Iwan, und dann müssen die kommen und ihn zurückerbitten. Und dann«, Loomis lehnte sich wie ein Riesenwal zurück, »dann können wir Fraktur reden.«

Die Comet landete pünktlich auf dem Flughafen Barajas. Alles war genau vorauszusehen gewesen: die Pünktlichkeit, der Komfort, die Drinks, das langweilige Essen, der unpersönliche Charme der Stewardessen. Craig ging die Treppe hinunter und schnell auf den wartenden Bus zu: der Wind aus der Sierra war kalt. Die anderen Reisenden verkrochen sich wie er in ihren Mänteln, als der Bus zum Verwaltungsgebäude ratterte. Sie waren nur zwanzig, nicht viel. Craig war die Anonymität der Masse lieber, aber diesmal hatte er kein Glück. Loomis hatte es eilig gehabt.

Aber die beiden spanischen Beamten hatten Zeit genug. Sie betrachteten das Foto in Craigs Paß dreimal, kritisierten dann den Fotografen und lasen die Personalangaben langsam und bedächtig.

Schließlich entließen sie ihn in den Zoll, wo ein schlanker, eleganter *madrileño* ihn überhaupt nicht beachtete, als er seine beiden Koffer bekritzelte. Einer hatte ihn gar nicht beachtet, zwei dagegen ihn und sein Foto sehr sorgfältig. Diese Ungleichheit gefiel Craig nicht.

Er nahm eine Taxe nach Madrid und stieg in der Nähe der Puerta del Sol an einer Selbstfahrerzentrale aus. Ein Fiat 1800 stand schon für ihn bereit, und wieder wartete er, bis sich die Spanier durch seinen Paß gekämpft hatten; er hieß dieses Mal Jameson, was für die Spanier mit einem krächzenden Rachenlaut begann. Dann unterschrieb er die Papiere und fuhr durch die Stadt auf die Fernstraße nach Süden.

Aus dem Auto schienen sich einhundertzwanzig Stundenkilometer herausholen zu lassen, und das war für einen Mietwagen fabelhaft. Craig genoß die fast leeren Straßen, die rauhen Sierras, als er durch Neu-Kastilien fuhr.

Er fuhr durch bis Toledo, wo er hielt und das tat, was jeder Tourist tut, nämlich Papiermesser aus Toledostahl kaufen. Er aß zu Mittag, ein scharfgewürztes und wohlschmeckendes, sehr spanisches Essen. Dann ging es weiter durch Ciudad Real nach Valdepeñas, wo er übernachtete.

Valdepeñas war ruhig, erholsam und besaß fast überhaupt keine Attraktionen für Touristen. Doch es gab dort Trauben, aus denen ein herrlicher Wein hergestellt wurde. Craig trank ihn und beglückwünschte den Kellner in holprigem Spanisch, der, da er ein Spanier war, das Kompliment persönlich nahm und eine zweite Flasche vorschlug. Dann entschuldigte er sich, daß die Stadt so gar nichts für Fremde zu bieten hatte. Aber der Gentleman wollte nach Granada? Dann würde er morgen etwas zu sehen bekommen, das sich lohnte.

Craig brach früh auf, fuhr weiter nach Granada, mietete einen Führer, der ihm einen begeisterten und oft sogar zutreffenden Bericht über das Kalifat, die Kirchen, die Altstadt, die maurische Architektur im allgemeinen und den maurischen Beitrag zur spanischen Kultur im besonderen gab. Dann führte er ihn zu einem Andenkenladen und strahlte wie ein Lehrer, dessen Schüler die Aufgaben gut erledigt hat, während Craig Geldbeutel, Puder, Mantillas und Kämme kaufte und Führer und Ladenbesitzer: *»típico, típico«* sagten. Als er genug gekauft hatte, entließen sie ihn.

Er aß spät und gut zu Mittag und fuhr dann weiter nach Süden, wo Apfelsinen und Zitronen zu blühen begannen, wo in den Dörfern die Vorbereitungen für das nahe Osterfest hektisch zu werden drohten, Benzin knapp und nicht sehr gut war, und die Berge der Sierra Nevada alles überragen, mit ewigem Fels und Schnee. Er ließ Malaga liegen, wandte sich nach Westen und fuhr auf der Küstenstraße an den kleinen Badeorten vorbei, wo die Urlauber — Engländer, Deutsche, Franzosen, Amerikaner und Schweden — bereits eingetroffen waren, um mit ihren Devisen die spanische Währung stabilisieren zu helfen. Als Gegengabe verlangten sie nur Sonne und die Chance, dunkle Brillen zu tragen und helle, seltsam geschnittene Gewänder, die sie zu Hause niemals angezogen hätten.

Er fuhr an Torremolinos und Fuengirola vorbei und gelangte schließlich nach Marbella. Dort war die Bar, die er suchte, abseits der Hauptstraße. Er fand sie schließlich in einer Straße weiß getünchter Häuser, eine Bar mit Neonlicht und einem Musikautomaten voll der letzten Schlager, mit schmiedeeisernen Marmortischen, Bildern von der Queen, Union Jacks und Watney's Red Barrel auf der Theke. Draußen konnte man bei Tageslicht ein Wirtshausschild erkennen. Die Bar hieß *The Dog and Duck*. Sie war voller Engländer, die Bier, und Engländerinnen, die Gin tranken.

Craig ging hinein, kümmerte sich nicht um zwei spanische Barkeeper, sondern wartete auf einen untersetzten, langsamen, vierschrötigen Mann mit hellem, dünnem, schwer zu beschreibendem Haar und einer Haut, die von der Sonne gerötet war, einer blassen Haut, die nie mehr Farbe aufweisen würde als ein entzündetes Rot. Als sich der Mann umdrehte, sagte Craig seinen Spruch auf.

»Entschuldigen Sie, aber Sie müssen George Allen sein.«

Der vierschrötige Mann wusch noch eine Sekunde weiter seine Gläser unter der Bartheke und sagte dann langsam: »Ich bin George Allen, ja. Und wer sind Sie?«

Craig sagte: »Norman Jameson, Lindas Bruder.«

Allen sagte, indem er jedes Wort betonte: »Gut, gut.« Er fügte hinzu: »Wie geht es Linda?«

»Gut«, sagte Craig. »Viele Grüße von ihr.«

»Was möchten Sie trinken?« fragte Allen.

»Whisky«, sagte Craig. »Am liebsten Teachers. Kein Eis, Wasser extra.«

Allen nickte und brachte ihm seinen Drink. Craig war angenommen. Aber er kam sich immer noch wie ein Narr vor. Losungsworte klangen in Craigs Ohren nie wie eine Unterhaltung, noch weniger konnten sie sie ersetzen. Er wußte, daß die Männer und Frauen in seiner Nähe gehört hatten, was er gesagt hatte, und es schon wieder vergessen hatten, aber er erinnerte sich daran. Er sprach noch ein bißchen über Linda, ihren Mann Frank und ihre Kinder, und ging dann abendessen: Gazpacho, Valencianischen Reis und Früchte. Danach kehrte er wieder in die Bar zurück. Allen wartete auf ihn, kam gleich hinter der Theke hervor und nahm ihn mit ins Wohnzimmer, das dahinter lag.

Das Wohnzimmer war von der Firma Liberty eingerichtet, und an den Wänden hingen Bilder von Allen: Allen in der Schule, Allen in der ersten Fußballmannschaft, Allen als Hauspräfekt, weiter Allen in einem Luftwaffenregiment in Aden, Singapore, Hongkong; Allen als Teepflanzer, als Werbefachmann, als Autoverkäufer und schließlich Allen als Wirt, wie er Popsänger, Stierkämpfer und Filmstars begrüßte. Die Aufmachung mißfiel Craig immer mehr. Allen schenkte spanischen Cognac ein, und Craig wollte lieber Ginger Ale. Als er es brachte, sagte Allen: »Ich habe gehört, daß Sie kommen. Was wollen Sie?«

Seine Stimme klang wie die eines überbeschäftigten Managers: so viel Arbeit und so wenig Zeit. Craig sah zu, wie Allens Cognac verschwand und von einem zweiten, größeren ersetzt wurde. Er sagte nichts.

»Hören Sie, mein Bester«, sagte Allen »ich bin ein vielbeschäftigter Mann. Ich habe eine Bar. Sie bringt Geld, und jetzt ist Hochsaison. Also, was wollen Sie? Wenn ich kann, werde ich Ihnen helfen.«

»Mit Ihrer Bar verdienen Sie wöchentlich dreißig Pfund, von April bis September«, sagte Craig. »Mit Ihrem Boot weitere zwanzig Pfund mit Schmuggel. Aber wir haben Ihnen in den letzten drei Jahren einige Tausend Pfund bezahlt. Es ist nicht so, daß Sie mir eine Gunst erweisen, Allen. Sie zahlen sechstausend Pfund ab.«

Allen hob sein Glas und schüttete den Cognac hinunter. Sein Gesicht nahm sofort ein erdiges Rot an, und er machte den Mund auf, um loszubrüllen.

»Wenn Sie nicht den Mund halten«, sagte Craig, »schlage ich Sie bewußtlos. Und danach arbeiten Sie nie mehr für uns.«

Allen saß am Tisch, seine Hände suchten nach der Flasche. Craig schob sie von ihm weg, stand auf, kam um den Tisch und zog Allen hoch. Der Mann leistete dem Griff an seinem Kragen Widerstand, aber er kam doch auf die Füße.

»Ich verlange Höflichkeit«, sagte Craig, »und Mitarbeit. Und zwar jetzt gleich. Wir kennen Sie, Allen, Sie sind faul. Sie wollen Geld, aber nicht dafür arbeiten. Wir sehen die Sache anders. Wir wollen, daß Sie Ihr Geld auch verdienen, mein Lieber.«

Allen sagte: »Schon gut. Dieses Hemd kostet mich einhundertsechzig Peseten.«

Craig ließ ihn los, und Allen glättete sich den Hemdkragen. »Also sagen Sie mir, was Sie wollen, und wenn ich kann, werde ich Ihnen helfen.«

Craig griff nach Allens Hals. Das V, gebildet aus dem abgespreizten Zeigefinger und Daumen, lag auf der Kehle. Der Daumen drückte auf die Halsschlagader, der Zeigefinger auf den Nerv hinter dem Ohr. Schmerz brach aus Allens Gesicht, aber er erkannte sofort, daß es Wahnsinn gewesen wäre zu schreien, als sich der Druck von Daumen und Zeigefinger verstärkte. Craig sagte ruhig: »Sie gehören uns, Allen. Sie sind unser Eigentum. Wenn wir sagen, spring! dann bei Gott, haben Sie zu springen. Denken Sie daran, daß wir Ihre Schmuggelaffären kennen. Ein Versuch, und wir übergeben Sie den Spaniern. Serviert auf dem Teller, alter Bursche.« Der Druck von Daumen und Zeigefinger wurde stärker, und der Schmerz kochte in Allens Nacken; dann war es plötzlich vorbei.

»Es tut mir leid«, begann Allen.

»Nicht nötig«, sagte Craig. »Sie hassen mich. Aber ich kann Sie kaputt machen, merken Sie sich das.«

Zögernd und mit innerer Wut stimmte Allen zu.

»Wir suchen einen Mann namens Jean-Luc Calvet«, sagte Craig. »Sie kennen ihn.«

»Natürlich kenne ich ihn«, sagte Allen. »Er ist ein französischer Maler. Einer von diesen Beatniks. Lebt unten in Estepona.«

»Sie haben uns nie von ihm berichtet«, sagte Craig.

»Da ist nichts zu berichten«, entgegnete Allen. »Eben ein Maler. Verkauft kleine Skizzen von Landschaften, Fischerbooten und so etwas. Steht sich nicht schlecht dabei.«

»Er ist Russe«, sagte Craig, »und er verkauft auch kleine Skizzen von Gibraltar. Außerdem bekommen die spanischen Kommunisten durch ihn ihr Geld.«

»Sie machen Witze«, sagte Allen, fügte aber schnell hinzu: »Ich finde, er ist wirklich ein guter Maler.«

»Er ist auch ein sehr guter Spion«, sagte Craig.

3

In jener Nacht gab Calvet eine Party. Sein kleines Haus war voller Emigranten aus Schweden, Deutschland und England. Es waren auch einige Offiziere aus Gibraltar dazwischen, die Calvets Ölgemälde sammelten, so wie ihre Vorfahren es mit Portwein gemacht hatten. Der aus Gibraltar geschmuggelte Gin und Whisky waren hervorragend, und der aus Marokko herübergebrachte Haschisch war so gut gemischt, daß er nur Frieden verbreitete und vielleicht etwas zu lautes Gelächter verursachte. Auf Calvets Parties gab es nie Streit.

Craig fuhr um zwei Uhr morgens hin, und die Gesellschaft war da schon ziemlich laut. Er ließ den Wagen auf dem Platz und ging hinunter zum Kai. Ein paar Fischer luden Fisch aus einem marokkansichen Segelboot, das einen riesigen und altmodischen Dieselmotor hatte. Andere saßen in einem Café — halb Haus, halb Zelt — und sahen zu. Dazu gehörten ein Beat-Literat, ein Anti-Schriftsteller, ein Komponist von elektronischer Musik und ihre Anhänger. Sie tranken spanischen Cognac und schimpften über Calvets Party, zu der sie nicht eingeladen worden waren. Craig trank seinen Kaffee und hörte ihren Gesprächen zu. Um vier Uhr sollte die Party zu Ende sein. Er trank seinen Kaffee aus, schlenderte aus dem Dorf hinaus bis zu einer Landspitze und wartete. Er war unendlich geduldig, konnte tagelang warten und danach mit einer Schnelligkeit eingreifen, als ob er gerade erst zum Kampf eingetroffen wäre. Endlich hörte er von ferne Motoren und sah die Ankerlichter von Allens Kreuzer. Der Motor verstummte, und man hörte das Quietschen von Holz auf Metall, als Allen sein Beiboot zur Küste brachte, es an Land zog und festband. Sein Atem roch nach Cognac.

»Alles in Ordnung«, sagte Allen. »Bereit, wenn Sie's sagen, Boß.«

Als er sich bewegte, torkelte er in Craig hinein, und dieser spürte sofort das schwere Gewicht von Metall an seinem Körper. Seine Hand suchte schnell und genau und kam mit der Waffe heraus, die Allen bei sich trug: eine Beretta. Eine italienische, automatische Pistole mit acht Schuß und ganz leichtem Abzug. Entsichert. Craig nahm das Magazin heraus, steckte es in die Tasche und gab die Waffe Allen zurück. »Wenn ich eine Waffe brauche, kriege ich eine«, sagte er.

»Nur, um sicherzugehen«, entgegnete Allen. »Er könnte zäh sein.«

»Das ist er«, sagte Craig. »Aber wir wollen ihn lebendig.«

Er ging mit Allen zurück zum Wagen. Sie fuhren aus der Stadt hinaus und warteten dann im Dunkeln bis vier Uhr. Während Allen nervös herumzappelte und nach Cognac jammerte, saß Craig da, rauchte nicht, sprach nicht, wartete, bis es an der Zeit war. Sie fuhren zurück nach Estepona und parkten kurz nach vier Uhr in der Nähe von Calvets Haus. Zwanzig Minuten später waren sieben Personen gegangen, und um einhalb fünf Uhr hörte der Plattenspieler auf.

Craig fuhr vor das Haus, stieg aus und betrachtete die Fenster. Sie waren klein und stahlgerahmt. Die Tür bestand aus drei schweren Platten Olivenholz und einem handgeschmiedeten Schloß, das er mit einer Haarnadel öffnen konnte. Aber er hatte den Laut von Metallriegeln gehört, als die letzten Gäste gegangen waren. Er schlug mit der Faust an die Tür. Das Geräusch hallte in der leeren Straße wider. Schließlich hörte er Schritte und spannte sich.

Eine Mädchenstimme fragte: »Wer ist da?« Und Craig schlug weiter an die Tür. »Was ist los?« fragte das Mädchen noch einmal, und Craig brüllte in unzusammenhängendem Spanisch von Gästen der Party, einem Unfall auf der Straße nach Marbella und einem sterbenden, vielleicht schon toten Mann und: Mein Gott, warum müssen sie Auto fahren, wenn sie soviel getrunken haben?

Man hörte schweres Atmen, die Riegel schossen zurück, und Craig schoß vorwärts, durch die sich öffnende Tür. Der Körper des Mädchens gab unter seinem Gewicht nach. Er holte aus, und seine geübten Hände machten es gnädig und schnell. Mit einem kleinen Seufzer brach sie zusammen. Er hob sie auf und ging die Treppen hinauf, dorthin, wo links aus einer offenen Tür Licht schimmerte. Seine Schritte waren fest und laut, und auf der drittletzten Stufe rief er: »Hallo, ist da jemand?« Keine Antwort. Er kam oben an und wandte sich um.

Das Zimmer am Ende der Treppe war ein Schlafzimmer. Drinnen stand ein junger Mann in Baumwollhosen, einem verblichenen blauen Arbeitshemd und Turnschuhen. Der junge Mann war mager und geschmeidig und glatt rasiert. Seine Hände und Kleidung waren farbbeschmutzt. Er hielt eine Maschinenpistole, die auf die Stelle zielte, wo Craigs Hemd hätte sichtbar sein müssen, wenn er nicht das Mädchen getragen hätte. Das Gesicht des Mädchens brachte den jungen Mann aus der Fassung. Er hatte gerade mit ihr ins Bett gehen wollen.

Craig trat ins Zimmer.

»Hallo«, sagte er. »Sehen Sie sich das an.«

Der junge Mann machte vorsichtig zwei Schritte zurück, aus der Reichweite von Craigs Händen.

»Der jungen Frau ist es nicht gut«, sagte Craig. »Um Himmels willen, kommen Sie und helfen Sie mir, Mensch! Das Ding da brauchen Sie nicht.«

»Legen Sie sie auf die Erde«, sagte Calvet.

»Auf die Erde?«

Die Maschinenpistole hob sich, zielte jetzt auf einen Punkt zwischen Craigs Augen. Langsam und vorsichtig legte Craig das Mädchen auf die Erde und beugte dabei den Kopf. Sie war schmächtig, für seinen Geschmack zu dünn, aber wenigstens leicht zu tragen. Ihr Haar war fein und golden, ihre Augen mußten blau oder grau sein, dachte er und wartete auf Calvets nächste Bewegung.

Der junge Mann war schnell. Er überbrückte die Entfernung bis zu Craig mit zwei geräuschlosen Schritten, und der Kolben der Waffe fuhr nieder. Craig warf sich zur Seite, das Visier riß die Haut an seiner Stirn auf, und Craig, der auf einem Arm balancierte, packte Calvets Handgelenk. Er nutzte die Wucht des heruntersausenden Schlags aus, um Calvet nach unten zu ziehen. Und während er zog, verdrehte er das Gelenk so, daß sich die Finger öffneten und die Waffe herausfiel. Calvet konterte mit einem Schlag nach seinem Nacken, einen Hieb, der tödlich hätte sein können; aber als er kam, legte sich Craig zurück und empfing ihn keuchend mit dem rechtzeitig gespannten Schultermuskel. Der stechende Schmerz ließ jedoch den Griff am Handgelenk lockern.

Calvet wand sich frei und zielte mit dem Fuß nach Craigs Kopf, aber der war schon dabei, sich schnell auf die Maschinenpistole zuzurollen, und der Stoß ging ins Leere. Sofort stürzte sich Calvet auf Craig — die einzige Möglichkeit, ihn am Ergreifen der Waffe zu hindern. Craig machte eine Reflexbewegung, die nur jemandem zur Verfügung stand, der Tag für Tag auf der Karate-Matte geübt hatte, Tag für Tag, Monat für Monat, jahrelang. Seine Schuhspitze landete im Unterleib des jungen Mannes, als seine Hände das Hemd an der Schulter zu fassen bekamen. Calvets Bein streckte sich, seine Hände hoben sich, und er schlug an die Wand, fiel krachend zurück. Er streckte sich immer noch und sah sich nach seinem Feind um, als Craigs Handkante einen bestimmten Punkt genau unter seiner Nase traf. Da fiel er hin, ein schlaffer Haufen Fleisch in farbbekleckster Kleidung. Craig stand auf, zuckte zusammen, als er die Schulter spannte, die Calvets Schlag getroffen hatte, und ging zu ihm hin, um seinen Puls zu fühlen. Regelmäßig; er hatte nicht zu hart zugeschlagen. Dann fühlte er den Puls des Mädchens, der war schnell und flattrig. Spionage traf stets am härtesten die unschuldig Anwesenden.

Er horchte dann, ob er Allen hörte. Nichts. Craig fluchte verhalten, aber nicht zu knapp, nahm Draht aus seiner Tasche und fesselte Calvet. Seine Bewegungen waren dabei gewandt und genau, die Knoten so fest wie nur Fischerknoten sein können. Er warf einen Blick auf das Mädchen, hob sie auf und band sie am Bett fest, wohin sie ja sowieso gewollt hatte. Dann begann er Calvets Haus zu durchsuchen. Zeit war kostbar, und er beeilte sich, blieb aber gründlich. Zimmer nach Zimmer, Schublade auf Schublade, jeden Schrank durchsuchte er.

Zuerst fand er Geld: eine Schublade voll schön gestapelter Zwanzigdollarscheine. Er legte sie beiseite und suchte weiter: unter Dielenbrettern, hinter Küchenschränken, hinter hohl klingenden Wänden, die aber lediglich verputzt waren. Den Sender entdeckte er im Plattenspieler. Er war eine kleine Kostbarkeit, hübsch, leicht und tragbar. Er schaltete ihn aus und nahm ihn mit in das Schlafzimmer, dann erstarrte er: Schritte auf der Treppe.

Craig stand vor der Notwendigkeit, ein drittes menschliches Wesen an diesem Abend zu verletzten. Der Gedanke war ihm weder sympathisch noch unsympathisch. Es war eine einfache Notwendigkeit. Wenn er es tun mußte, würde er es ordentlich machen. Die Schritte gingen ins Schlafzimmer, Craig folgte geräuschlos. Allen stand in der Tür, und seine Augen glitten von dem Geldhaufen auf dem Tisch zu dem Mädchen auf dem Bett.

»So viel Schönes«, sagte Craig. »Sie wissen nicht, wo anfangen, nicht wahr?«

Allen drehte sich schnell um. Seine Bewegungen waren ungelenk, unsicher vom Alkohol. Er starrte in das stumpfe Grau von Craigs Augen, die ohne Mitleid, Haß oder auch nur Abneigung waren.

»Wo waren Sie?« fragte Craig.

»Ich hab mich erschreckt«, sagte Allen. »Nun geht's mir besser.« Sein Blick wandte sich wieder dem Geld zu. »Sie haben ein Vermögen gefunden«, sagte er.

»Ja«, entgegnete Craig.

»Ich meine, wir könnten den Rest unseres Lebens davon zehren«, sagte Allen.

»Ja«, sagte Craig wieder, »das könnten wir. Nebenan ist eine Sendeanlage. Tragen Sie sie runter. Dann warten Sie auf mich.«

Allen rührte sich nicht. Nun blickte er das Mädchen an. Es war noch bewußtlos, hatte sich aber bewegt, und dabei war ihr der Rock über die Knie heraufgerutscht. Allen ging zu ihr hin, schob den Rock noch weiter zurück, so daß man die schwarze Linie des Strumpfhalters auf dem blassen Schenkel sah und das hübsche V ihrer Schlüpfer.

»Sie ist nicht uneben«, sagte er. »Vielleicht ein bißchen zu sehnig.« Seine Hand bewegte sich weiter, da ergriff Craig sein Handgelenk und drehte ihn um.

»Ich hab ja nur geguckt«, murrte Allen.

»Mein Gott, sind Sie widerlich«, sagte Craig. »Tragen Sie jetzt den Sender zum Wagen und warten Sie auf mich.«

»Gut«, entgegnete Allen. »Was wird aus dem Geld?«

»Das nehme ich«, sagte Craig. »Und Calvet auch. Los.«

Allen zog los, und Craig stopfte das Geld, die Waffe und die Stahlkassette in einen Seesack und hängte ihn sich über die Schulter. Dann ging er zu dem Mädchen, band ihm ein Handgelenk los, zögerte und zog ihr den Rock über die Knie. Zuletzt hob er Calvet, der noch bewußtlos war, auf seine andere Schulter und ging zur Treppe. Dabei stellte er mit Befriedigung fest, daß seine Hände nicht zitterten, daß er nicht schwitzte, und daß seine Schritte nicht zu hören waren. Er öffnete die Haustür einen Spalt und lauschte. Von der Straße kam Stimmengeräusch. Allen sprach schlechtes Spanisch mit einem Polizisten. Der Polizist riet Allen in viel besserem Spanisch, nach Hause zu gehen. Allen versprach das, sobald er den Wagen in Gang bekäme, und der Polizist ging weiter. Craig zählte bis zehn und trat dann auf die Straße. Allen hatte den Rücksitz des Autos frei gemacht, und Craig legte Calvet friedlich hin. Er sah betrunken aus. Craig deckte ihn mit Allens Mantel zu, nahm dessen Flasche und goß ihm Cognac über Gesicht und Hemd. Das Auto stank. Dann sah er nach dem Platz des Beifahrers hin. Der Sender stand darauf.

Allen sagte: »Machen Sie sich keine Sorgen. Ich habe dem Polizisten gesagt, es sei ein neues Autoradio.«

»Hoffentlich ist er genauso dämlich wie Sie«, sagte Craig. »Rutschen Sie hinüber.«

Zögernd gehorchte Allen und nahm den Sender auf den Schoß. Dann warf Craig den Seesack nach hinten neben Calvet.

»Das Geld?« fragte Allen.

Craig startete und fuhr auf die Küste zu. An der ersten Ecke ließ er die Scheinwerfer aufleuchten. Der Polizist stand in einer Toreinfahrt und beobachtete den Wagen. Er sah gar nicht dumm aus. Craig fuhr gelassen weiter, er wollte keine Scherereien.

Sie erreichten die Küstenstraße und parkten. Allen nahm den Sender und dieses Mal auch Craigs Koffer und kletterte hinunter zum Strand. Craig folgte, den Seesack über der Schulter, Calvets schlaffen Körper in den Armen. Es war weicher Boden, und sie bewegten sich geräuschlos. Dann trat Allen plötzlich auf eine Muschelschale und stolperte. Craig fluchte verhalten, aber schließlich kamen sie zum Strand und an Allens Boot, beluden es und schoben es in die dunkle raunende See hinaus. Craig kletterte in den Bug und nahm die Ruder, Allen ergriff im Heck die Steuerstange. Die Ruder klatschten leise, als das Boot ins Mittelmeer hinausfuhr in Richtung auf den dunklen Fleck, der Allens Motorboot war; seine Ankerlichter funkelten wie Edelsteine.

Sie erreichten es, machten fest und brachten Calvet, das Geld und den Sender hinüber. Dann langte Allen nach dem Anlasser.

»Moment«, sagte Craig. »Machen Sie die Ankerlichter aus.«

Allen gehorchte, als Craig landwärts blickte, wo ein dünner Strahl von zwei nicht abgeblendeten Scheinwerfern dorthin vordrang, wo ihr Auto stand. Craig hörte Wagentüren schlagen; uniformierte Männer gingen durch den Scheinwerferstrahl auf den kleinen Wagen zu. Sie hatten Waffen in der Hand.

»Besser, wir hauen ab«, sagte Allen.

»Noch nicht«, flüsterte Craig. »Sie können uns nicht sehen. Wir warten, bis sie gehen.«

»Aber . . .«

»Leise«, flüsterte Craig wieder. »Es schallt meilenweit übers Wasser.«

In diesem Augenblick kam Calvet zu Bewußtsein und schrie. Calvet war Ukrainer. Er sprach ukrainisch, russisch und französisch und zwar wie seine Muttersprache. Sein Deutsch, Englisch und Spanisch waren beinahe perfekt. Aber in diesem Augenblick, als er sich aus der Schwärze, in die ihn Craigs Schlag getaucht hatte, in die Schwärze des Kabinenvorraums zurücktastete, brachte er nichts als einen gellenden, aber durchaus maskulin klingenden Schrei hervor. Ein Schrei, der Furcht und Entsetzen wegen der schrecklichen Dinge, die ihm, Calvet, zugestoßen waren, ausdrückte, Dinge, über die er sich keine Rechenschaft geben konnte, die er nicht verstand, an die er sich noch nicht einmal — und das war das Schlimmste — erinnern konnte. So schrie er los, und der Schrei erstarb fast sofort unter Craigs Fingern. Aber er machte die Männer an der Klippe aufmerksam, und sofort leuchtete ein Suchscheinwerfer auf, dessen langer anklagender Finger auf die See hinausstrich und die elegante Doppelschraubenjacht suchte, die außerhalb seiner Reichweite lag.

Wieder wollte Allen abfahren, und wieder hieß Craig ihn warten, bis schließlich der Motor ansprang und der Wagen davonfuhr. Nun konnten auch die Motore der Jacht angelassen werden, und die beiden Schrauben schlugen das Wasser schaumig. Craig übernahm das kleine hübsche Steuerrad und nahm Kurs auf Gibraltar. Als er auf volle Touren kam, spürte er die Kraft des eleganten Schiffes, das seinen Befehlen mühelos gehorchte. Als Allen das gekauft hatte, mußte er nüchtern gewesen sein; es war kaum etwas daran auszusetzen. Er gab noch mehr Gas, und der Tachometer stieg auf fünfzehn Knoten.

»Lassen Sie uns die Scheinwerfer anmachen, damit wir sehen, wohin wir fahren«, sagte Allen.

»Nein«, antwortete Craig.

»Aber es sind noch fünf Knoten mehr drin, wenn wir besser sehen.«

»Nein«, sagte Craig.

Die Jacht bahnte sich ihren Weg und gehorchte ihm stillschweigend. Die verräterische Morgenröte zog herauf, ein rosa Fleck über dem Horizont — rosa und doch kalt, wie das Schlafzimmer einer Hure. Die Jacht machte volle Fahrt, und Craig spitzte die Ohren, um das Geräusch anderer Schiffe rechtzeitig zu hören. Es mußten andere Schiffe unterwegs sein, und wenn die Polizei an Land ihre Aufgabe erfüllt hatte, würden sie bald in Sicht kommen.

Zweimal glaubte er sie zu hören und drosselte den Motor. Noch waren seine Hände ruhig, aber sie wurden feucht, und sein Atem ging schneller als nötig; aber als es dann so weit war, war er völlig sicher. Es war ein tief dröhnender Ton, dunkel und gleichmäßig. Als er ihn hörte, konnte er auch schon sehen, und er erkannte die beiden Reihen roter und grüner Ankerlichter. Gerade als er sie sah, gingen auch die Lichter der anderen Boote an und begannen, die

Dunkelheit abschnittweise zu durchdringen, wobei sich ihre Strahlen kreuzten wie Säbel von Duellanten.

Sofort drehte Craig mehr auf, und sein Schiff folgte aufheulend dem Appell. Der Tachometerzeiger bewegte sich schneller, von 15 auf 20, auf 22. Langsam schob er sich dann hinauf bis 25, aber Craig fühlte hinter sich noch immer das Dröhnen stärkerer Motoren, den Schub größerer Schrauben. Natürlich war es lächerlich, denn kein anderes Geräusch konnte sich neben Allens Jacht behaupten, wenn sie auf vollen Touren lief. Aber Craig wußte, daß man sie verfolgte, so daß er beinahe erleichtert aufseufzte, als die Lichter wieder eingeschaltet wurden und die Schwärze der See in ein kaltes, klares silbriges Blau verwandelten. Bis ein Scheinwerfer ihn traf. Da ließ er sein Schiff über das Wasser schleudern, um aus dem Griff dieser stetigen klaren Lichter zu kommen.

Und dann streifte eines die rechte Flanke der Jacht wie in einer langsamen Liebkosung, beleuchtete Craig am Steuerrad und den neben ihm hockenden Allen. Craig wich wieder seitlich aus, aber das Schiff zu seiner Linken fand ihn, zögerte und hielt ihn dann fest, bis auch das rechte Licht sich wieder durch die Dunkelheit bohren konnte. Craig bemühte sich, durch die blendende silbrige Helligkeit hindurchzusteuern. Über den Lautsprecher dröhnte eine Stimme in spanisch, Craig versuchte, noch mehr zu beschleunigen, aber es war nicht mehr aus dem Motor herauszuholen. Die Schiffe hinter ihm kamen näher — verdammt, mußten die stark sein —, wieder dröhnte die Lautsprecherstimme herüber. Allen klapperte vor Angst, und Craig war zu beschäftigt, um ein Wort zu verstehen.

Er versuchte wieder auszubrechen, da ertönte das Knattern von Gewehrfeuer, Leuchtspur durchzog den schwarzen Himmel, verschwand schließlich zwanzig Meter von seinem Boot entfernt in der See. Craig schaltete den Backbordmotor auf Leerlauf, dann in den Rückwärtsgang, und das schwere Schiff sprang störrisch, als es nach rechts drehte und vor dem Bug der Verfolger vorbeifuhr. Noch einmal versuchte Craig vergeblich, eine höhere Tourenzahl herauszuholen. Auf dem Tachometer waren 27 Knoten erreicht, und dabei blieb es. Es war einfach nicht mehr drin. Craig riskierte noch einen Blick zurück auf die sich überschneidenden Scheinwerferstrahlen. Die Morgendämmerung war verblichen. In wenigen Minuten würde es taghell sein, und diese Minuten waren lebenswichtig.

»Haben Sie Waffen an Bord«? schrie er.

»Verdammter Idiot«, brüllte Allen zurück. »Das sind spanische Marineboote, die uns da jagen.«

»Haben Sie Waffen?«

»Bloß eine Büchse«, sagte Allen. »Eine Lee-Enfield.«

»Holen Sie sie«, sagte Craig.

Allen rührte sich nicht.

»Waren Sie schon mal in einem spanischen Gefängnis«? fragte Craig.

Allen seufzte und holte die Büchse, Craig überließ ihm das Rad. Er legte sich im Heck hin, prüfte das Gewehr und wartete. Die Lee-Enfield war alt, mindestens zehn Jahre, schien aber gut gehalten zu sein, und Craig kannte sich mit ihr aus. Es war die Standard-Dienstwaffe des zweiten Weltkrieges und die erste in der langen Reihe von Gewehren, Karabinern, Pistolen, Revolvern und automatischen Waffen, die durch seine Hände gegangen waren. Mit siebzehn hatte er gelernt, wie sie zu gebrauchen und zu pflegen war, und das hatte er nicht vergessen. Magazin, Schloß, Sicherung — alles war in Ordnung und gut gehalten, wie es Vorschrift war. Anscheinend liebte Allen eine Waffe ebenso wie sein Boot.

Craig wartete und wußte, daß es diesmal nicht lange dauern würde, bis die spanische Marine, die die See mit ihren Scheinwerfern peitschte, sie wieder einfangen würde. Er legte sich bequem hin und hielt das Gewehr ruhig an die Schulter gepreßt. Der erste Verfolger kam von hinten, seine Scheinwerfer sandten einen anklagenden Lichtfinger aus. Craig feuerte in seine Helligkeit hinein, und das Licht ging aus. Allen schwenkte den Kreuzer herum, wie er es bei Craig gesehen hatte, so daß es vor dem Bug des anderen Bootes vorbeischoß. Es ging dabei um Meter, aber der andere Scheinwerfer fand sie, zwei Maschinengewehre ratterten, und Allen sah mit Entsetzen, wie Brocken der gelackten Deckenverkleidung an seinem Kopf vorbei flogen. Craig feuerte noch einmal, aber die Jacht schwankte zu sehr, und das Licht hielt sie erbarmungslos fest. Mit dem nächsten Schuß mußte er es treffen, seine Augen würden bald geblendet sein.

»Halten Sie sie still«, schrie er Allen zu und spannte den Hahn. Die Jacht kam auf der glatten See zur Ruhe, und Craig feuerte. Das Licht ging aus, kein Schrei war zu hören, und er hoffte inständig, daß niemand verwundet war. Ein feindlicher Akt würde Loomis nicht gerade freuen, aber ein verwundeter Spanier würde ihn rasend machen. Craig warf Allen, der am Steuerrad saß, einen Blick zu und nahm dann das Magazin aus der Lee-Enfield. Es roch nach Schießpulver, als er die Munition mit den Fingern herausholte und sie in die Tasche steckte. Dann übernahm er das Rad von Allen und hielt Kurs auf Gibraltar.

Allen sagte: »Das war verdammt nahe.«

»Gutes Radar«, entgegnete Craig.

»Meinen Sie, daß die uns noch mal kriegen?«

Craig antwortete nicht. Man konnte es nicht wissen. Sobald er es wußte, würde er handeln. Bis dahin war er nur darauf konzentriert, einen zusätzlichen Knoten, oder auch nur einen halben, aus der Jacht herauszuholen.

Als der Tag anbrach, fuhren sie mit achtundzwanzigeinhalb Knoten, und Allen war aschfahl. Die Sonne wurde heller und wärmer; zwei Meilen entfernt konnten sie ihre Verfolger erkennen. Vor ihnen lag Gibraltar. Craig schätzte, daß sie es gerade noch schaffen würden.

»Meinen Glückwunsch«, sagte er zu Allen. »Wir haben die Armada abermals geschlagen.«

Allen besah sich, was zwei Vickers Maschinenpistolen an seinem Deck angerichtet hatten.

»Das kostet ein Vermögen«, sagte er.

»Schicken Sie uns die Rechnung«, entgegnete Craig.

Allen kroch an ihm vorbei, musterte den Schaden und kam zum Bug zurück. Aus Craigs Seufzer klang Mitgefühl. Allen hob die Lee-Enfield auf.

»Sie sollten mich jetzt eigentlich auszahlen«, sagte er. »Geld genug haben Sie ja.« Craig sagte nichts. »Oder noch besser, Sie bringen mich nach Tanger.« Craig hielt den Kurs; durch das Motorengeräusch hörte er das trockene Schnappen des Hahns. »Es ist mein Ernst«, sagte Allen.

Das Schiff hielt Kurs.

»Hören Sie«, sagte Allen, »ich bin in einer verzweifelten Lage. Diese spanischen Schweine haben mich gesehen. Ich kann nicht nach Marbella zurück. Ich brauche Geld. Sie haben Geld, Mensch! Sie wollten doch bloß Calvet.«

Craig hielt Kurs.

»Ich bringe Sie um«, sagte Allen.

Craig sagte: »Das Gewehr ist nicht geladen.«

Allen lachte.

»Probieren Sie's doch.«

Allen drückte den Hahn.

»Na, sehen Sie?« sagte Craig.

Er warf Allen einen Blick zu. Allen kam von der Seite an ihn herangeschlichen und hielt die Lee-Enfield am Schaft und Lauf, um sie — höchst ungeschickt — als Keule zu gebrauchen.

»Sie sind dumm«, sagte Craig, »aber doch nicht so dumm. Wenn Sie jetzt irgend etwas unternehmen, lasse ich Sie sofort über Bord gehen.«

Allen hielt inne.

»Das heißt, daß Sie entweder ertrinken oder in die Hände der spanischen Marine fallen. Legen Sie das Ding weg.«

Allen ließ das Gewehr fallen; hart schlug es auf die Planken auf.

»Übernehmen Sie das Rad«, sagte Craig, und Allen gehorchte. Craig ging hinunter in die Kabine. Dort lag Calvet und wand sich mit wütender Energie, um die Taue zu erreichen, mit denen seine Füße zusammengebunden waren.

»Es ist zu spät«, sagte Craig.

Calvet erstarrte, rollte sich herum und sah ihn an. Er hatte braune melancholische Augen, slawische Augen; sie blitzten vor Haß.

»Sie haben verloren«, sagte Craig. »Einmal mußten Sie schließlich verlieren. Liegen Sie still. Ich möchte Sie nicht noch einmal verletzen.«

Calvet lag steif da.

»Möchten Sie eine Zigarette?«

Calvet verriet nicht, ob er gehört hatte.

Craig ließ ihn liegen und ging wieder nach oben. Als er sich noch einmal umblickte, versuchte Calvet wieder, die Beine anzuziehen und sich aufzurichten, um die Knoten zu erreichen. Craig dachte, daß der Russe viele Eigenschaften hatte, die ihm mehr lagen als die Allens. Nur sein Geschmack in Mädchen sagte ihm nicht zu. Allen war dem Weinen nahe, als Craig wieder das Rad übernahm. Er konnte nun die breite Betonlandebahn erkennen, die sich in die See hinaus erstreckte und Gibraltar für die Düsenmaschinen öffnete, ebenso für die Touristen auf dem Wege nach Tanger und der Costa del Sol. Und dahinter lag das ganze langweilige Gibraltar, die ordentlichen kleinen Bars und düsteren Hotels, die ihren einzigen Reiz aus dem Wort »zollfrei« bezogen. Und dahinter lag der Felsen, Symbol des Empire und der Versicherungsgesellschaften. Nun lebten nur noch die Affen dort.

Craig drosselte den Motor, und die Tourenzahl nahm ab. Ein weißes Küstenwachboot der Navy schoß auf sie zu, und eine Stimme schrie zu ihnen herüber: »Mr. Jameson?« Craig nickte, und das Boot fuhr vor ihnen her, führte sie an den Schiffen in der Bucht vorbei in den inneren Hafen bis zu einem Kai zwischen zwei Molen, auf denen Marinewachen patroullierten. Das Küstenwachboot schwenkte ein, und Craig befolgte die Signale eines Seemannes, bis die Jacht schließlich vertäut war.

Craig stellte den Motor ab und wartete. Ein Fregattenkapitän der Royal Navy und ein Marinearzt entstiegen dem Wachboot und kamen an Bord. Der Fregattenkapitän blickte von dem Gewehr auf das von Kugeln zerfetzte Deck.

»Sie fallen auf, Mr. Jameson«, sagte er. »Ihre Leute haben dem Admiral versprochen, daß sie das vermeiden würden.«

»Tut mir leid mit dem Gewehr«, sagte Craig. »Wir dachten, daß wir vielleicht einem Delphin eins verpassen könnten. Unglücklicherweise«, er sah das beschädigte Deck an, »feuerte der Kerl zurück.«

Er gab der Lee-Enfield einen Stoß, daß sie außer Sichtweite geriet.

»Wo ist mein Patient?« fragte der Arzt.

Craig deutete mit dem Daumen in Richtung Kabine. »Er ist rabiat«, sagte Craig, und der Fregattenkapitän seufzte und folgte dem Arzt. Craig zog Zigaretten heraus und bot Allen an. Sie rauchten schweigend. Dann sagte Allen: »Es tut mir leid.«

Craig zog an seiner Zigarette. Wenn der Doktor sich etwas beeilte, konnten sie noch das Morgenflugzeug erreichen und zur Teezeit in London sein. Vielleicht hatte er sogar Zeit für ein Bad und konnte etwas für die Schulter unternehmen, auf die ihn Calvet geschlagen hatte. Der sowjetische Sicherheitsdienst bildete seine Mitglieder wirklich mit aller Gründlichkeit aus.

Allen sagte: »Ich will bezahlt werden, wenn alles erledigt ist.«

»Ja, natürlich«, antwortete Craig. »Sie wollen Geld.«

Er nahm einen Scheck aus der Tasche. Er war schon unterschrieben. Craig setzte nur noch das Datum darauf.

»Fünfhundert für die Arbeit, Fünfhundert für das Boot. Stimmt's?«

»Ist gut«, sagte Allen. Craig schrieb in Worten und Zahlen: Tausend Pfund, dann gab er ihm den Scheck.

Allen nahm ihn, faltete ihn dreifach und steckte ihn umständlich in seine Brieftasche.

»Ich kann ihn wohl in Gibraltar einlösen?«, fragte er.

»Natürlich«, sagte Craig.

»Dann ist alles in Ordnung«, sagte Allen, stand auf und kletterte auf den Kai. »Jetzt werde ich erst einmal frühstücken.«

»Tun Sie das«, sagte Craig.

»Anschließend schaue ich vielleicht bei einer Bank hinein.«

»Gute Idee.«

»Sie haben nichts dagegen, wenn ich Sie für kurze Zeit allein lasse?«

»Sie verlassen uns für immer«, sagte Craig. »Wir brauchen Sie nicht mehr.«

4

Der Krankenwagen der Navy fuhr zum Flughafen von Gibraltar mit der gewichtigen und doch behenden Eleganz, die nun einmal zu Daimler gehören. Drinnen saßen Craig, der Arzt und der Fregattenkapitän, jetzt in Zivil. Calvet lag schlafend auf einer Bahre und war von Brust bis Kopf in Binden gewickelt. Beide Beine waren geschient. Das Geld, das Craig aus seinem Haus genommen hatte, steckte unter den Bandagen.

»Ich habe ihm ein Beruhigungsmittel gegeben«, sagte der Arzt.

»Danke«, entgegnete Craig.

»Er ist beträchtlich angeschlagen«, sagte der Doktor. »Besonders in der Magengegend und unterhalb der Nase. Entschuldigen Sie, aber womit haben Sie geschlagen?«

»Ich habe eben zugeschlagen«, sagte Craig.

Der Fregattenkapitän starrte mißmutig die Parolen auf den Mauerwänden an. ›260 Jahre Freiheit‹ stand da und ›Gibraltar ist spanisch‹, wobei eine über die andere geschrieben war und sich ständig wiederholte. Sie hielten auf Anweisung eines Polizisten an der Ecke der Winston-Churchill-Avenue, und der Fregattenkapitän sah auf seine Uhr.

»Sie dürfen Ihre Maschine nicht verpassen.«

»Werde ich nicht«, sagte Craig.

»Wahrscheinlich muß sie auf Sie warten?«

»Nein«, entgegnete Craig, »aber es ist noch viel Zeit, und es gibt viele Flugzeuge.«

»Der Admiral möchte, daß Sie den Stützpunkt bald verlassen«, sagte der Fregattenkapitän. »Ich bin dafür verantwortlich, daß Sie abfliegen.«

»Sie wollen sagen, daß er mich nicht sehr schätzt?«

»Natürlich schätzt er Sie nicht. Ich auch nicht.«

»Ich finde das unglaublich«, sagte Craig.

Der Arzt schnaubte.

»Sie verrichten ein schmutziges Geschäft«, sagte der Fregattenkapitän. »Ich sehe ein, daß es getan werden muß, aber Sie können nicht von mir erwarten, daß ich es billige. Für Sie ist es natürlich etwas anderes, Ihnen scheint es Spaß zu machen.«

Craig dachte daran, wie er Allen terrorisiert, benutzt und dann fallengelassen hatte; er dachte an den Schlag, den er dem Mädchen versetzt, und wie er Calvet in den Bauch getreten hatte. Er schwieg.

»Aber man sollte nicht von der Navy verlangen, Ihnen auch noch behilflich zu sein. Das ganze Unternehmen ist reine Seeräuberei.«

»Sie reden viel«, sagte Craig. »Aber leider nichts von Bedeutung.«

Der Krankenwagen war am Ziel, drängelte sich durch eine aufgeregte Schar von Taxifahrern und Gepäckträgern, und Craig stieg aus, um Flugscheine für sich und David Lloyd zu kaufen, das zerschlagene Opfer eines Autounfalls, das per Flugzeug zu seinen Eltern in Merioneth gebracht wurde. Er kaufte im zollfreien Laden Zigaretten, Whisky und Parfüm und ging zum Krankenwagen zurück. Der Arzt war ausgestiegen und begleitete die Rollbahre mit Calvet zur Sperre.

Der Fregattenkapitän sagte: »Es ist besser, Sie gehen jetzt.«

»Kann ich dem Admiral nicht auf Wiedersehen sagen?« fragte Craig.

»Er weiß gar nicht, daß es Sie gibt. Niemand von uns kennt Sie«, sagte der Fregattenkapitän. »Und das freut mich.«

Craig erwiderte: »Ich bin enttäuscht. Vier Stunden in Gibraltar — und nur einen Affen gesehen.«

»Hauen Sie ab«, sagte der Fregattenkapitän. »Und zwar sofort.«

»Okay«, entgegnete Craig und ließ dem Kapitän das Parfüm in den Schoß fallen. »Denken Sie an mich, wenn Sie's benutzen.«

Das Parfüm hieß ›Unser Geheimnis‹.

Craig ging dem Arzt nach und zeigte die Flugscheine an der Sperre vor. Paßkontrolle und Zoll hatten ihn durchgewinkt. Er und Calvet waren die ersten, die bei der Vanguard ankamen, und Craig wartete, bis die Bahre in die erste Klasse geschoben war. Der Arzt ging hinein, überprüfte alles und kam wieder hinunter.

»Ich habe ihn mir noch einmal angesehen«, sagte der Doktor. »Er wird sich nicht rühren, bis Sie nach London kommen.«

»Danke«, sagte Craig.

»Mir hat es eigentlich Spaß gemacht«, erklärte der Marinearzt. »Es war mal was anderes, als immer Glasscherben aus betrunkenen Seeleuten herauszuholen.«

Craig gab ihm den Whisky und ging an Bord. Ein paar Touristen folgten. Dann kam die Vanguard auf Touren, raste über die Piste und hob sich über die See: Afrika auf einer, Europa auf der anderen Seite. Es regnete in beiden Kontinenten. Die Maschine stieg, die Warnlichter gingen aus, und Craig löste seinen Sicherheitsgurt. In dreieinhalb Stunden würde er in London sein und Calvet loswerden. Er rauchte, gähnte, trank Whisky und Ginger Ale und schlief ein.

In London wartete wieder ein Daimler mit einem anderen Arzt und einem Mann, den Craig nicht kannte. Er übergab Calvet, nahm ein Taxi zu seiner Wohnung am Regent Park. Er hatte keine Zeit zu baden gehabt, und seine Schulter brannte wie Feuer. So fuhr er nach Hause ausruhen.

Vier Tage später ließ Loomis ihn rufen.

Craig fuhr zu ihm in dem schwarzen Jaguar mit dem 4,2 Motor, den er hatte, seit er im Dezernat K tätig war. Es war ein lächerlich großer Wagen für ihn, teuer im Unterhalt und unmöglich zu parken, aber er paßte zu seiner Rolle — eines zur Ruhe gesetzten Maschinenwerkzeugsfabrikanten —, und es war möglich, darin vier oder fünf große Männer schnell zu befördern, wenn nötig mit mehr als zweihundert Kilometern pro Stunde. Er parkte in einer Garage und kehrte zurück zum Queen Anne's Gate, dem vorsichtigen Hausverwalter und Loomis mit seinem miserablen Kaffee.

»Sie haben ganze Arbeit geleistet«, sagte Loomis mürrisch. »Er erholt sich gut.«

»Haben Sie ihn ins Sanatorium gebracht?«

Loomis nickte. »Augenblicklich ist es sehr schön dort oben«, sagte er, »die Narzissen stehen in voller Blüte. Zuerst gefiel es ihm nicht, aber nun geht es ihm besser.«

»Was hat man ihm gegeben?«

»Die verschiedensten Sachen«, sagte Loomis. »Ein bißchen von dem, ein bißchen von jenem. Das beste ist immer Abwechslung. Nun haben wir ihn fast ganz auf Pentathol gestellt; er scheint es zu mögen. Heißt Oleg Dowtschenko, 1938 in der Ukraine geboren. Sie haben ihn ein paar Jahre älter gemacht. Dem sowjetischen Sicherheitsdienst fiel er an der Universität von Moskau als glänzender Linguist und guter Sportler auf, und sie unterzogen ihn den üblichen Tests. All dieses Zeug von Pawlow. Eine Zeitlang arbeitete er in Frankreich, dann eine Weile in Südamerika, danach ging er nach Marbella. Das haben wir alles herausbekommen.«

»Erfuhr er viel über Gibraltar?«

»So furchtbar viel ist da nicht zu erfahren«, sagte Loomis. »Aber er tat sein Bestes. Er war ganz eifrig, Leute gegen Franco zu mobilisieren.«

»Hatte das Hand und Fuß?«

»Ja«, entgegnete Loomis. »Er hat auch allerhand über die 5. Flotte herausbekommen. Einer seiner Leute war an Ort und Stelle, als die Yankees ihre H-Bombe verloren, und auch auf Flugplätzen hat er nicht schlechte Arbeit geleistet. Hat auch die Zukunft nicht außer acht gelassen, ein wirklich fortschrittlicher Bursche. Hatte schon Kerle ausfindig gemacht, mit denen er nach Franco zusammenarbeiten wollte.«

»Wie geht es dem Mädchen?«

»Die junge Person, die Sie ans Bett gebunden haben? Sie entwirft expressionistischen Schmuck, d. h. Zechinen für den Nabel und solches Zeug. Sie hatte nichts mit der Sache zu tun. Soviel ich gehört habe, hat sie Sie noch nicht einmal gesehen. Sie haben gut gearbeitet.« Loomis sah erstaunt aus.

»Und Allen?«

»Verdammter Narr«, sagte Loomis. »Er ging nach Spanien zurück. Hatte in Marbella etwas Geld versteckt, machte sich einen falschen Bart an und spielte unsichtbar. Eine Stunde später hatte ihn die spanische Polizei. Ich nehme an, daß er ihnen alles über Sie berichtet hat. Das ist aber ohne Bedeutung. Es gibt Sie ja gar nicht. Sie werden Allen wegen Schmuggels und der Schießerei aburteilen. Lassen wir das.« Er tat Allen mit einer Handbewegung ab und blickte Craig finster an. »Nun zu dem Zeug, das Sie uns mitgebracht haben. Der Sender ist niedlich, aber wir haben bereits einen besseren. Das Geld ist wichtiger. Wir haben nie genug davon. Fünfundzwanzigtausend Pfund in Dollar. Ein Jammer!«

»Was ist los?« fragte Craig.

»Alles Blüten.« Er griff mit den sparsamen Bewegungen dicker Männer in seine Innentasche und warf Craig vier Zwanzig-Dollarscheine hin. »Überzeugen Sie sich selbst.«

Craig betrachtete sie. Sie waren frisch und sauber, fühlten sich hart an wie gutes Papier, und das Portrait des Präsidenten war scharf und gut gestochen. Die Farbe war klar, der Druck hervorragend.

»Hübsch«, sagte Craig.

»Würden Sie die in Zahlung nehmen?«

Craig nickte, Loomis nickte zurück, — eine Bewegung, die auf den Zentimeter berechnet war, königlich in ihrer Würde.

»Ich auch. Der Jammer ist, daß unter den dreitausend Scheinen nur vier Seriennummern sind. Ich habe sie durchsehen lassen. Ein Junge von Scotland Yard ist Spezialist dafür. Sie gefielen ihm, er wurde direkt aufgeregt. Machte sich beinahe in die Hose.« Loomis legte eine Pause ein, und fügte dann wie als Erklärung hinzu: »War zu dünn, der Bursche ... Offensichtlich ist ein solcher Schein in London schon einmal aufgetaucht. Einige seiner jungen Leute gehen nun der Sache nach. Ich würde es für gut halten, wenn Sie ihnen dabei behilflich wären. Könnten sich dabei direkt weiterbilden.«

Craigs Tutor war Kriminalbeamter Millington, ein junger eifriger Polizist mit dem brennenden Drang nach Beförderung. Craig traf ihn in einer Kneipe in Chelsea, einem düsteren, zugigen kleinen Raum, wo die Dekadenz vielleicht nicht elegant, aber wenigstens teuer war. Millington trank Bier und aß eine Wurst. Er sah müde aus, war aber voller Energie. Er trug keinen Hut, und seine Schuhgröße war nicht außergewöhnlich für einen Mann seines Gewichtes, aber Craig hätte ihn sofort als Polizisten erkannt. Er hatte den Blick des geborenen Jägers. Craig ging auf ihn zu und fühlte Millingtons abschätzenden Blick. Genauso war es gewesen, als er ihn in Scotland Yard aufgesucht hatte. Millington fürchtete Craig und mochte ihn daher nicht.

»Die ganze Idee mißfällt mir«, sagte Millington. »Sie muß ja zu Scherereien führen. Jeder sieht sofort, daß Sie kein Polizist sind.«

Er betrachtete Craigs handgenähten grauen Anzug, sein weißes Hemd aus bester amerikanischer Baumwolle, die Dior-Krawatte. »Zunächst einmal sind Sie zu gut angezogen.«

»Ich dachte, dann sehe ich vielleicht wie ein Hochstapler aus.«

Millington musterte ihn mißmutig.

»So wie Sie aussehen, kann ich Sie nicht mitnehmen, die Leute interviewen.«

»Ich will gar nicht mit Ihnen gehen«, sagte Craig. »Zeigen Sie mir einfach, wo die Leute sind, dann arbeite ich für mich allein.«

»Ich glaube, das geht nicht«, sagte Millington. »Ich bin für Sie verantwortlich.«

»Nein«, erwiderte Craig. »Das sind Sie nicht.«

Millington sah ihn wieder an und versuchte gar nicht, sein Mißfallen zu verbergen.

»Okay«, sagte er, »ich zeige sie Ihnen. Aber was soll das nützen? Sie werden Sie doch mit mir zusammen sehen.«

»Nein«, entgegnete Craig, »das werden sie nicht. Da habe ich vorgesorgt.«

Er hatte einen Bedford-Lieferwagen mit schwarzen Spion-Glasscheiben draußen stehen. Eine Rosenranke war rund um den Wagen gemalt, und an jeder Seite stand ›Blüten über Blüten‹. Millington fand das gar nicht komisch. Im Inneren war der Lieferwagen wie ein Caravan mit Campingbetten und -stühlen ausgestattet. Außerdem enthielt er drei Leica Ikon Kameras mit Teleobjektiven, einen 16 mm Eclair-Filmapparat, zwei Ferrograph-Bandgeräte und einen Radioapparat. Millington war scharf auf einen solchen Wagen. Er hätte ihm viele Stunden und Kilometer erspart.

Der Fahrer stieg ein, und sie fuhren nach Soho. Die Zwanzig-Dollarnote war in einem Striptease-Klub in Umlauf gebracht worden, einem kleinen Lokal, kurz hinter der Greek Street: Fünfzig Plätze, eine winzige Bühne und eine riesige Bar. Es war allgemein bekannt unter dem Namen *Nuderama*. Der Mann, der den Schein ausgegeben hatte, sah aus wie ein Amerikaner und hatte auch so gesprochen. Er hatte das Geld verwandt, um für die drei Stars der Show Sekt zu kaufen, und er mußte für eine Flasche fünf Pfund ausgeben. Dem Barmann hatte er zehn Schilling gegeben und dreißig Schilling Wechselgeld eingesteckt; danach wurde er nie wieder gesehen, obgleich die Mädchen täglich auf ihn warteten. Der Barmann ebenfalls. Millington meinte, es könnte sich um einen Mann namens Tony Driver handeln, einen außergewöhnlich vielseitigen Gauner, der in England und Kanada für so verschiedenartige Vergehen wie Erpressung, Diebstahl und Schwindel gesessen hatte. Driver war gut angezogen, lebte überall und spielte mindestens vier Stunden täglich Poker. Gewöhnlich gewann er. Millington hatte erfahren, daß er am Tag, ehe der Schein in Umlauf gebracht wurde, sechs Stunden gespielt und fünfhundert Pfund verloren hatte. Dann war er bis auf seinen Besuch im *Nuderama* zwei Tage lang verschwunden gewesen, war mit Wettgeld zurückgekommen, hatte wieder Poker gespielt und gewonnen. Millington zeigte Craig sein Foto.

»Sie haben noch nicht versucht, ihn zu identifizieren?« fragte Craig.

»Wir waren gerade dabei, als Sie kamen. Man bat uns, damit noch zurückzuhalten.«

»Nett von Ihnen, daß Sie gewartet haben.«

»Es war ein Befehl«, sagte Millington.

Der Lieferwagen verließ die Shaftesbury Avenue, fuhr durch die Old Compton Street, in die Greek Street hinein und parkte an einer Parkuhr. Es war drei Uhr, und das *Nuderama* bereitete sich auf einen neuen Arbeitstag vor. Craig nahm ein Zeissfernglas, gab Millington ein zweites und guckte auf eine gelbe Tür, die von elektrischen Birnen umgeben war. Darüber stand das Wort *Nuderama* in regenbogenfarbigen Buchstaben. Auf beiden Seiten prangten gemalte Mädchen. Die meisten waren einfach nackt bis auf den bewußten Blick beleidigter Arroganz, den Schönheitstänzerinnen während des Auftritts zu tragen pflegen. Einige hatten Muffs an oder schmückten sich mit ein paar Tauben oder etwas, das Craig für ein Stück Fischernetz hielt. Die Unternehmungslustigste schien gerade einen Gorilla auszupeitschen.

Während Craig beobachtete, näherte sich ein Mann der Tür, dessen Hautfarbe verriet, wie selten er das Tageslicht sah. Er öffnete und trat ein. Craig knipste ihn.

»Das ist der Barmann«, sagte Millington.

Ihm folgte eine untersetzte, schlecht gelaunte Frau, die Kassiererin, und ein dritter Mann.

»Das ist der Schlepper«, sagte Millington. »Er steht draußen und lockt die Kunden rein.«

Craig machte weitere Aufnahmen.

Ein Bentley Continental fuhr geräuschlos an den Bordstein, und ein hochgewachsener, schlanker Mann stieg aus. Er war grauhaarig, elegant und trug eine weiße Nelke im Knopfloch seines dunkelblauen Anzuges. Er hinkte leicht, als er auf die Tür zuging, und eine unregelmäßige Narbe auf der einen Wange deutete auf nicht ganz gelungene plastische Chirurgie hin.

»Das ist der Besitzer«, sagte Millington, »Julek Brodski. Naturalisierter Pole.«

»Gibt es einen Vorgang über ihn?« fragte Craig.

»Nein. Im Krieg war er Geschwaderkommodore der polnischen Luftwaffe. Bekam den britischen Verdienstorden. Tatsächlich soll er Graf oder etwas ähnliches sein. Nein, Brodski ist in Ordnung«, sagte Millington. »Sein Lokal ist anständig und sauber.«

»Das ist die ganze Equipe?« fragte Craig. Millington nickte.

»Wann kommen die Mädchen?«

»Um vier Uhr dreißig«, sagte Millington.

»Dann lassen Sie uns mal das Lokal ansehen, wo Driver Karten spielt«, schlug Craig vor.

Driver spielte im Keller von *Luigi*, einem traurigen, wenig erfolgreichen kleinen Café, drei Häuserblocks von dem Nacktklub entfernt. Im Erdgeschoß gab es einen Mineralwasserausschank und Hocker wie die Sitze der Methodistenkapellen, an die sich Craig aus seiner Jugend erinnerte. Drei müde Kellnerinnen, die aussahen, als ob sie das Gebäude wochenlang nicht verlassen hätten, schlurften hin und her mit Speisen, die ebenso billig wie unappetitlich aussahen. Craig machte aus dem Wagen eine Reihe Fotos von den Kellnerinnen, von jedem, der mit dem Ort vertraut schien, von einem Dicken, der alle halben Stunden die Kontrollkasse nachsah und den Inhalt zählte. Der Dicke war der Besitzer. Er hieß nicht Luigi, sondern Arthur, ›dicker Arthur‹. Er war wirklich sehr dick, sah aber nicht weich aus.

Eine Treppe tiefer waren die gleichen Räumlichkeiten, erfuhr Craig, außer daß hinter dem Eßlokal ein kleines Zimmer lag, wo manchmal tagelang Poker gespielt wurde. Es war ein ruhiges Spiel, an dem nur Arthurs Freunde teilnahmen, unehrliche Männer, die ihre Betrügereien für sich behielten. Die Polizei interessierte sich nicht für sie.

Millington wurde plötzlich unruhig.

»Was ist los«? fragte Craig.

Millington wurde rot. »Ich habe zuviel Bier getrunken.«

»Das Klo ist im Schrank da«, sagte Craig und zeigte hin.

Millington, der der Sache nicht recht traute, öffnete die Schranktür. Es stimmte.

»Sie denken auch an alles«, sagte er.

»Wir versuchen es«, entgegnete Craig. »In unserem Geschäft müssen wir das.«

Er beobachtete wieder die Straße, so lange Millington seine Blase entleerte.

»Kommen Sie mal her«, rief er und begann, Aufnahmen zu machen.

»Bin noch nicht so weit«, sagte Millington.

Craig schoß weitere Aufnahmen, und schließlich kam Millington zu ihm und sah aus dem Fenster einen großen jungen Mann in grauem Flanellanzug von Brooks, gewirkter Seidenkrawatte und geknöpftem Kragen.

»Das ist Driver«, sagte Millington.

Craig warf einen Blick auf Millingtons offenen Reißverschluß. »Sie lassen sich Zeit, wie?«

Der Wagen fuhr schließlich weiter, und Craig baute das Entwicklungsbad auf, schloß es mit Vorhängen ab und knipste die infraroten Lampen an. Die Fotos waren gut geworden, sogar die Fotos der Fotos von den Stars im *Nuderama*, Karen, Tempest und Maxine. Craig versah jedes Bild mit einer Nummer und schrieb die Namen darauf, während Millington redete.

Der Wagen fuhr bei einer U-Bahnstation an den Gehweg und Craig beendete seine Notizen.

»Gut«, sagte er. »Hier trennen wir uns.«

»Was machen Sie jetzt?« fragte Millington. »Können Sie mir das verraten?«

»Ich fahre zurück«, sagte Craig. »Meine Leute sehen die Sache als einen Eilauftrag an, also werde ich mich darauf stürzen.« Er grinste. »Damit bin ich Ihnen gegenüber im Vorteil. Ich kann hingehen und die Dinge in Gang bringen. Sie müssen warten und können nur die Stücke aufheben.«

»Ich muß auch zurück«, sagte Millington. »Nicht wegen Driver«, fügte er hinzu, »den legen wir vorübergehend ad acta, bis Sie ihn freigeben. Vielleicht treffen wir uns.«

»Sie werden mich aber nicht kennen«, sagte Craig.

»Natürlich nicht.« Millington stand auf und fand es selbst erstaunlich, daß er die Hand ausstreckte.

»Viel Glück«, sagte er.

»Ihnen auch«, sagte Craig und schüttelte ihm die Hand.

Millington sagte: »Ja ... nun«,« und kletterte aus dem Wagen. Einen Augenblick später steckte er den Kopf wieder durch die Tür: »Sie parken auf einem gelben Strich«, rügte er.

5

Das Zimmer war kahl, nur mit Zweckmöbeln eingerichtet. An einer hell getünchten Wand verriet ein Fleck, wo früher ein Bild gehangen hatte. Es war ein Stalinbild gewesen. Tschelitschew war froh, daß sich ein so zeitraubender Personenkult jetzt erübrigte. Es war idiotisch gewesen und störte die strengen Linien seines Zimmers. Der Fleck störte zwar auch, aber er wollte ihn nicht übermalt haben. Er erinnerte ihn an noch nicht lange vergangene Zeiten, die wiederkehren konnten, wenn man nicht aufpaßte.

Er setzte sich in seinem Stuhl zurück und glich dabei noch mehr einer Reklame für guten Whisky: ein schlanker, lederfarbener, attraktiver Reiter, ein zäher und gut erhaltener Fünfziger, der Frauen noch zu verwirren verstand. Seine Generalsuniform der Roten Armee verriet die Hand eines Meisters. Uniform und Zimmereinrichtung waren fanatisch sauber, als ob sie und ihr Besitzer durch Feuer gereinigt worden wären. Er besah die einzige Notiz, die auf seinem Schreibtisch lag, zerriß sie in vier ordentliche Quadrate, murmelte etwas in ein Tischtelefon, setzte sich zurück, gleichermaßen entspannt und aufmerksam, wie Katzen zu sitzen pflegen.

Die Frau, die hereinkam, war schön. Groß und mit hoher Brust, grünen Augen, dichtem schwerem Haar, dessen Blond beinahe weiß wirkte. Eine ehemalige Solotänzerin des Bolschoi-Theaters hatte sie gelehrt, sich zu bewegen, ein Mann vom Film hatte ihr das Make-up gezeigt, ein ungarischer Couturier hatte Wochen damit verbracht, ihr zu zeigen, wie man Kleidung auswählt und die passenden Accessoires. Das Resultat war schön und grandios zugleich: eine Frau von eindrucksvoller Figur und erlesenem Geschmack. Tschelitschew blickte erfreut drein.

»Es ist mir eine Ehre, Genosse General«, sagte die Frau.

Die Stimme war tief und melancholisch. Ein Schauspieler des Stanislawsky-Theaters hatte sie so ausgebildet.

Tschelitschew sagte: »Für mich ist es eine Freude, eine wirkliche Freude.«

Die Frau neigte den Kopf und akzeptierte so ein Kompliment, das nie eine Platitüde sein konnte.

»Soong ist tot«, fuhr er fort. »Sie haben in Marokko sehr gute Arbeit geleistet.«

»Danke, Genosse General.«

»Die Nachricht, die Sie Dowtschenko zukommen ließen, wurde

hierher weitergeleitet. Wir wußten, daß er nach England gekommen war. Natürlich war es reines Glück, daß wir Soong fanden. Aber die Ausführung war ungewöhnlich gut. Außer, daß irgendjemand es für witzig hielt, einen der ausführenden Männer ihn auf kantonesisch ansprechen zu lassen. Wir sind nicht dazu da, witzig zu sein. Witzig sein bedeutet schon, ein Geheimnis verraten. In diesem Fall wurde dem Dezernat K dadurch verraten, wer Soong tötete.«

»Das ist die britische Organisation?«

»Genau. Dezernat K ist sehr gut. Sehr selbständig. Sie machen nie Witze.« Er legte eine Pause ein. »Nein, das stimmt nicht. Die Engländer machen ständig Witze, aber das gehört zu ihrer Technik. Ihre Hirne arbeiten so. Soong ist eine gute Spur für sie.« Er hielt wieder inne, und die Frau wußte, daß sie geprüft wurde. Nun war die Reihe zu sprechen an ihr.

»Denken Sie, er könnte sie auf BK bringen?«

»Möglich. Ihr Chef, Loomis, ist ein außerordentlicher Mann. Und sehr klug. Er versteht es, alles zu seinem Vorteil umzumünzen. Was täte ein solcher Mann, wenn er erführe, daß eine Gruppe von Ausländern alles tut, um die UdSSR anzugreifen?«

»Gab es noch andere Vorfälle?«

»Zwei Fälle von Sabotage«, sagte er, »einer davon sensationell. Diebstahl gewisser Dokumente. Man fand sie wieder, und der Mann, der sie gestohlen hatte, verübte Selbstmord. Das war schade, aber die Akten wiederzubekommen, war unbedingt notwendig. Es handelte sich um Beria, und sie enthielten enthüllendes Material. BK geht es weiter gut.«

»Natürlich« sagte die Frau.

»Natürlich.« Tschelitschews Stimme war ironisch. »Aber gewisse Leute, sogar im Präsidium, denken das nicht. Sie machen die Amerikaner und Engländer dafür verantwortlich. Wenn das stimmte, wäre es eine kriegerische Handlung. Wir müssen BK das Handwerk legen, ehe unsere Chefs Repressalien verlangen.«

Er blickte die Frau wieder an und fand ihre Jugend und Schönheit beachtlich. In seinem Blick war kein Begehren; er hatte eher Mitleid mit ihr.

»Ein neuer Krieg würde uns alle vernichten«, sagte er. »Einschließlich derjenigen Vorgesetzten, die ihn für ausgeschlossen halten. Gerade weil wir nämlich Repressalien gegen Länder unternehmen, die uns nicht provoziert haben. Wir müssen BK finden und es zerstören — und zwar bald.«

Die Frau sagte: »Dowtschenko hatte eine Spur, ein Bankkonto von BK in Tanger. Ich hörte davon und veranlaßte ihn, näheres herauszufinden.«

»Bei einer Bank namens Crédit Labonne«, sagte Tschelitschew. »Sie haben eine Million Pfund in Deutscher Mark.«

»Eine Million Pfund Sterling?« fragte sie.

Er nickte.

»Komisch, es so auszudrücken. Warum nicht einfach sagen, so und so viele Millionen Deutsche Mark? Es sei denn . . .«

»Es sind ungefähr elf Millionen«, sagte Tschelitschew. »Es sei denn, was?«

»Es sei denn, Dowtschenko bekam die Nachricht von einem Engländer, oder ein Engländer hinterlegte das Geld bei der Bank.«

»Ich möchte, daß Sie nach Tanger fahren, um das herauszubekommen«, sagte Tschelitschew.

»Warum schicken Sie nicht auch Dowtschenko? Er ist tüchtig«, sagte die Frau.

»Gute Idee. Leider hat ihn uns das Dezernat K vor zwei Tagen abgenommen. Deswegen bin ich so sicher, daß sie mittlerweile über BK Bescheid wissen.«

»Sie haben Dowtschenko?« Sie verbiß sich das dumme: ›Aber das ist doch nicht möglich.‹

»Er, nicht sie. Ein Mann namens Craig, vom Dezernat K.«

»Das muß ein bemerkenswerter Mann sein.«

»Durchaus. Er könnte Sie mit dem kleinen Finger umbringen. Wir haben ein Dossier über ihn. Lesen Sie es.«

»Glauben Sie, daß Loomis die Informationen über BK benutzen wird, um uns zu schädigen?«

»Nein«, entgegnete Tschelitschew. »Er will genausowenig Krieg wie ich. Ich könnte ihn sogar dazu kriegen, daß er uns herausfinden hilft, wer BK ist. Für einen gewissen Preis natürlich.«

»Glauben Sie, daß sie ihre Basis in England haben?«

»Soong ging nach England, und wir wissen, daß er versuchte, mit BK in Verbindung zu kommen.« Er sah auf seine Uhr und sagte: »Das ist alles. Sie können sich hier noch ein paar Tage über die Lage informieren und dann zurück nach Tanger gehen.«

»Jawohl, Genosse General«, sagte sie und fügte dann hinzu, weil der Gedanke, daß Dowtschenko von einem einzigen Mann überwältigt worden war, ihr zu unglaublich vorkam: »Darf ich noch fragen . . .«

»Schnell«, sagte Tschelitschew.

»Sie sind ganz sicher, daß dieser Craig Dowtschenko fertiggemacht hat? Er ist nicht übergelaufen?«

»Craig war ihm über«, sagte Tschelitschew. »Da gibt es keinen Zweifel. Loomis hat es mir selbst sagen lassen.«

Craig nahm eine Taxe nach Soho. Er trug den gleichen grauen Anzug und darüber einen Vicuna-Mantel, den er in Rom gekauft hatte.

»Die Show wird jede Minute anfangen, Sir. Elf bildhübsche junge Damen. Striptease ohne Unterbrechung. Sie zeigen alles, was sie haben. Und sie haben eine Menge, Sir, das können Sie mir glauben.«

Craig zögerte. »Wieviel kostet es?« fragte er.

»25 Shilling. Zutritt zur Bar inbegriffen. Von dort aus können Sie die Show verfolgen.«

Craig zuckte mit den Schultern, halb verlegen, wie Männer zu tun pflegen, wenn sie sich entschließen, einen Striptease anzusehen. Die Bewegung wirkte durchaus natürlich: Er war tatsächlich halb verlegen.

Er bezahlte der Frau hinter der Kasse 25 Shilling. Die Frau hatte die Haare blond getönt und trug ein schwarzes Seidenkleid mit Perlen. Sie besaß die Figur und die Muskeln eines Sumo-Ringers. Craig beschloß, sich nicht mit ihr in einen Streit einzulassen, und ging durch einen Korridor, der mit Teppichen bespannt und nur sechzig Zentimeter breit war. Er tastete nach der Klinke einer Tür, die ins Theater hineinführte — die Beleuchtung war ›diskret‹, wie die Leitung es nannte —, und tappte in einen Raum, der im 18. Jahrhundert ein angemessenes Wohnzimmer gewesen wäre. Er enthielt eine Bühne, einen geneigten Zuschauerraum für 50 Besucher, die nichts dabei fanden, eng aneinandergepreßt zu sitzen, und einen Laufsteg in der Mitte des Zuschauerraumes. Dahinter war eine erhöhte Bar.

Bühne, Zuschauerraum und Bar sahen gleichermaßen billig und unappetitlich aus. Die Wände waren mit einer scheußlichen gelben Leimfarbe bemalt, der Vorhang war früher einmal rot gewesen und wies jetzt genau das Rosa auf, das sich mit dem Gelb der Wände biß. Die Stühle hatten längst ihre Federung verloren, und die Holzverkleidung der Bar war abgesplittert. Das einzige, was Craig erstaunte, war die Sauberkeit des Ganzen.

Alles in allem saßen vielleicht zwanzig Männer im Raum. Die Musik wisperte von Liebe, aber sie saßen alle allein und starrten entweder geradeaus oder in ihre Programmhefte, für die sie fünf Shilling bezahlt hatten und deren Druck höchstens Sixpence kostete. Auf jeder Seite waren Fotos von Karen, Tempest und Maxine. Die Verlegenheit der Gäste war mit Händen zu greifen.

Craig suchte Zuflucht an der Bar. Man stand dort in Gruppen zusammen, trank leichtes Bier, rieb sich die Hände und benahm sich wie einer, der dabei war, sich etwas zu gönnen. Craig ging vor zum Barmann, auf desen linker Smoking-Seite ›Harry‹ gestickt stand, und der im rechten Ohr einen goldenen Ring trug.

»Whisky und trockenen Ginger«, sagte Craig.

»Sehr wohl«, entgegnete der Barmann, griff nach einer nicht etikettierten Flasche Whisky und einer großen mit Schweppes Dry Ginger. Er nahm Craig sechs Shilling ab und öffnete weiter Dosen leichten Bieres. Craig kostete den Whisky. Er war getauft. Er trank ihn aus und bestellte einen zweiten, aber pur. Der Barmann griff wieder nach der anonymen Flasche und stellte Craig ein Glas hin. Als das Maß voll war, ergriff Craig das Handgelenk des Barkeepers. Der versuchte, sich loszumachen, was ihm aber nicht gelang.

»Sie gefallen mir«, sagte Craig leise. »Sie sind ein schlauer Fuchs.« Er nippte an seinem Whisky und schob das Glas wieder weg. »Geben Sie mir einen anderen, Harry«, sagte er. »Wasser trinke ich nur, wenn ich durstig bin.«

Der Barmann entgegnete: »Ich verstehe nicht, Sir.« Der Griff an seinem Handgelenk wurde fester, und er schrie beinahe auf. Aber das konnte er nicht vor den Gästen. Sie glaubten, daß der Mann, der sein Handgelenk festhielt, ihn neckte — alle wußten, daß er ein lustiger Bursche war, was ihm eine Menge Trinkgelder einbrachte —, und wenn er schrie, wurde Herr Brodski wild. Harry winselte, und Craig beugte sich näher zu ihm. »Du bist zu reizend, Junge, um so unehrlich zu sein«, flüsterte er. »Schenk mir einen anständigen Drink ein.«

»Ja, sofort, Sir, es tut mir sehr leid.«

»Das sollte es auch«, sagte Craig. »Wenn ich Sie nun verletzt hätte?«

Der Barmann schenkte ihm einen Teacher ein. Wieder probierte Craig, und diesmal lächelte er. Harry besah sich sein Gelenk: Craigs Fingerspuren umzogen es wie rote Reifen. Dann nahm er das andere Glas weg und verkaufte es drei Minuten später einem neuen Gast.

Craig wartete, bis der Barmann wieder vorbeikam, und sagte: »Warum spendieren Sie mir nicht einen Drink, Harry? Sie können es sich doch leisten.«

Er hatte dieses Mal die Stimme nicht gesenkt, und die anderen Gäste guckten ehrfürchtig zu, wie Harry Craig einen Doppelten einschenkte und zwölf Shilling in die Kasse tat. Jeder Stammgast von *Nuderama* wußte, daß Harry nie, aber auch nie einen Drink spendierte.

Dann wurden die Lichter gedämpft, gingen im Zuschauerraum ganz aus, und ein Schlagzeuger, ein Pianist und ein Gitarrist nahmen den Platz ein, der knapp einem Sarg für die Sumo-Ringerin Raum geboten hätte. Der Schlagzeuger ließ einen Wirbel los, die Vorhänge gingen ruckweise auf, die Show begann. Sie war nur deswegen bemerkenswert, weil auch nicht eine Spur von Talent zu sehen war. Keines der auftretenden Mädchen, weder Karen, Tempest noch Maxine, machten auch nur die geringste Anstrengung zu singen, Theater zu spielen oder zu tanzen. Sie bewegten sich, wie sich Frauen, nicht Tänzerinnen, bewegen. Sie waren müde, gelangweilt und ohne jegliche Anmut. Als Unterhaltung erreichten sie nicht einmal das Niveau einer Pfadfinderinnenvorführung. Aber wo gibt es Pfadfinderinnen, die am Ende jeder Vorführung nackt auf dem Laufsteg vor den Gästen posieren? Und das taten Karen, Tempest und Maxine am Ende jeder Nummer, während die acht Nebendarstellerinnen mehr oder weniger das gleiche im Hintergrund taten.

Karen war brünett, Tempest blond und Maxine ein Rotschopf, so wurde für jeden Geschmack etwas geboten. Sie waren jung, hatten hübsche Rundungen, und auch die Kleider, die sie auszogen, waren hübsch. Craig störte nur, daß sie so gelangweilt wirkten. Sie machten auch keine Anstrengung, ihre Langeweile zu verbergen, als sie im Scheinwerferlicht standen und die Welt mit Brustwarzen, Nabeln, Bäuchen und Schenkeln füllten und doch an nichts anderes dachten, als daran, wie kalt es ihnen war und ob sie nachher wohl einen Drink spendiert bekämen.

Nach fünf Viertelstunden war die Show vorbei. Craig blieb sitzen und trank weiter Whisky.

»Die Show ist zu Ende«, sagte Harry. »Wenn Sie bleiben wollen, müssen Sie noch einmal 25 Shilling bezahlen.«

»Wann fängt die nächste Vorstellung an?« fragte Craig.

»In einer halben Stunde«, sagte Harry und fügte hinzu: »Sir.«

»Ich frage mich, ob diese drei jungen Damen wohl einen Schluck mit mir trinken würden?«

»Sie würden ein Faß mit Ihnen austrinken«, sagte Harry, »wenn Sie bezahlen.«

»Gehen Sie sie fragen«, sagte Craig. Harry ging auf die Bühne zu. »Und, Harry ...« der Barmann drehte sich um, »fragen Sie sie auf nette Weise.«

Harry mußte sich seines Auftrages wohl in netter Weise entledigt haben, denn die drei Mädchen kamen in kürzester Zeit zurück, lächelten Craig an und setzten sich neben ihn, wobei die weißen Beine aus ihren Morgenröcken hervorblitzten, wenn sie sich bewegten. Tempest trug ihr Gewand unter der Brust eng geschnürt, so daß ihre Brüste wie Gewehrläufe auf Craig zielten. Er bestellte Sekt.

»Eine Flasche?« fragte Harry.

»Für vier? Bringen Sie eine Magnum«, sagte Craig.

Maxine meinte: »Ich finde ihn süß. Ihr auch?«

»Er ist reizend«, sagte Karen und kuschelte sich in ihren Stuhl. Diese Bewegung setzte sich durch ihren ganzen Körper fort. Craig begann zu schwitzen.

Tempest sagte: »Ich wette, daß er auch stark ist.« Sie strich mit der Hand über Craigs Arm bis zum Bizeps und kniff in die harten Muskeln. »Und wie!« sagte sie.

»Wie heißt du, Süßer?« fragte Maxine.

»John Reynolds«, entgegnete Craig.

»Und was machst du?« fragte Tempest.

»Ach, Geschäfte«, entgegnete Craig, und die Mädchen drangen nicht weiter in ihn. Jetzt kam auch der Sekt; viel Zeit hatten sie nicht, daher tranken sie ihn aus Viertelliterbechern. Craig blieb bei Whisky.

Dann mußten sie gehen.

»Die letzte Vorführung ist um zwölf Uhr«, sagte Tempest. »Danach bin ich frei.«

»Ich auch«, sagte Maxine.

»Und ich erst«, sagte Karen.

Sie standen auf und gingen hinaus; Craig genoß ihren Abgang, das langsame Tick-Tack ihrer Hinterteile bei der Bewegung der langen Beine. Dann rief er nach der Rechnung, weil schon neue

Gäste hereinkamen. Harry brachte sie sofort, und Craig rechnete sorgfältig nach. Harry hatte sich nicht geirrt.

Craig griff nach seiner Brieftasche, zog eine Fünfpfundnote heraus, steckte sie dann aber wieder zurück und nahm einen Zwanzigdollarschein heraus.

»Wechseln Sie mir das«, sagte er.

Harry blickte so entsetzt darauf nieder, wie er es gewöhnlich nur tat, wenn es sich um Spinnen, Bier vom Faß und weibliche Annäherungsversuche handelte.

»Es ist ein Zwanzigdollarschein«, sagte Craig. »Erzählen Sie mir nicht, daß Sie kein amerikanisches Geld nehmen. So hab ich's jedenfalls nicht gehört.«

»Was hörten Sie dann, Sir?« fragte Harry.

»Das Sie alles nehmen, einschließlich Rubel«, sagte Craig.

»Augenblick bitte, Sir«, sagte Harry.

Er ging hinaus, nahm den Schein mit und war beinahe sofort wieder zurück.

»Herr Brodski hätte gern mit Ihnen gesprochen«, sagte er. »Sein Büro liegt direkt neben dem Zuschauerraum.«

»Wer ist Brodski?« fragte Craig. »Der Bursche, der Ihren Whisky macht?«

Harry war entsetzt. »Er ist der Besitzer, Sir.«

»Ich habe keine Lust, mit ihm zu sprechen«, sagte Craig. »Geben Sie mir das Geld zurück. Ich bezahle mit Pfund.«

»Herr Brodski hat den Schein«, sagte Harry.

Craig beugte sich über die Bar, und die neuen Kunden lauschten eifrig. Craig sah leicht betrunken aus, aber auch sehr gefährlich. »Sie können etwas erleben, Harry«, sagte er. »Sie durften mein Geld nicht aus der Hand geben. Ich werde jetzt zu Brodski gehen, und wenn er nicht nett zu mir ist, komme ich zurück und ziehe Sie durch Ihren Ohrring.«

Er verließ die Bar und ging in den Zuschauerraum. Er wußte, daß er von allen beobachtet wurde, und das wollte er: die Gefahr einer heftigen Szene hier, wo schon die winzigste Auseinandersetzung schlecht fürs Geschäft war. Er kam an die Tür und zögerte einen Augenblick. Irgend etwas stimmte nicht. Irgend jemand war im Zuschauerraum, den er schon gesehen hatte. Aber es war jetzt keine Gelegenheit, sich umzusehen. Er ging weiter in den Korridor. Herr Brodski erwartete ihn bei offener Tür. Auch er sah aus, als ob eine Szene das letzte war, das er sich wünschte.

»Bitte kommen Sie herein, Herr . . .«

»Reynolds«, sagte Craig. »John Reynolds.«

»Guten Tag. Nett von Ihnen, daß Sie für mich Zeit haben.« Brodskis Stimme war sanft, tief und fast ohne Akzent. Er hielt die Tür einladend auf und trat zur Seite. Craig ging zu dem Polen hin und legte ihm den Arm um die Schultern.

»Schon gut, alter Freund«, sagte er. »Ich hatte sowieso gerade Lust auf einen kleinen Schwatz.«

Sein Arm schob plötzlich nach, und Brodski taumelte nach vorn. So betraten sie das Zimmer gemeinsam.

Drinnen stand die dicke Frau. Was Craig für ein schwarzes Kleid gehalten hatte, war ein Kittel. Darunter trug sie die riesigsten Hosen, die er je gesehen hatte. Sie stand da mit gespreizten Füßen, die Hände an der Seite.

»Ich sehe, daß Sie Ihren Finanzberater zugezogen haben«, sagte Craig. Es schien kaum glaubhaft, aber die Frau stand da wie ein Schläger. Er ließ Brodski los und hielt sich außerhalb der Reichweite ihrer kurzen Arme. Brodski ging sofort zu seinem Schreibtisch und hob den Zwanzigdollarschein.

»Ich kann ihn nicht annehmen«, sagte er.

»Warum nicht?« fragte Craig. »Er ist echt.«

»So?« fragte Brodski. »Ich bin nicht so naiv, Mr. Reynolds. Sehen Sie hier . . . und auch hier.«

Es war alles gut arrangiert. Brodski hielt den Schein hoch und zeigte auf ihn, streckte ihn dann Craig entgegen. Wenn er ihn ergriffen hätte, hätte ihn die Frau erwischt. So besah er ihn sich lediglich und nur für den Bruchteil einer Sekunde. In diesem Bruchteil versuchte sie, einen Schlag in seinem Gesicht zu landen, einen altmodischen geraden Haken, der sein Kinn treffen sollte. Er duckte sich, und die Faust krachte ihm wie eine Felskugel auf die Schulter, die schon Calvet getroffen hatte. Craig rang nach Luft, warf sich dann zur Seite, um dem Tritt eines stahlbeschlagenen Schuhs zu entgehen. Sie bedrängte ihn, und er wich zurück. Er verlor an Standfestigkeit, und sie hatte breitere Schultern; aber sie war eine Frau.

»Aber, meine Dame«, begann er. Er war sich nie blöder vorgekommen. Sie holte zu einem zweiten Schlag aus, und er parierte mit der Handkante. Sofort packte sie sein Handgelenk und wollte ihn mit einem perfekten Hüftschwung gegen die Wand schleudern. Aber Craig hatte von Hakagawa, einem Dan siebten Grades mit schwarzem Gürtel, gelernt, wie man hinfällt. Er sank wie ein Blatt zu Boden und erwartete den Stoß in die Leisten, der nun folgen mußte. Als er kam, richtete er sich auf den Unterarmen auf, hakte ihren Fuß zwischen den Beinen fest und warf sein Gewicht herum. Sie fuhr auf Grund wie eine Titanic. Craig stand auf, stäubte seinen Anzug ab und wartete. Die Frau stand langsam und keuchend auf und stolperte wieder auf ihn zu.

»Liebling, bitte«, sagte Craig und versuchte, die Hysterie aus seiner Stimme zu halten. »Liebling, ich will's nicht tun, bitte.«

Sie täuschte einen linken Haken vor, dann versetzte ihre Rechte seinen Rippen einen sich fortpflanzenden Schmerz. Craig keuchte, und sie holte mit dem linken Arm von neuem aus. In dem Moment zielte er mit einem Dreifingerstoß auf ihr Sonnengeflecht. Der Schlag ging auf ihren Magen, und ihre Augen wurden glasig. Craig stieß sie in einen Stuhl, wo sie, ohne Furcht zu zeigen, sitzen blieb.

Als Craig sich umdrehte, sah er, daß Brodski einen Revolver aus einer Schreibtischschublade geholt hatte. Es war ein Webley 455, wie er von Heeresoffizieren im zweiten Weltkrieg benutzt worden war.

»Nein«, sagte Craig. »Lassen Sie die Waffe aus dem Spiel.«

»Ich kann damit umgehen«, sagte Brodski.

»Das sehe ich«, entgegnete Craig. »Andererseits — wollen Sie es wirklich?«

»Ja«, sagte Brodski.

»Wegen eines Zwanzigdollarsscheins?«

Die Frau auf dem Stuhl stöhnte.

»Sie haben ihr weh getan«, sagte Brodski.

»Sie ließ mir keine andere Wahl«, sagte Craig. »Und Sie sollten keinen weiblichen Rausschmeißer anstellen.«

»Jennifer ist tadellos«, sagte Brodski.

»Wer?«

»Sie finden den Namen unpassend? Das dachte ich zuerst auch. Ich dachte an Butch oder vielleicht Spike, auch Rocky. Aber sie bestand auf Jennifer. Männer gehen leichter, wenn sie von einer Frau hinausgeworfen werden. Besonders von dieser Frau.« Er nickte zu Jennifer hin, die nun wie ein gestrandeter Delphin keuchte.

»Stecken Sie das Schießeisen weg. Wir können ja darüber reden«, sagte Craig.

»Können wir das? Ich bin längst nicht so stark wie Jennifer. Und sehen Sie sich an, wie Sie sie zugerichtet haben — mit nur drei Fingern.«

»Sie sollte nicht soviel Kohlehydrate essen«, sagte Craig. »Geben Sie mir mein Geld wieder.«

»Nein«, erklärte Brodski. »Wenn sich Jennifer erholt hat, bekommen Sie einen Denkzettel, Reynolds. In mein Lokal kommt man nicht einfach hinein und zahlt mit Falschgeld.«

Jennifer stöhnte wieder und begann sich den Magen zu massieren: diesmal waren ihre harten Finger vorsichtig und sanft.

»Sie wird Sie festhalten«, sagte Brodski. »Und ich werde Sie schlagen. Damit.« Er bewegte den Webley leicht hin und her.

»Es ist aber keine Blüte«, sagte Craig.

»Sie sind schon der zweite. Wurden Sie von Driver geschickt?« fragte Brodski.

»Ich kenne keinen Driver. Das ist gutes Geld«, erklärte Craig.

Brodski stand auf.

»Fertig, Jennifer?« fragte er.

Craig sagte schnell: »Machen Sie sich lieber bereit. Denn ich stecke keine Hiebe mit einem Revolver ein, nicht einmal um einer Dame willen.«

Jennifer stöhnte ein drittes Mal und blieb sitzen.

»Vielleicht erschießen Sie mich doch lieber«, sagte Craig.

Brodski sagte etwas mit Nachdruck in einer Sprache, die Craig für Polnisch hielt. Dann setzte er sich verwirrt. Schließlich legte er den Revolver in die Schublade zurück.

»Ich führe ein ruhiges Unternehmen«, sagte er. »Nichts Außergewöhnliches, nur Frauen, die nichts anhaben.«

»Die Show ist miserabel«, sagte Craig.

»Ganz meine Meinung«, entgegnete Brodski. »Aber Sie sind der eine Gast unter zehntausend, dem das auffällt. Und ich nehme fünfmal täglich an sechs Tagen in der Woche 62 Pfund und 10 Shilling ein. Die Höhe des Gewinnes ist beinahe peinlich. Was habe ich mit Verbrechen zu schaffen? Die brauche ich nicht. Aber dann kam Driver. Er bestellte Sekt für Karen, Tempest und Maxine, er selbst trank Whisky. Er bezahlte mit einem falschen amerikanischen Schein. Eine Woche später kamen Sie. Sie bestellen Sekt für Karen, Tempest und Maxine. Sie trinken Whisky. Und Sie bezahlen mit Falschgeld!«

»Lassen Sie es prüfen«, sagte Craig. »Oder geben Sie es zurück.«

Brodski hörte nicht zu.

»Ich hätte mich mit dem Verlust abgefunden«, sagte er. »Aber als es passierte, war gerade ein Polizist da. Sie würden erstaunt sein,

Mr. Reynolds, wie oft es Polizisten für nötig halten, die guten Sitten meiner Vorführungen zu überprüfen.«

»Sie wollen natürlich Kritik vermeiden«, sagte Craig.

»Ich mußte zu Scotland Yard«, fuhr Brodski fort, »konnte aber Driver nicht identifizieren. Und nun kommen Sie, und die ganze Sache fängt wieder von vorn an.«

»Wer ist Driver?« fragte Craig.

Brodski seufzte. »Ein Mann, der Ihnen nicht unähnlich sieht, und der bei *Luigi* Karten spielt.«

»Sie wollen sagen, daß er Jennifer verdreschen kann?«

»Ich will sagen, daß er gut angezogen ist, wie Sie, aber ohne wirkliche Vornehmheit, wie Sie. Und ich bezweifle seine Ehrlichkeit, wie auch die Ihre.«

»Ob er jetzt bei *Luigi* ist?«

»Warum«? fragte Brodski.

»Ich würde ihn gern kennenlernen«, sagte Craig. »Es ist ein zu eigenartiges Zusammentreffen.«

»Er ist sicher bei *Luigi*«, sagte Brodski. »Bitte gehen Sie nun, Mr. Reynolds.«

»Gut«, sagte Craig. »Ich habe die Unterhaltung genossen. Darf ich Ihnen einen Rat geben?«

»Ich glaube, daß ich Sie noch nicht einmal mit einem Webley in der Hand davon abhalten könnte«, sagte Brodski.

»Sie sollten Ihr Schwergewicht auf Diät setzen.«

Jennifer brach in Tränen aus.

Damit ging Craig hinaus, den Korridor hinunter und an dem Schlepper vorbei.

»Hat Ihnen die Show gefallen, Sir?« fragte er.

»Noch nie im Leben habe ich so etwas gesehen«, sagte Craig und meinte es wörtlich.

Er ging auf die Greek Street zu und stieß auf einen stämmigen jungen Mann, der an der Ecke wartete.

»Hallo, Mr. Craig«, sagte Arthur Hornsey. »Ich hatte so gehofft, Sie wieder einmal zu treffen; es freut mich, daß ich Sie in der Aufführung entdeckt habe.«

Craig antwortete auf deutsch: »Nein, danke«, und ging weiter. Er hatte keine Zeit für forschende junge Männer, die Bergtouren liebten. Es war an der Zeit, sich um einen anderen Arthur zu kümmern: um den dicken Arthur.

6

Er ging in das Café und die Treppen hinunter. Unten war kein Tisch besetzt: eine schon ältere Kellnerin saß hinter der Theke und strickte mit so konzentrierter Wut an einem Socken, als ob der ein Opfer wäre. Craig entsann sich an Madame Defarge und öffnete die Tür zu dem Privatzimmer. Die alte Frau versuchte nicht, ihn zurückzuhalten.

Das Zimmer war leer. In der Mitte stand ein Tisch, in dem brennende Zigarettenstummel und übergelaufene Gläser ihre Spuren hinterlassen hatten. Drei Hundert-Watt-Birnen beleuchteten die Szene. Es war heiß im Raum und roch nach Whisky, Zigaretten und schwitzenden Männern. Aber nun war er leer. Karten lagen auf dem Tisch, daneben fünfzig Pfund in Scheinen und Münzen.

Das Zimmer hatte kein Fenster, und man hörte keinen Laut. Craig ging auf den gegenüberliegenden Schrank zu. Er war mit einem Zapfenbolzen von außen geschlossen, den er sehr vorsichtig bewegte; er sprang zur Seite als die Tür aufschwang.

Im Schrank hing Driver sauber mit dem Kragen an einem Kleiderhaken. Er hatte den verstörten unschuldigen Blick eines Versicherungsangestellten, der Blindekuh spielt. Auch ohne das Taschenmesser in seinem Herzen war es klar, daß er tot war.

Craig griff in seine Tasche, und Driver schwang leblos an seinem Haken hin und her. Seine Absätze klopften sanft an die Innenwand des Schrankes, als Craig ihm die Brieftasche wegnahm. Es waren einhundert Pfund in Zehnpfundnoten darin, aber keine Zwanzigdollarscheine. Craig beugte sich vor, um die Brieftasche wieder hineinzustecken, und wieder schlugen die Absätze an, als eine Stimme hinter ihm sprach.

»Dieser Driver! Er konnte es nie vertragen, wenn er mal verlor. Deswegen haben Sie ihn wahrscheinlich umgebracht. Oder merkte er, daß Sie falsch spielten?«

Craig drehte sich sehr langsam um. Seine Arme hingen herunter. In der Tür stand der dicke Arthur und hinter ihm — denn der Eingang war eng — standen zwei weitere Pokerspieler. Arthur hielt in seiner rechten Hand ein Stück Bleirohr, das mit Isolierband umwickelt war. Die Hände der anderen konnte Craig nicht sehen.

»Es ist unser Pflicht als Bürger, Sie festzunehmen«, sagte der dicke Arthur. »Sie haben ein Verbrechen begangen. Wir sind durch Gesetz verpflichtet, Sie zu verhaften.«

»Ich habe ihn nicht umgebracht«, sagte Craig.

»Wenn wir die Sache mit Ihnen erledigt haben, ist es Ihnen gleichgültig, was Sie taten oder nicht«, entgegnete der Dicke. »Wir sind keine Weiber, wir sind unser Drei, und mein Junge, wir werden Ihnen eines auswischen — und zwar nicht zu knapp!«

Mit diesen Worten trat er ins Zimmer. Nach Arthurs Erfahrung hätte Craig sich nun ducken müssen, aber er blieb stehen. Der Dicke schlug mit dem Rohr auf seine Handfläche, und es hörte sich an, als ob er Knochen zerbräche. Er machte noch einen Schritt vorwärts, weil die beiden anderen nachdrängten. In diesem Augenblick sprang Craig ihn an, und die Gewalt eines Stoßes, den er von der Hüfte aus führte, ließ seinen Schuh in dem Bauch des Dicken landen, daß der auf die hinter ihm stehenden Männer geworfen wurde. Damit nicht genug, ergriff Craig einen der fleischigen Unterarme und drehte ihn um. Er warf sich mit seinem ganzen Körpergewicht in diese Bewegung, und wie ein Pferd schwang der dicke Mann herum, brüllte los, als Craig sich in die andere Richtung warf und damit den Arm brach. Das Bleirohr fiel. Craig kümmerte sich nicht darum, sondern sprang die beiden anderen an. Einer griff mit einem Rasiermesser an und schlitzte den Vicuna-Mantel von der Schulter bis zum Unterarm auf, fiel dann zurück gegen den anderen Mann, als Craig ihm den Ellbogen gegen die Kehle schmetterte. Dieser Dritte fürchtete für sein Leben und ließ den Totschläger fallen.

Auf der Treppe war ein Geräusch zu hören. Craig drehte den Totschlägermann um und hielt ihn wie einen Schild vor sich, als Hornsey vorsichtig herunterkam, den Messermann sich am Boden winden und den dicken Arthur wie ein Gebirge auf der Schwelle liegen sah.

»Alles in Ordnung?« fragte Hornsey. Und hinter ihm tauchte Kriminalwachtmeister Millington auf.

»Wir hörten ein Geräusch«, sagte Hornsey. »Waren gerade oben. Als ob ein Haus zusammenstürzte.«

»Das muß der dicke Arthur gewesen sein«, sagte Craig.

»Sie wollten mir eine Falle stellen. Da drinnen hängt ein Toter.« Millington sah nach und ging sofort ans Telefon.

»Sie haben Ihren Mantel ruiniert«, sagte Hornsey. »Entsetzlich.«

Craig sah auf den langen geraden Schnitt herunter, dann auf den Mann mit dem Rasiermesser, der auf der Erde kniete. Er zog den Mann hoch, und der brüllte vor Schmerz; sprechen aber konnte er nicht.

»Sehen Sie zu, daß Ihre Stimme wiederkommt. Sie sollen aussagen. Sie auch«, sagte er zu dem Knüppelmann. Dann zu Hornsey gewandt: »Den Mantel hatte ich gern.«

»Er paßt so fabelhaft zu Ihnen«, entgegnete Hornsey.

Millington legte den Hörer auf. »Die Mordkommission ist unterwegs«, sagte er. »Tut mir leid, ist aber meine Pflicht.«

Craig nickte. »Unsere Leute werden auch einen Blick darauf werfen wollen.«

»Schon veranlaßt«, sagte Millington.

»Ich mache mich davon«, sagte Craig und besah seinen zerschlitzten Ärmel. »Muß mir wohl einen Regenmantel kaufen.«

»Wir müssen nach Paris«, sagte Loomis und überfuhr ein rotes Licht. Ein Taxifahrer brüllte, und Loomis gab Gas, damit er rechtzeitig die nächste Ampel erreichte.

»Warum?« fragte Craig und wünschte zum tausendsten Male, daß Loomis ihn fahren ließe.

»Die Russen wollen Calvet wiederhaben«, sagte Loomis. »Wir sollen nach Paris kommen, damit wir alles bereden können.«

»Werden Sie ihn zurück kriegen«? fragte Craig.

»Kommt darauf an«, sagte Loomis. »Heute nachmittag sind Sie ein bißchen rauh vorgegangen. Eine Frau zu verprügeln!«

»*Sie* hätten nicht drei Runden mit ihr durchgestanden«, sagte Craig.

»Kein Verlangen danach«, entgegnete Loomis. »Dann mußten Sie auch noch ein Gemetzel in einem Café veranstalten.«

»Es sollte erst ein Gemetzel werden«, entgegnete Craig. »Sie hatten Totschläger, Rasiermesser und ein Bleirohr dabei.«

»Sie haben dem dicken Arthur den Arm gebrochen! Wie dick war er?«

»Ungefähr von Ihrem Umfang«, sagte Craig.

Loomis sah langsam an sich herunter und ließ den Rolls alleine fahren.

»Sie werden frech«, sagte er. »Werden Sie nicht unverschämt.«

»Ich weiß immer gern, was vorgeht«, sagte Craig.

Aber Loomis wußte, daß Craig am besten funktionierte, wenn er kurzgehalten wurde.

»Erzählen Sie mir lieber, was Sie herausgefunden haben«, sagte er.

Zuerst hatten die drei natürlich von nichts eine Ahnung, als

Craig sie in der Bow Street verhörte. Aber er hatte insistiert und schließlich eine ganze Menge erfahren. Brodski gehörte der größte Teil des Cafés, und Arthur fürchtete ihn. Brodski hatte Driver verabscheut, ihn aber nicht vom Pokern ausgeschlossen. Brodski hinterließ nie eine Adresse, wo man ihn erreichen konnte, wenn sein Klub geschlossen war. Craig interessierte sich auch dafür, wieso der dicke Arthur gewußt hatte, daß er sich mit der Frau geschlagen und ihn überdies angegriffen hatte, ehe er Drivers Leiche gesehen hatte. Der dicke Arthur leugnete immer wieder, desgleichen seine Freunde, daß Brodski sie angerufen hatte. Craig wußte, daß sie logen. Er ging zum Klub zurück, während Millington die Litanei vom Angriff mit einer tödlichen Waffe intonierte.

Brodski war weggegangen und niemand — am wenigsten Jennifer — wußte, wo er zu erreichen war.

Craig bestellte Sekt für Karen, Tempest und Maxine. Als Harry ihn brachte, zitterten seine Hände so stark, daß er die Flasche nicht entkorken konnte. Craig half ihm.

»Süßer, du bist aber heute nervös«, sagte Tempest, und Harry stürzte zurück zur Bar.

Craig erzählte den Mädchen, daß er Geld von Brodski einzutreiben hätte, und er wurde ihnen immer lieber, weil sie vor Brodski auf der Hut waren. Sie waren überzeugt, daß er ein ganz normaler Mann war, der es aber nie versäumte, ihnen — wenn auch äußerst höflich — zu zeigen, daß er nichts von ihnen wollte. Leider wußten sie nichts über ihn, als daß er sie anständig bezahlte und keine Ansprüche an sie stellte. Driver hatte wenigstens den Versuch gemacht. Er hatte sie zu einer Party in seine Wohnung eingeladen. Aber er war pleite gewesen, und sie waren nicht hingegangen. Karen hatte irgendwo seine Adresse aufgeschrieben — ja, auf ihrem BH. Sie sah nach, Harry gähnte, und Craig schwitzte, und da war die Adresse. Schwierig, von den Mädchen loszukommen.

Außer seiner Brieftasche hatte Driver weiter nichts bei sich gehabt als einen Schlüssel; Craig fuhr damit in eine kleine Straße in Belgravia. Der Schlüssel paßte, und Craig trat vorsichtig und lautlos ein. Die kleinen sauberen Zimmer waren still und leer.

Craig suchte: zwei leere Koffer, eine leere Tragetasche der Pan American Airways. Er sah unter das Bett, öffnete die Klappe unter dem Waschbecken, den Tank der Toilette, den Boiler der Badewanne. Nichts. Der ganze Driver bestand nur aus sieben Anzügen, fünf Hosen, sechs Paar Schuhen und einigen teuren Wollsachen.

Und dann fand er es, unter dem Bodenbrett im Schrank: eine Aktentasche aus Glaswolle mit dem raffiniertesten Schloß, das Craig je gesehen hatte. Er zerschlug es schließlich mit einem schmiedeeisernen Lampenfuß. In der Tasche war eine Walther P. 38 mit einem Dreizollauf, tausend Pfund in Einpfundnoten, vier Zwanzig-Dollarscheine, die zu denen paßten, die ihm Loomis gegeben hatte, und fünf versiegelte Kartenspiele. Craig brach sie auf. Alle waren gezinkt.

Er leerte die Aktentasche aus und machte sich abermals mit dem Lampenständer an die Arbeit. Er förderte noch vier Satz Munition für die Walther zutage. Waffe und Munition steckte Craig ein: eine Walther war immer ein zuverlässiges Schießeisen. Außerdem fand er noch einen Schuldschein des dicken Arthur über tausend Pfund, einen Schweizer Paß auf den Namen Dumont und einen deutschen Paß für Donner. Die Paßbilder waren immer Fotos von Driver.

»Drivers Aktentasche stammt aus Deutschland«, sagte Loomis. »Desgleichen seine Taschentücher.« Er nahm den Hut ab, einen zerbeulten, nicht tot zu kriegenden Bowler. »Und wissen Sie was?« Er sah Craig an und gab Gas. »Die Spielkarten stammten auch aus Deutschland. Mit solchen Karten war alles zu gewinnen. Unverschämt!«

Er fuhr weiter und fügte hinzu: »Brodski haben wir noch nicht gefunden. Er ist ausgerissen. Glauben Sie, daß er Driver umgebracht hat?«

»Brodski? Wegen eines falschen Zwanzigdollarscheines?«

»Es wäre möglich.«

»Brodski hätte Driver wegen einer Schuld gejagt — gejagt und ihn dann umgebracht?«

»Nicht ganz so«, sagte Loomis. »Ich sehe es anders — Driver jagte Brodski, nur kam er ihm zu nahe.«

»Sie denken, daß Driver etwas Belastendes über Brodski wußte? Und daß der Zwanzigdollarschein ihn daran erinnern sollte?«

»Sagten Sie nicht, daß er gerade viel verloren hatte, ehe er in Brodskis Klub ging, daß er aber zwei Tage später bezahlte?«

»Das stimmt«, sagte Craig. »So hat er wohl seine Chefs betrogen?«

»Tja«, sagte Loomis. »Ich möchte ja bloß wissen, ob seine Chefs Sauerkrautfresser waren.«

»Durchaus möglich.«

»Das ist es eben, mein Bester«, sagte Loomis träumerisch. »es ist sogar möglich, daß er zum westdeutschen Verfassungschutz gehört.«

»Dann war er also Agent?«

»Ein schlechter«, sagte Loomis. »Er starb nämlich.«

Craig hatte schon Leute vom westdeutschen Verfassungschutz getroffen. Sie waren in der Gegenspionage tätig und zwar sehr erfolgreich. Alles harte, arrogante und tüchtige Männer. Die meisten blieben in Westdeutschland und jagten fremde Spione, besonders Russen. Manchmal wagten sie sich weiter vor. Driver war zu weit gegangen.

»Wie kommen sie ins Spiel?« fragte Craig. »Diese Kerle vom Verfassungsschutz gehen gewöhnlich nicht so weit von zu Hause weg.«

»Sie haben ein heiliges Symbol«, sagte Loomis. »Was den Brahmanen ihre Kühe, was Mekka für die Araber, das ist für die Westdeutschen die D-Mark.«

»Geld«, sagte Craig. »In diesem ganzen Fall geht es bloß um Geld. Dollars und Deutsche Mark.«

»Wenigstens haben sie sich anständiges Zeug ausgesucht«, brummte Loomis.

Sie stellten den Wagen auf dem Prominentenparkplatz ab und gingen an Bord der Trident, die einige Minuten später abhob. Sie landeten in Orly, mitten in einem warmen Frühlingstag, und ein hellblauer Citroen wartete schon auf sie. Der englische Fahrer kam auf sie zu, gab ihnen die Hand und führte sie zum Wagen. Auf dem Rücksitz lagen zwei Pakete, eines plattgedrückt, viereckig, schwer, das andere biegsam und formlos. Der Fahrer nahm sofort die Autobahn nach Paris, und Loomis meckerte über den Rest der Welt, der auf der falschen Seite fuhr. Die beiden Päckchen verstaute Craig in den Taschen seines Regenmantels. Dann hielten sie an einem Café.

Craig begab sich sofort auf die Toilette, verschloß die Tür, zog die Jacke aus und schnürte schnell die Pakete auf. Das biegsame enthielt eine schwarzlederne Pistolenhalfter, das harte eine .38er Smith & Wesson. Das richtige Schießeisen für diese Aufgabe, nicht so treffsicher auf weite Entfernungen, aber auf kurze von guter Wirkung. Wenn man mit der eins abkriegte, stand man nicht mehr auf.

Craig zog wieder die Jacke an, steckte das Einwickelpapier in den Pistolenkasten, den Kasten in die Tasche, setzte die Wasserspülung in Gang und ging hinaus. Er trank seinen Kaffee, dann fuhren sie weiter nach Paris hinein und kamen schließlich zur Madeleine, gingen um die Ecke zu Cook und kauften sich zwei Fahrkarten nach Versailles.

Sie fuhren im Bus dorthin, einem großen Facel Vega mit Sonnendach und einer vollen Touristenladung.

Als es nichts mehr zu sehen gab, sprach Loomis leise mit Craig.

»Er wollte unbedingt nach Versailles«, sagte er. »Verdammter Kultursnob. Genau so gut hätten wir uns ein gutes Essen im Tour d'Argent leisten können. Und er kann es sich erlauben.«

»Wer?« fragte Craig.

»Tschelitschew«, entgegnete Loomis.

Tschelitschew war Leiter der Außenabteilung der KGB, des sowjetischen Staatssicherheitsdienstes. Vor Berias Tod war er Chef des GRU, des Armee-Nachrichtendienstes gewesen, aber nach den großen Umwälzungen war er versetzt worden und war nun der einzige Militär in einer nicht-militärischen Organisation. Sein Rang war Generalleutnant. Er verließ Rußland nur selten.

»Er reist nur, wenn es nötig ist«, sagte Loomis. »Wie ich. Wir haben etwas, was er gern möchte, mein Junge. Deswegen kommt er nach Frankreich.«

»Nicht England?«

»Er will es nicht so wichtig machen«, sagte Loomis. »Sicher hat er mit den Franzmännern auch noch sonst allerhand zu erledigen.«

»Was?« fragte Craig.

»Marokko«, entgegnete Loomis. Mehr war nicht aus ihm herauszubekommen. Sie fuhren weiter nach Versailles und hörten dem Touristenführer zu, blieben aber etwas hinter der Gruppe zurück. Als sie den Spiegelsaal erreicht hatten, waren sie allein; Tschelitschew erwartete sie.

Er war ein großer, eleganter Mann mit silberweißem Haar und blauen Augen, in einem leichten Tweedanzug — wie sich Franzosen Gardeoffiziere vorstellen. Seine Aktentasche schien die Fortsetzung seiner Hand zu sein; seine Hand war lederfarben, gut geformt und sehr maskulin. Ein Außenseiter konnte ihn für ein männliches Reklamemodell für Whiskymarken halten, für Craig jedoch, war er ein Fachmann in Sachen Tod. Ein Mann begleitete ihn, groß, mit dicken Muskeln, vorsichtigen Augen und auffällig nach vorn gehaltenen Händen, wie Craig es selbst tat. Craig wußte alles, was diesen Mann betraf, sowie er nur einen Blick auf ihn geworfen hatte. Er sah sich selbst.

Die folgenden Bewegungen waren wie die eines Balletts. Die beiden Paare schritten von gegenüberliegenden Seiten des großen Raumes aufeinander zu. Nach zehn Schritten drehten sich Craig und der muskulöse Mann um und gingen jeder zu einem der Fenster, die auf den Kanal hinausführten, wandten sich dort wieder um und beobachteten, vom anderen ungesehen, wie sich ihre Chefs trafen und zusammen durch den Raum gingen: Loomis mit seinem hohen, viereckigen Bowler tief in die Stirn gezogen, Tschelitschew, seine Aktentasche schwingend.

Der Russe schien den größten Teil der Unterhaltung zu bestreiten. Ab und zu sagte Loomis etwas. Meistens war es nur ein Wort, und es schien ihm Spaß zu machen. Das Gesicht des Russen war unbeweglich, aber der Strom seiner Argumente wollte nicht enden. Schließlich schien Loomis zuzustimmen, und Tschelitschew schwieg. Die beiden Männer kehrten in die Mitte des Saales zurück. Dann wandte sich jeder der Fensternische zu, in der sein Adlatus wartete. Loomis' Gesicht glänzte vor Schweiß, aber er behielt den Hut auf. Ihre Touristengruppe kehrte zurück, und sie fuhren wieder nach Paris. Der Citroen wartete auf sie an der Madeleine und brachte sie nach Orly. Im letzten Augenblick nahm Craig die Smith & Wesson heraus, machte die Halfterung ab und ließ beides in der Schachtel und der Verpackung, die er vorgefunden hatte.

»Ordentlich«, sagte Loomis.

Craig hatte keine Ahnung, wer sie auf dem Flugplatz oder in der Maschine bewachte. Es waren Loomis' beste Leute und daher unsichtbar. Wieder unterhielten sie sich über Golf, elektrische Geräte und den schlechten Kaffee in London, bis sie durch den Zoll waren und wieder in Loomis' Wagen saßen.

Craig sagte: »Die Brieftasche, die Tschelitschew trug ... damit hat er Ihr Gespräch aufgenommen.«

»Ja«, sagte Loomis, nahm vorsichtig den Hut ab und wischte sich die Stirn. Im hohen Hutkopf stak ein Bandgerät.

»Hab ich selbst konstruiert«, sagte er.

Er griff in den Hut hinein, mit der übergroßen Vorsicht, die typisch für ihn war; Craig versuchte, nicht an Freud zu denken, als ein kleiner Motor lossurrte und man zuerst Tschelitschews Stimme hörte, dann die von Loomis. Beide Männer sprachen deutsch.

»War seine Idee«, erklärte Loomis. »Er schien es komisch zu finden.« Seine Fahrweise auf dem Rückweg nach Queen Anne's Gate war entsetzlich.

Die beiden Männer studierten die Abschrift der Bandaufnahme. Tschelitschews Worte barsten zunächst fast vor Wut, die getippten Worte schienen auf dem Papier zu brennen. Aber Craig erinnerte sich, daß Tschelitschew kein Ärger anzusehen gewesen war, während er Loomis doch eine Drohung nach der anderen an den Kopf geworfen hatte und Calvet zurückforderte, was Loomis, der gleichermaßen sanft ausgesehen hatte, immer ablehnte. Tschelitschew änderte dann seine Taktik. Wenn sie Calvet also nicht zurückbekommen könnten, sollte er wenigstens sterben. Wieder sagte Loomis nein. Es sei unerhört, welche Schwierigkeiten Loomis machte, sagte Tschelitschew, aber nun ja, er wolle noch weiter gehen: Dezernat K brauche nichts damit zu tun haben; Loomis sollte Calvet nur freilassen, und Tschelitschew würde alles weitere arrangieren. Warum? fragte Loomis. Darauf fluchte Tschelitschew dann dreißig Sekunden, und zwar in einer anderen Sprache. Loomis unterbrach ihn. Zunächst erklärte er ihm die englische Angewohnheit von Geben und Nehmen, was hieß: Jean-Luc Calvet für James Soong. Niemand dürfe in seinem Bezirk Leute einfach umbringen. Zu Craigs Erstaunen entschuldigte sich der Russe. Er müsse zugeben, wie wenig gekonnt das gewesen sei, aber er hätte keine andere Wahl gehabt. Und außerdem hätte er, Tschelitschew, Loomis einen Gefallen getan, selbst wenn er es noch nicht gemerkt haben sollte.

»Und das genoß er«, sagte Loomis. »Diesen Teil der Unterhaltung hat er verdammt genossen.«

Craig las weiter. Loomis wußte nun, warum Soong umgebracht worden war, wenn auch die Gründe in Craigs Abschrift ausgelassen waren. Die Gründe hatte Calvet geliefert, soviel war klar. Noch deutlicher war Tschelitschews Wunsch, endlich zu erfahren, was Calvet zum Reden gebracht hatte. Dann folgte noch ein längeres Feilschen über etwas, das Tschelitschew erledigt haben wollte und über Loomis' Forderung dafür. Dann versicherten die beiden Männer einander, daß alles vermieden werden müßte, was die Deutschen oder Franzosen beunruhigen könnte. Hier endete Craigs Abschrift.

»Jetzt werden Sie wieder mysteriös«, rügte Craig.

»Ich kann nichts dafür«, entgegnete Loomis. »Auch ich habe meine Befehle.«

»Gestatten die Ihnen, mir zu sagen, worum all dieses Feilschen ging?«

»Die Chinesen sind dabei, Raketen zu bauen«, sagte Loomis,

»und die Russen wissen, wo sie installiert werden. Wenn wir ihnen den kleinen Gefallen tun, werden sie es uns erzählen.«

»Diesen kleinen Gefallen . . .«, meinte Craig. »Sie sagten ›wir‹?«

»Eigentlich mehr Sie«, gab Loomis zu. »Ich bin zu dick, und meine Stellung ist zu wichtig.«

»Macht es Ihnen etwas aus, mir zu sagen, worum es sich handelt?«

»Natürlich nicht«, entgegnete Loomis. »Sie sollen ihnen helfen, eine Bank auszurauben.«

Mehr war nicht aus ihm herauszubekommen.

7

Als sie Calvet besuchten, bestand Craig darauf, daß er selbst fuhr, und Loomis gab nach.

Es gab einige Dinge, die man von Craig wissen mußte, die aber durch Fragen nicht herauszubekommen waren. Dinge, die sich nie aus den kalten, blau-grauen Augen ablesen ließen: Craig war in erster Linie ein physisch reagierender Mensch; der Schlüssel zu seinem Wesen lag in der Art und Weise, wie er seinen Körper einsetzte. Sein Unbehagen, zum Beispiel, daß er Jennifer hatte zusammenschlagen müssen, war ein Positivum. Aber auf der Debetseite standen die Dinge nicht, wie sie sollten. Da war zum Beispiel George Allen. Craig hatte ihn zu Recht so behandelt, aber war es nötig gewesen, daß er daran einen solchen Gefallen gefunden hatte? Und auch bei der Geschichte mit dem dicken Arthur war sein Enthusiasmus etwas zu stark gewesen.

Natürlich war es kein Vergnügen, das gab Loomis zu, von dicken Männern mit Bleirohren und von dünnen mit Totschlägern und Rasiermessern bedroht zu werden. Aber immerhin war Craig der beste Karate-Kämpfer in Europa, vielleicht in der Welt — außerhalb Japans. Über seinen schwarzen Gürtel wußte Loomis Bescheid, aber welchen Grad er hatte, war ein Geheimnis. Für Craig bedeutete jede Hand, jeder Fuß eine tödliche Waffe. Er konnte buchstäblich mit einem Finger töten. Was vermochte dagegen ein Bleirohr auszurichten? Und er hatte dem dicken Arthur den Arm gebrochen, wie einen trockenen Stock, nur weil er ihm mißfiel.

Loomis dachte über die Tatsache nach, daß er wie Frankenstein ein Ungeheuer geschaffen hatte. In Japan gab es ein paar Männer, die Craig umbringen konnten. Eines Tages, vielleicht schon bald, würde einer von ihnen das auf sich nehmen müssen.

Mit knapper Not entging der Wagen einem Zusammenstoß. Craig sagte nichts, und Loomis dachte, wie nützlich sein Ungeheuer war, fragte sich aber, wann die Ungeheuerlichkeit größer werden würde als der Nutzen.

»Sie haben nicht den Auftrag, mich umzubringen, mein Lieber«, sagte Loomis.

»Weder Sie noch sonst jemanden«, sagte Craig. »Es sei denn, Sie geben den Befehl.«

Das Pflegeheim war früher ein mittelgroßes Landhaus gewesen. Die notwendigen Umbauten waren durchgreifend und diskret ausgeführt. An der Toreinfahrt zeigte sich Loomis am Wagenfenster, und die Tür ging auf.

»Wetherly hat sich um Calvet gekümmert«, sagte Loomis. »Und er hat gute Arbeit geleistet. Matt Chinn ist auch hier.«

Wetherly war ein Psychiater, der mit Leib und Seele für Dezernat K arbeitete. Seine Sicherheitsstufe war die gleiche wie die von Loomis. Das war auch nötig, denn von Zeit zu Zeit untersuchte er jedes Mitglied der Abteilung, angefangen bei Loomis selbst. Aber Sir Matthew Chinn war etwas anderes: ein ziviler Psychiater und ein so hervorragender Spezialist, daß ein Besuch von ihm mit Gold aufgewogen werden mußte.

»Er hat sich Grierson mal angesehen«, sagte Loomis. »Wenn wir fertig sind, möchte ich, daß er auch Sie untersucht.« Er ging auf die Tür zu, an der ›Gruppentherapie‹ stand, als Craig seinen Arm ergriff. Loomis war gezwungen, sich ihm zuzuwenden.

»Ich drehe schon nicht durch«, sagte Craig. »Meine Arbeit macht mir nur Spaß.« Dann zögerte er und sagte verwundert: »Aber vielleicht ist das bereits Durchdrehen.«

Calvet wartete zusammen mit Wetherly. Sein träumerisch slawischer Blick, an den sich Craig erinnerte, war verschwunden; nun steckte er voller Energie, voll hypermanischer Ungeduld, wenn nichts passierte. Er stellte Tisch und vier Stühle zurecht, legte Papier und Bleistifte aus und wandte sich dann mit einem zufriedenen Seufzer an Wetherly.

»Es kann losgehen«, sagte er.

»Was hat er denn vor?« fragte Craig.

Calvet runzelte die Stirn. »Ich bin nicht taub«, rügte er.

»Also, also«, sagte Wetherly. »Craig ist nun einmal so. Keiner kann aus seiner Haut.«

»Das stimmt«, sagte Calvet und klopfte mit dem Bleistift auf den Tisch.

»Jean-Luc wird von Zeit zu Zeit auf Pentathol gesetzt«, erklärte Wetherly. »Er mag es.«

»Es veranlaßt mich, die Wahrheit zu sagen«, fiel Calvet ein. »Darum mag ich es.«

»Übrigens, er ist nun Calvet. Jean-Luc Calvet. Für seine Freunde Jean-Luc. Dowtschenko gibt es nicht mehr.«

»Dowtschenko ist tot«, sagte Calvet, und der Bleistift klopfte weiter im gleichen abgehackten Rhythmus.

»Morsezeichen«, sagte Wetherly. »Hören Sie.«

Der Bleistift wiederholte ständig: ›f-r-e-i‹.

»Genauso fühle ich mich«, sagte Calvet. Dann blickte er zu Craig hinüber, brach den Stift in zwei Teile, stand auf und ging auf ihn zu.

Craig machte eine leichte Bewegung, stellte die Füße auseinander, verteilte sein Gewicht und ließ die Hände geöffnet an den Seiten herunterhängen. Das war die Karate-Ausgangsstellung. Nun mußte er sich eigentlich verneigen und die entschuldigenden, aber zugleich warnenden Worte sprechen: ›Ich komme mit leeren Händen zu Ihnen‹. Er tat nichts dergleichen.

»Sie haben Dowtschenko getötet«, sagte Jean-Luc.

Loomis brummte: »Weißt du, mein Junge ...«, und Wetherly berührte Calvets Arm. Aber er lächelte.

»Ich bin sehr froh, daß Sie es taten«, sagte er. »Sie haben Calvet befreit.« Er schlug Craig auf die Schulter und wandte sich dem Tisch zu. »Kommen Sie«, sagte er, »wir haben zu tun.«

»Er weiß Bescheid über James Soong«, sagte Loomis.

Es war, als ob eine Schleuse geöffnet wurde. Aus Jean-Luc strömten die Worte nur so heraus. Die anderen hörten zu, und Craig machte sich Notizen.

Soong hatte zunächst zum Inneren Chinesischen Sicherheitsdienst gehört, den Tigerkämpfern — Männer und Frauen, die Abweichler und Bourgeoise aufspürten. Weil er ein vielversprechendes Talent war, wurde er zu einer Spezialeinheit versetzt, den sogenannten ›Richtig-Denkern‹, einer Abteilung für Gegenspionage. Er war einer der letzten, die vor der großen Spaltung in Rußland ausgebildet wurden, und war für den Tod von S. I. Lemkow, dem russischen Fachmann für chinesische Angelegenheiten, verantwortlich. Von Rußland aus kam er nach Tunesien, dann nach Marokko, wo er erfuhr, daß die Russen ihn suchten. Ein von Calvet-Dowtschenko eingesetzter Agent hatte ihn in Tanger ausfindig gemacht. Darauf verschwand er aus Marokko, und ein anderer KGB-Mann spürte ihn in Keswick auf. Es war damals nicht mehr nötig, ihn einem Verhör zu unterziehen. Die Exekutiv-Leute hatten ihn daher erledigt.

»Was wollte Soong in Keswick?« fragte Loomis.

»Er wartete«, sagte Calvet, runzelte dann die Stirn. »Darauf wollte ich gerade kommen. Hören Sie bitte zu, ich werde alles erklären. Es ist nicht nötig, daß Sie mich unterbrechen.«

Loomis brummelte vor sich hin und wurde so still wie ein Vulkan, der kurz vor dem Ausbruch stand; Calvet sprach weiter.

Die Gruppe der ›Richtig-Denker‹ hatte sich mit einer anderen anti-russischen Gruppe, die in Europa arbeitete, zusammengetan. Ihr Hauptquartier saß in London, aber sie hatten Nebenstellen in Paris, West-Berlin und Warschau. Diese Gruppe war bekannt als BK, eine Abkürzung von Bourgeois-Kapitalist. Dem KGB waren die Hauptmitglieder bis jetzt noch nicht bekannt. Aber man wußte drei Dinge: Erstens, sie hatten Zugang zu einem umfangreichen Nachrichtenmaterial, das Rußland vor der Welt lächerlich machen oder belasten sollte. Zweitens, sie hatten bereits durch Mord oder Sabotage Projekte vereitelt, mit denen Rußland die Meinung des Auslands zu beeinflussen gehofft hatte. Drittens, ihr Bankkonto war in Tanger.

Craig sagte: »Zwei Fragen.«

Calvet lief sofort rot an und schrie, sie sollten nur zuhören.

»Ich habe Dowtschenko für Sie umgebracht«, sagte Craig. »Also können Sie mir mindestens auch einmal zuhören.«

Calvet sagte: »Sie haben recht, es tut mir leid«, und lächelte. Lächelnd sah er unschuldig und jung aus.

»Welche Projekte wurden sabotiert?« fragte Craig.

»Weltraumfahrten«, sagte Calvet. »Zwei Russen sind dabei umgekommen. Sie denken, daß BK die Hand dabei im Spiele hatte.«

Loomis seufzte, es klang wie ein ärgerliches und erschrecktes Poltern.

»Warum haben sie die Bank in Marokko gewählt?« fragte Craig. »Es ist doch schwierig, das Geld von dort wieder herauszubekommen.«

»Für sie nicht«, entgegnete Calvet. »Sie haben mächtige Freunde in Marokko.«

Er sprach weiter. Die Bank in Tanger hieß Crédit Labonne. Irgendwie waren englische Zeitungen hinein verwickelt, aber er wußte nicht, wie. Das Pech war, daß das KGB bisher erst einen BK-Mitarbeiter in die Hände bekommen hatte. Und der hatte ein schwaches Herz gehabt. Er starb, ehe sie Namen herauskriegen konnten. Die Russen hatten es eben immer eilig, ihren Methoden mangelte es an Raffinesse.

»Sie wollen es einfach nicht verstehen«, sagte Calvet. »Um wirklich gründlich zu sein, muß man sanft vorgehen.«

Er lächelte Wetherly zu, jung und unschuldig, und Wetherly strahlte zurück. Plötzlich verging ihm das Lächeln und er begann russisch zu sprechen. Dann hörten auch die Worte auf, und er brach in Tränen aus. Wetherly machte sich um ihn zu schaffen wie eine rundliche Heimschwester, und Calvet klammerte sich schluchzend an ihn.

»Schluß jetzt«, sagte Wetherly. »Sie haben sowieso das meiste herausbekommen.«

In dem Raum, an dessen Tür ›Oberin‹ stand, warteten Loomis und Craig auf Sir Matthew Chinn. Loomis musterte Craig; er war groß, vierschrötig und geduldig wie immer, aber ungerührt von allem, was ihn nicht direkt bedrängte. Als Calvet unangenehm geworden war, war Craig auf dem Sprung gewesen; als er weinte, hatte er sich nicht mehr um ihn gekümmert.

»Crédit Labonne, keine gute Bank«, sagte Craig. »Ich hatte dort auch einmal ein Konto.«

»Ich weiß«, sagte Loomis.

»Wer wird mir helfen?«

»Später«, sagte Loomis. »Zunächst einmal müssen Sie mit Matt Chinn sprechen, und ich muß über die Zeitungen nachdenken.«

»Calvet sagt, daß er nicht weiß . . .«

»Gerade deswegen muß ich ja nachdenken. Und ich hasse es«, sagte Loomis, »es macht mich hungrig.«

Sir Matthew Chinn war ein kleiner, napoleonisch aussehender Mann mit Raubvogelkopf. Er sah aus wie jemand, der sich nicht mehr daran erinnern konnte, wann er das letztemal unrecht gehabt hatte. Craig blieb drei Stunden bei ihm, und dann gingen sie zusammen in Griersons Zimmer. Der guckte starr vor sich hin, während seine Finger mit einem Stück Schnur spielten. Grierson ließ nicht erkennen, ob er sie bemerkte.

»Er ist völlig hilflos«, sagte Sir Matthew. »Kann manchmal nicht einmal seinen Darm kontrollieren.«

Craig sagte nichts.

Dann: »Ich möchte lieber gehen«, und wandte sich der Tür zu.

»Einen Moment noch«, meinte Sir Matthew. »Sagen Sie mir, was geschah, ehe er so wurde.«

»Sie wissen es selbst.«

»Ich möchte, daß Sie es mir sagen.«

»Wir mußten einen Mann töten«, sagte Craig. »Er hatte Leibwächter, die mußten wir auch umbringen, um an ihn heranzukommen. Es war nicht leicht. Ich brauchte eine Terror-Waffe und benutzte eine .20er Straßenkampfwaffe, das ist ein Gewehr mit abgesägtem Lauf. Die Yankees haben diese Gewehre, aber nicht Kaliber .20.«

»Warum nicht?«

»Man muß damit sehr nahe heran«, sagte Craig. »Wenn Sie, das heißt, wenn ich jetzt auf Sie feuerte, würden Sie in zwei Teile zerrissen.«

Er blickte auf Grierson, der immer noch mit seiner Schnur spielte, und sagte: »Ich habe den Fehler gemacht, ihm dieses Gewehr zu geben.«

»*Sie* gaben es ihm?«

»Er war dem nicht gewachsen«, sagte Craig. »Er erschoß zwei von den Kerlen und verwundete einen dritten; der verlor einen Arm. Und dann drehte Grierson durch. Ich hätte das Gewehr selbst halten sollen.«

8

»Töten ist für ihn nichts als ein Job«, sagte Sir Matthew. »Dasselbe wie Gräben ausheben.«

Loomis lehnte sich in seinem Chintzsessel zurück und sah einer Biene zu.

»Wo ist er jetzt?« fragte er.

»Er wartet im Auto.«

»Er verursachte heute beinahe einen Zusammenstoß«, sagte Loomis.

»Ich weiß, er hat es mir erzählt. Ihre Nervosität macht ihm Spaß. Er liebt die Gefahr.«

»Ich nicht«, sagte Loomis. »Aber ich muß sie auf mich nehmen.«

»Er wird aber nicht töten, es sei denn, er ist selbst in Gefahr«, sagte Sir Matthew.

»Auch jetzt nicht?«

Sir Matthew nickte. »Er hegte eine Zeitlang eine Art Haßliebe für diese Art des Tötens. Es stieß ihn ab, aber es machte ihm auch Spaß.«

»Wie Sex einem Pfarrer«, sagte Loomis.

»Die Kirche hat ihre eigenen Probleme«, entgegnete Sir Matthew. »Aber ihre Pfarrer sind zu arm, um mich bezahlen zu können. Craig ist sich jetzt dieser Haßliebe beim Töten nicht mehr bewußt.«

»Warum nicht?«

»Er hat zu oft getötet«, sagte Sir Matthew.

»Auf meine Veranlassung.«

»Das habe ich nicht gesagt.«

»War auch nicht nötig. Aber wissen Sie, ich brauche Craig.«

»Das ist mir klar.«

»Ist es ungefährlich, ihn einzusetzen?«

»Eine gewisse Zeit durchaus noch — wenn Sie ihn brauchen. Er macht es gut, und noch hat er sich unter Kontrolle.«

»Aber eines Tages wird das nicht mehr der Fall sein?«

»Das ist durchaus möglich. Er ist sich seiner Haßliebe zwar nicht mehr bewußt, aber sie ist stärker als je. Eines Tages wird er nicht mehr warten, bis Sie ihm die Opfer nennen.«

»Wie lange noch?«

»Er sollte in drei Monaten wieder zu mir kommen«, sagte Sir Matthew, machte einen Schritt auf die Tür zu und drehte sich noch einmal um. Loomis erkannte mit Schrecken, daß Sir Matthews Gesicht Gehässigkeit ausdrückte.

»Eines möchte ich noch hinzufügen, Loomis«, sagte Sir Matthew. »Folgendes ist ganz klar: Wenn Craig einmal Ihre Autorität nicht mehr anerkennt, steht sein erstes Opfer fest.«

»Wer?« fragte Loomis.

»Sie«, sagte Chinn.

Mrs. McNab brachte noch mehr Zeitungen herein, und Craig stöhnte auf. Im Zimmer waren schon rund tausend gestapelt.

»Das sind die letzten«, sagte Mrs. McNab; Craig brummte. »Haben Sie noch etwas für mich, Sir?«

»Weiterlesen«, sagte Craig.

Wenn Mrs. McNab nicht eine Dame gewesen wäre, hätte sie auch gestöhnt. Sie sahen die Zeitungen auf Nachrichten über Rußland durch. Auf alles, was ungünstig für Rußland war, und da gab es eine ganze Menge.

Sorgfältig notierten sie Datum und Ausgabe jeder Zeitung, in der sie eine solche Nachricht fanden. Schließlich kam es Craig so vor, als ob es nur zwei Arten von Menschen gäbe: die Russen, die eine Dämlichkeit nach der anderen begingen, und den Rest der Welt, der sie dabei beobachtete.

»Sie brauchen nicht zu warten«, sagte er zu Mrs. McNab, als er mit einem Stoß beschriebenen Papiers hinausging. »Es ist ja schon beinahe Teezeit.«

»Jawohl, Sir«, sagte Mrs. McNab. Es war halb neun. Sie verabscheute ihn mehr als je.

Loomis schien in kürzerer Zeit noch mehr Zeitungen verschlungen zu haben. Sein Zimmer lag voll davon. Nun saß er vor einem riesigen Teller mit einem getrüffelten Huhn. Die Reste einer Seezunge waren beiseite geschoben, der Käse wartete. Dazu trank er Château Lafite.

»Ich habe es Ihnen ja gesagt«, schmatzte er. »Nachdenken macht mich hungrig. Möchten Sie einen Drink?«

»Bitte«, sagte Craig.

»Suchen Sie sich ein Glas.«

Craig fand eine Teetasse, und Loomis schüttelte sich.

»Zeichnet sich eine Gesetzmäßigkeit ab?« fragte er.

Craig nippte und nickte, warf dabei einen Blick auf seine Papiere.

»*Daily News, Glasgow Evening Messenger, Yorkshire Mercury, Woman's Whim*, und *In*«, las er vor.

»*Woman's Whim? In?*« fragte Loomis.

»Alle diese Zeitungen gehören der *Merit Press*«, sagte Craig. »Sie gibt auch *Woman's Whim* und *In* heraus.«

»Sie sind tatsächlich nicht bloß ein Beau«, sagte Loomis. »Ich habe dasselbe herausgefunden: *Merit Press* bringt dieses russische Zeug immer als erste. Sogar noch vor *Mail* und *Express*. Und sie drucken Nachrichten, um die sich die anderen gar nicht kümmern.«

»Stimmt«, sagte Craig und leerte seine Teetasse.

»Sie müssen also stets rechtzeitig den Wink bekommen«, sagte Loomis. »So viele Zufälle gibt es nicht. Das hätte Calvet wohl herausfinden können.«

»Ja«, sagte Craig. »Der Wein ist gut.«

Loomis grunzte und schob die Flasche ein winziges Stück auf Craig zu, der seine Tasse nachfüllte.

»Noch etwas«, sagte er. Loomis grunzte wieder. »*Merit Press* gehört einem Kerl, der Simmons heißt. C. G. Simmons. Ihm gehört auch *Midland Television.*«

»Was Sie nicht sagen«, sagte Loomis und lachte in sich hinein.

»Er hat eine Tochter«, fuhr Craig fort, »Jane. Sie saß bei der Wandergruppe, die dabei war, als Soong starb.«

»Welch ein Zufall«, sagte Loomis. »Linton fand, daß sie Ihnen schöne Augen machte.«

»Haben Sie Befehle für mich?«

»Sie müssen einmal ausspannen«, sagte Loomis. »Bei Landluft und gesundem Essen.« Er nahm eine Gabel Huhn mit Trüffeln. »Der richtige Ort dafür ist Surrey.«

»Wo Simmons lebt?«

»Aha«, sagte Loomis. »Fahren Sie hin und schwatzen Sie ein bißchen mit ihr. Sehen Sie zu, ob Sie auch ihren Papa treffen.«

»Unter welchem Vorwand?« fragte Craig. »Sie weiß, daß ich mit der Soong-Angelegenheit zu tun hatte.«

»Foreign Office«, sagte Loomis, »Fernost-Abteilung. Man hat Sie hingeschickt, falls Rotchina bespitzelt werden sollte. Morgen bekommen Sie Ihre Papiere.« Er gluckste in sich hinein: »Mensch, schon seit Jahren will ich Sie mit einem Bowler sehen.«

»Ich denke, ich soll eine Bank berauben?«, sagte Craig.

»Das kommt später«, sagte Loomis. »Wenn Ihre Hilfe da ist.«

»Ich würde lieber allein arbeiten«, sagte Craig, aber Loomis schüttelte den Kopf. »Geht leider nicht«, sagte er. »Aber es wird trotzdem schwierig genug. Diese kleine Simmons — ist sie hübsch?«

»Sehr.«

»Zwanzig Jahre, sagte Linton. Und sehr reich. Einziges Kind. Ihr Vater ist vernarrt in sie, und sie ist dumm genug, sich in Sie zu vergucken. Nutzen Sie es aus.«

»Gut«, sagte Craig.

»Ich lasse Ihnen freie Hand«, sagte Loomis. »Tun Sie, was Sie wollen, erzählen Sie ihr, was Sie wollen, nur finden Sie heraus, wo ihr Vater die russischen Nachrichten herbekommt. Mensch, sie ist jung, sie will was Fesches sehen. Vielleicht machen Sie sich ein bißchen . . .« er suchte und fand strahlend das richtige Wort: ». . . unwiderstehlich.«

Simmons machte sich an dem Spielzeugtheater zu schaffen, und die Vorhänge gingen auseinander. Er begann, Modellfiguren auf der Bühne zu plazieren, winzige nackte Frauen, die bemerkenswert naturgetreu wirkten.

Brodski fragte: »Soll das meine Show werden?«

»Um Gottes willen, nein«, entgegnete Simmons. »Viel zu schade fürs *Nuderama.* Das ist für eine Party, die ich in meinem Haus geben will.«

»Mir gefallen Ihre Parties nicht«, seufzte Brodski.

»Mir ja«, sagte Simmons. »Es sind wahre Kunstwerke. Sie geben mir wenigstens eine Chance, mich schöpferisch zu betätigen. Außerdem braucht BK eine Party.«

Brodski blieb mißmutig.

»Sehen Sie«, fuhr Simmons fort, »bisher hat alles geklappt. Sie haben die Verbindungen hergestellt, und ich habe das Geld. Wir sind zuverlässig. Für gute Arbeit bezahlen wir gutes Geld.« Er sah sich in Brodskis Büro um. »Der Striptease-Klub war eine perfekte Tarnung. Aber nun haben wir noch etwas Wichtigeres vor.«

Brodski sagte: »Wie schön.«

»Deswegen auch sollte Jane mit Soong in Verbindung treten«, sagte Simmons. »Wir werden nämlich einen Schuß auf den Mond vereiteln.«

Brodski staunte. »Einen Schuß auf den Mond? Wie?«

»Soong hatte eine Verbindung für uns hergestellt. Aber ich werde sie jetzt von jemand anderem bekommen. Das geht schon in Ordnung, aber es wird Geld, und zwar viel Geld kosten. Eine Million«, fuhr er fort. »Und eine Million habe ich nicht. Deswegen gebe ich die Party.«

»Sie haben kein Geld?«

»Nein, habe ich nicht. Ich besitze Zeitungen, Zeitschriften und eine Fernsehgesellschaft. Aber ich habe kein Geld, nicht mehr. BK bekam den größten Teil.«

»Sie waren sehr großzügig.«

»Ich habe nur getan, was getan werden mußte. Rußland muß angegriffen werden, das wissen wir. Bis jetzt habe ich eineinhalb Millionen für diesen Zweck ausgegeben, und Sie haben oftmals Ihr

Leben dafür eingesetzt. Beide haben wir das gegeben, was wir besitzen. Aber für diese Aufgabe brauchen wir jetzt mehr. Wir brauchen Airlie«, fuhr er fort. »Er hat eine Million zu Verfügung, und er möchte Jane heiraten. Außerdem ist er ein Idealist, er will die Russen bekämpfen: gut. Er ist jung und heißblütig, er liebt Frauen: besser. Wir können auf zwei Ebenen an ihn heran, Brodski, durch Idealismus und Erpressung.«

»Es liegt mir nicht, einen Gentleman zu erpressen«, sagte Brodski.

»Mir auch nicht, aber es muß sein. Es gibt keinen anderen Weg.«

»Da wäre noch Madani. Er hat auch Geld.«

»Nein«, entgegnete Simmons. »Madanis Vater hat Geld. In Marokko. Er kann es nicht transferieren. Und auf alle Fälle brauchen wir Madani in Marokko, um die Russen dort zu schädigen. Er ist ein guter Mohammedaner und ein Edelmann, sein Vater hat großen Einfluß. Wenn es so weit ist, kann er einen Heiligen Krieg beginnen.«

»Wir haben auch Geld in Marokko.«

Simmons starrte ihn einen Augenblick an, dann lachte er.

»Das haben wir«, sagte er. »Aber dürfen wir es denn ausgegeben?«

Brodski begann über Ethik zu sprechen, und Simmons langweilte sich. Er ließ seine Gedanken nach Jugoslawien zurückschweifen. Titos Leute waren engstirnig und ermüdend gewesen, aber er war auf eine Gruppe gestoßen, die mit Michailowitsch zusammenarbeitete: Partisanen, die kämpften, weil Männer einzig deswegen auf der Welt waren — um zu kämpfen, zu trinken und zu lieben. Drei Monate lang war sein Leben ein Breitwandepos gewesen. Aber dann hatte man ihn zurückgerufen, und seine Männer waren verraten worden. Nicht an die Deutschen, sondern an die Russen: die Männer und die Frau, die Simmons geliebt hatte. Als er zurückkam, erfuhr er, daß auch Helden sterben müssen, und zwar auf schreckliche Weise. Die Frau hatte den schlimmsten Tod gehabt. Seit jener Zeit war Sex für ihn nur eine Sache, die bei anderen ausgenutzt werden mußte; Liebe, das war etwas anderes: Liebe empfand ein Mann für seine Tochter. Es war ganz gut, dachte er, daß Mrs. Simmons von dem verdammten Pferd gestürzt war.

Brodski schwieg, und Simmons sagte schnell: »Sie werden doch nicht vergessen, was Ihnen die Russen angetan haben? Erzählen Sie mir von Ihrem Bruder.«

Langsam und zögernd begann Brodski zu sprechen. Dann, im Verlauf der Geschichte, kamen die Worte schneller. Folter, Todesangst, Verrat und zuletzt der Tod: für Brodskis Bruder, Frau, Vater und Onkel. Die Geschichte war endlos, und immer waren die Russen die Täter. Die Russen, die Russen und immer die Russen.

Simmons fühlte sich erleichtert: Brodski würde mitmachen. Er hatte fast genauso hassen gelernt wie Simmons.

Craig dachte über die Notwendigkeit nach, unwiderstehlich zu sein. Fraglos war es nötig, denn Mädchen wie Jane Simmons hatten alles: ihnen etwas Neues zu bieten, war unmöglich.

Am nächsten Morgen befragte er Mrs. McNab über diesen Punkt. Aber die war noch wütend. Sie wollte nur über Grierson sprechen, und wie unwiderstehlich *er* gewirkt hatte, weil er eben ein Gentleman gewesen war. Craig würde nie einer sein. Aber er konnte sich natürlich einen dunklen Anzug, eine Krawatte der Royal Navy, eine schwarze Aktentasche, Schirm und Bowler kaufen. Er hatte noch nie einen solchen Hut und einen Schirm besessen; der Gedanke daran machte ihm Spaß. Loomis sagte: »Heutzutage nehmen sie schließlich die komischsten Leute im Foreign Office«, und gab ihm seine Papiere: einen Sonderpaß, einen gewöhnlichen Paß, Visitenkarten, all die unerläßlichen Dokumente, die irgendein dienstbarer Geist in der Nacht für ihn präpariert hatte. Craig studierte sie sorgfältig, Loomis strahlte und rauchte eine stinkende Zigarre.

»Sie müssen Ihren richtigen Namen angeben«, sagte er. »Es schadet nichts, wenn Simmons Ihretwegen anruft; das Gespräch wird zu uns durchgestellt.« Er lehnte sich zurück und betrachtete Craig: 1.88 Meter von den Sohlen bis zum Bowler.

»Sie kamen ins Foreign Office von der Navy aus«, sagte er. »Und haben keine Public School besucht. Sie gehören keiner bestimmten Klasse an, mein Lieber. Einer von der neuen Sorte.«

»Gut«, entgegnete Craig.

»Aber Sie gehören immerhin dem Foreign Office an«, sagte Loomis, »verprügeln Sie niemanden, Mensch!« Craig grinste. »Haben Sie herausgefunden, wie Sie sich unwiderstehlich machen können?«

»Das bin ich immer«, sagte Craig.

Er hatte noch einmal über die beiden Begegnungen mit Jane Simmons nachgedacht. Die Antwort lag auf der Hand: Jane fühlte sich zu ihm hingezogen, weil sie Angst vor ihm hatte. Sie hatte die schlafende Gewalt in ihm und die Gefahr gefühlt, und das hatte ihr Angst eingejagt. Angst hatte sie noch nie gehabt. Das war das einzig Neue, was er ihr bieten konnte, aber vielleicht genügte es.

Er fuhr seinen Jaguar zurück zum Regent Park, stellte ihn in die Garage, nahm Koffer, Aktentasche und Schirm, bestieg einen Bus, dann die U-Bahn. Am Picadilly stieg er aus und stürzte im letztmöglichen Augenblick wieder in den Zug. Dieser Trick hatte fast immer Erfolg, sogar wenn ihm jemand vom Dezernat K folgte. Denn Loomis ließ manchmal seine eigenen Leute beschatten; er wollte immer ganz sicher gehen. Und obgleich Craig nichts Unrechtes an seiner neuen Erwerbung finden konnte, war er doch nicht sicher, was Loomis dazu sagen würde.

Sie stand in einer kleinen Garage in Knightsbridge: ein funkelndes scharlachrotes Erfolgssymbol, das mit eingerollten Regenschirmen und Bowlerhüten nichts zu tun hatte: ein Zwölf-Zylinder, viereinhalb Liter Lamborghini Miura, mit einer Höchstgeschwindigkeit von 270 Stundenkilometern, genug Platz für zwei Personen und keinem Raum für drei. Fünftausend Pfund seines Gehalts war er wert und das einzige Ding, zu dem er Zuneigung empfand. Craig fuhr ihn aus der Garage und machte sich auf den Weg nach Surrey.

Im *Who's Who* nahm Simmons einen ziemlich breiten Raum ein. In Rugby und im Magdalen College, Cambridge, Schule bzw. Universität besucht, einziger Sohn von Reverend Percy und Mrs. Dora Simmons. Heiratete Lady Jane Mathers (verstorben), die älteste Tochter des Earls von Worthing. Klubs: *White's, Athenaeum;* verschiedene Hobbies, Vornamen: Christopher Galahad. Im *Who's Who* stand nicht, daß ihm eine in ganz England verbreitete Tages- und eine Sonntagszeitung gehörten, siebzehn Provinzzeitungen, drei Zeitschriften, eine Fernsehgesellschaft und ein kleiner, aber aufstrebender Taschenbuchverlag. Doch es war der Fall.

Es stand auch nicht darin, daß er während des Krieges bei verschiedenen Partisaneneinheiten gekämpft und einen hohen englischen Verdienstorden bekommen hatte. Es war auch nicht vermerkt, daß er sieben Millionen Pfund schwer war.

Craig wußte, wie Simmons zu seinem Geld gekommen war: Der Vater hatte damit begonnen. Reverend Percy war zunächst ein unerschrockener Höllenfeuer-Baptist gewesen; seine Predigten waren gedruckt worden, und damit begann eine große Karriere. Als der erste Weltkrieg kam, kombinierte Simmons Religion mit Patriotismus, und seine Leser in den Schützengräben fanden, daß seine Höllenvisionen gar nicht so übertrieben waren. Nach dem Krieg ließ das Christentum langsam nach, doch der Patriotismus blieb.

1921, mit sechzig Jahren, besaß er eine Million und entdeckte, daß er niemanden hatte, mit dem er das Vermögen hätte genießen können. So heiratete er eine Missionarin, die ihm Christopher Galahad schenkte. Der zweite Vorname war ihre Idee, sie hatte gern Tennyson gelesen und starb, als der Junge drei Jahre alt war. Christopher wurde nach Rugby und Cambridge geschickt und sollte mit einundzwanzig Jahren seinem Vater zur Seite treten. Da brach der Krieg aus. Nach fünf Semestern in Cambridge wurde er mit neunzehn Jahren Kadett in Sandhurst.

1942, als er einundzwanzig Jahre alt war, wurde er in besonderer Mission nach Jugoslawien zu Tito geschickt. Am Ende des Krieges war er fünfundzwanzig und Major. Er kehrte nicht auf die Universität zurück, erhielt aber den Ehrendoktor, nachdem er ein neues College gestiftet hatte. Er unterstützte seinen Vater bei der Arbeit, bis dieser im Spätsommer 1945 plötzlich starb. Loomis sagte: weil die Labour Party die Wahlen gewonnen hatte.

Christopher Galahad wurde sofort Vorsitzender der väterlichen Gesellschaft und war ein Jahr später geschäftsführender Direktor. Er wurde der führende Fachmann Englands, was Geldverdienen mit Hilfe des gedruckten und gesprochenen Wortes betraf.

1946 heiratete er die Tochter eines sportlichen Peers. Sie gebar ihm eine Tochter und verunglückte dann bei einer Jagd, als das Kind sechs Monate alt war.

Christopher Galahad betrat nie eine Kirche.

9

Craig fuhr an Villen wohlhabender Leute vorbei, bis er zu den mit Steinmauern umgebenen Besitzungen der ganz Reichen kam. Der Lamborghini entpuppte sich immer mehr als der einzig richtige Wagen; ein Bentley wäre zu zahm gewesen. Schließlich fand er das Grundstück. Der Pförtner warf nur einen Blick auf den Wagen und ließ ihn ein. Er fuhr bis zu einem kiesbestreuten Platz, wo noch fünf andere Autos standen: zwei Rolls Royce, ein Mercedes 600, ein Ferrari und ein kleiner Alfa-Romeo. Es war Platz genug für den Lamborghini.

Craig nahm seinen Bowler, setzte ihn distinguiert auf, griff nach Schirm und Aktentasche. Es war an der Zeit, dem Mammon seine Reverenz zu erweisen.

Er überschritt den Platz und ging auf eine breite, flache Freitreppe zu. Dort stand schon ein Mann, der ihn erwartete. Er war größer als Craig, breitschultrig und sehr sparsam in den Bewegungen, die Craig an die eines Bergsteigers erinnerte, den er in Kreta gekannt hatte. Sein Gesicht war rund, aber nicht schlaff, mit hohen Backenknochen und sehr dunklen Augen. Ein eher slawisch als teutonisch wirkendes Gesicht, aber ohne den slawischen Charme. Es war das Gesicht eines Mannes, den Grausamkeit und Freundlichkeit gleichgültig ließen.

Craig sagte: »Miss Simmons, bitte.«

Der Mann antwortete: »Ich werde nachfragen, Sir. Wen darf ich melden?«

»John Craig.«

Der Butler öffnete die Hälfte der großen Flügeltür, und Craig betrat eine Halle, die in schwarzem und weißem Marmor gehalten und mit der nonchalanten Eleganz ausgestattet war, wie sie sich nur die wirklich Reichen leisten konnten. Craig nahm Platz und sah sich um. Mit Geld konnte man sich das alles kaufen, sogar solche Butler, der hier hineinpaßte wie ein Leopard in ein Boudoir. Anfang Dreißig, überlegte Craig, ein Mann, der schon viel gesehen und getan hatte und jetzt wußte, daß es nicht viele Menschen gab, die er zu fürchten hatte, der aber trotzdem auf der Hut blieb. Er wandte den Kopf, der Butler kam auf ihn zu, und eine Katze hätte nicht geräuschloser gehen können.

»Miss Simmons ist leider nicht hier, Sir«, sagte er. »Sie ist mit Mr. Simmons auf der Pferdekoppel. Wenn es Ihnen nichts ausmacht, dorthin zu gehen?«

»Gut«, sagte Craig und stand auf.

»Möchten Sie nicht Ihren Schirm hier lassen, Sir?«

»Nein«, sagte Craig. »Nur die Aktentasche.« Er hatte seinen Schirm schon sehr liebgewonnen.

»Sehr wohl, Sir. Bitte hier entlang«, sagte der Butler. Sein Gesicht war ausdruckslos, aber Craig hatte das ungute Gefühl, daß er tief drinnen, wo niemand an ihn herankam, lachte.

Er führte Craig in ein anderes Zimmer, dessen französische Fenster auf eine Rasenfläche gingen und einen dahinter liegenden Rosengarten. Hinter den Rosen, erfuhr Craig, kam die Koppel.

Craig trat hinaus auf den Rasen und hörte, wie die Fenster hinter ihm geschlossen wurden. Am Ende des Rosengartens war eine Ziegelmauer mit einer verriegelten Tür. Craig öffnete sie, trat hinaus auf die Koppel und schloß die Tür hinter sich. Die Koppel hatte die Form eines L, und Craig befand sich im kürzeren Arm des L. Er konnte wegen der Gartenmauer nicht erkennen, wie es hinter der Ecke aussah. Er stapfte durch das hohe Gras und merkte bald, daß der Schirm fehl am Platze war, desgleichen der Bowler. Sie paßten nicht hierher. Kein Wunder, daß der Butler gelacht hatte.

Dann hörte er es: ein rhythmisches, springendes Geräusch — Pferde, die auf dichtem Gras in kurzem Galopp gehalten wurden —, und dazwischen das schärfere Stakkato eines anderen, schweren, rennenden Tieres. Craig sah sich nach nicht vorhandener Deckung um. Hinter ihm war nur die Mauer, die man nicht überklettern konnte. Er ahnte jetzt, was auf ihn zukam, und es blieb ihm keine Zeit mehr, sich zu wappnen.

Er schoß mit einem großen Schwung geballter Kraft um die Ecke, leichtfüßig trotz seiner Größe: ein Aberdeen Angus-Stier mit einem Gewicht am Huf und in Kampfeslaune. Sein schwarzes Fell glänzte wie mit Öl eingerieben, die Hörner waren elfenbeinfarben. Und er suchte offensichtlich ein Angriffsziel.

Craig rührte sich nicht. Der Stier verhielt und schnüffelte in den Wind; langsam drehten sich die Hörner, so daß Craig in ihrer gespreizten V-Form zu stehen kam. Zu Craigs Erstaunen kam in diesem Augenblick ein Cowboy um die Ecke galoppiert; ein Cowboy, wie ihn Remington hätte gemalt haben können, mit echtem Hemd, breitrandigem Hut, Halstuch, mit Jeans, die in mexikanischen Schuhen steckten und einem .45er Colt im Halfter. Er ritt einen Falben und schwang ein Lasso.

Während Craig ihn noch anstarrte, flog das Lasso hoch, um die Hörner des Stieres zu fassen. Es verfehlte aber sein Ziel und peitschte dem Tier ins Gesicht. Ohne Übergang fiel der Stier aus dem behutsamen Lauf in unglaubliche Geschwindigkeit, senkte den Kopf und raste auf Craig los.

Weglaufen hieß, aufgespießt werden, stehenbleiben hieß, wenn man nicht von El Cordobés Unterricht bekommen hatte, sterben. Craig entschied sich für einen Kompromiß, indem er schnell zur Seite sprang. Dann holte er mit der Waffe höchster Ehrbarkeit aus, dem Schirm, und zielte, als der Angus knapp vorbeidonnerte, nach den Augen. Aber das Biest stieß mit den Hörnern zu, und Craig war es, als ob er einen Schirm hielte, der von einem D-Zug überfahren worden war. Sein Arm schien im Gelenk zu vibrieren, der Schirm — nun V-förmig — flog durch die Luft wie ein Bumerang und blieb dann im Boden stecken. Der Stier bremste, drehte um und kam zurück. Und wieder sprang Craig zur Seite.

Als das Tier diesmal angriff, riß Craig sich den Bowler vom Kopf. Der reitende Cowboy, der bisher gelacht hatte, schrie plötzlich auf. Denn bei der nächsten Attacke lief Craig auf den Stier zu, wich blitzschnell aus und schlug mit dem harten Rand des Bowler zu. Der blieb als Ruine auf dem rechten Horn des Tieres hängen. Der Angus brüllte vor Schmerz, der Cowboy trieb sein Pferd an, schwang das Lasso, und diesmal traf es und schlang sich um die kleinen, bösartigen Hörner. Der Stier blieb still stehen. Er wußte, wie es weiterging.

Craig lief nun bis zur Ecke der Koppel, und was er sah, erinnerte ihn an Filmkulissen: Ranchgebäude, Eisen- und Waffenhandlung, Schmiede, erhöhter Plankenweg, Geländer zum Anbinden der Pferde, ein Saloon ›Zur letzten Chance‹, ein Sheriffbüro, Mietstallungen und sogar eine Wells-Fargo-Rampe mit vier angebundenen Pferden und einem Mann mit Schrotflinte. Craig wurde klar, was es hieß, wenn ein Multimillionär angab: ›verschiedene Hobbies‹.

Die Gruppe, die auf ihn zukam, sah aus, als ob sie die City-Bank ausrauben wollte: zuerst der Mann auf dem Falben, neben ihm eine schlankere Gestalt mit Büffelfell und weißem Schlapphut; dahinter weitere schmucke Cowboys und ein mexikanischer Viehtreiber, dem der Sombrero auf dem Rücken hing und dessen Sattelzeug von klimperndem Silber glitzerte. Der Cowboy mit dem Büffelfell brachte sein Pony in Trab und ritt auf ihn zu. Craig lehnte sich an das Geländer und sah auf.

»Hallo, Miss Jane, wie geht's?« sagte er.

Das Mädchen sah auf ihn hinab und staunte. Es hatte immer gelernt, wie vorteilhaft es sei, vom Pferde auf das Fußvolk hinabzusehen. Aber Craig hatte offensichtlich etwas anders gelernt. Er sah so entspannt und unbekümmert aus wie damals, als er sie in Keswick zum Essen eingeladen hatte. Sein mahagonifarbenes Haar lag ordentlich, die Schuhe glänzten, die blassen Augen verrieten keine Erregung. Er machte ihr Angst, und diese Angst empfand sie als köstlich.

»Hoffentlich fehlt Ihnen nichts?« sagte sie.

»Mir geht es gut«, erwiderte er. »Wie geht's dem Stier?«

Der Mann auf dem Falben hörte das und lachte laut.

»Daddy«, sagte Jane, »das ist Mr. Craig«.

Simmons schwang sich vom Pferd und band es fest. Er kam zu Craig hinüber und streckte die Hand aus. Craig ergriff sie und fühlte dabei die Kraft dieses Mannes. Simmons war groß und schlank und konnte lebensgefährlich werden.

»Willkommen«, sagte Simmons. »Der Stier hat ein blaues Auge, aber er lebt.«

»Freut mich«, entgegnete Craig.

»Das will ich hoffen«, sagte Simmons. »Ich habe fünftausend Pfund für ihn bezahlt, als er noch ein Kalb war. Kommen Sie, wir wollen einen trinken.«

Sie gingen über den Plankenweg bis zur ›Letzten Chance‹, die Flügeltüren schwangen auf, und wieder befand sich Craig in einer Umgebung, in der er sich zu Hause fühlte, seit er als Kind zum erstenmal im Kino gewesen war.

Die Cowboys kamen mit. Einer von ihnen entpuppte sich als Lord, der Charlie hieß und in Jane verliebt war; die übrigen waren reich, unbekümmert und jung. Ohne großes Erstaunen erkannte Craig in einem von ihnen Arthur Hornsey. Der Vaquero war ein Araber; sein Kostüm war das prunkvollste von allen und er trug es mit einer Lässigkeit, die der Simmons' nichts nachgab.

»Was soll's sein, die Herren?« fragte der Barmann.

Sie tranken Whisky und Bier, Jane und der Vaquero Sarsaparilla.

»Es tut mir wirklich leid, das mit dem Stier«, sagte Simmons. »Dieser Idiot von Butler muß mich falsch verstanden haben. Cäsar hat es immer auf Fußgänger abgesehen, er sollte das wissen. Aber diese Ausländer . . .«

»Ach«, sagte Craig, als ob damit alles klar wäre, »er ist Ausländer?«

»Jugoslawe. Ich lernte seinen Vater im Krieg kennen«, erklärte Simmons. »Nun ja, Hauptsache, Sie haben nicht Schaden genommen.«

»Mir geht's gut«, sagte Craig und wandte sich an Jane. »Ich wollte zu Ihnen.«

»Ach so«, sagte Simmons.

»Ich komme von Foreign Office«, sagte Craig. »Es handelt sich um diesen Chinesen . . .«

»Das hat Zeit«, sagte Simmons. »Seit Wochen freue ich mich darauf, Cowboy zu spielen.«

»Es ist dringend«, sagte Craig. »Ich muß nach London zurück.«

»Am Freitag?« fragte Simmons. »Das Foreign Office ist doch jetzt schon leer. Sie müssen bis Montag bleiben, mein Lieber, ich bestehe darauf. Dann haben Sie auch mehr Zeit für Jane.«

»Bitte, bleiben Sie«, sagte auch Jane. »Es ist das mindeste, was wir Ihnen anbieten können, nachdem ...«

»Das ist reizend von Ihnen«, sagte Craig und sprach Foreign-Office-Stil.

»Nett, daß Sie bleiben«, sagte Simmons. »Ich borge Ihnen etwas zum Ausstaffieren.«

So lief also Craig nun auch in blauem Baumwollhemd und Drillichhose, Cowboystiefeln und einem schwarzen Hut mit Silberband herum. Simmons suchte ihm einen Pistolengurt und gab ihm einen .45er Colt, offensichtlich aufs Geratewohl aus einer ganzen Sammlung herausgegriffen, die an ihren Abzugsbügeln an der Wand hing.

»Sollen wir mit den Dingern auch schießen?« fragte Craig.

Simmons nickte.

»Dann möchte ich lieber das hier«, sagte Craig.

Er nahm sich einen .38er Smith & Wesson, schlanker und griffiger als der schwere Colt und viel zuverlässiger. Simmons beobachtete ihn, wie er die Waffe prüfte, ihr Visier und Gewicht, und sie dann wegsteckte.

»Meine Männer werden Sie für einen Schwulen halten«, sagte er.

Craig schob sich den Hut in den Nacken und sah Simmons sanft an.

»Das will ich nicht hoffen«, sagte er mit der gleichen Stimme wie der große Texaner. Wieder mußte Simmons laut lachen.

»Kommen Sie«, sagte er. »Wir haben noch eine Menge vor, ehe es dunkel wird.«

Es fiel niemanden ein zu fragen, ob er reiten konnte; Craig paßte auf, daß er das älteste Pony bekam, und hielt sich eisern im Sattel, während die anderen galoppierten und ausbrachen und einen wilden Longhorn mit dem Lasso fingen, der Simmons allein an Fracht ein Vermögen gekostet haben mußte.

Gegen Abend, als es noch hell genug war, ritten sie zu einem mit Mauern eingefriedeten Platz, einem Schießstand. Als Ziele waren die klassischen Zinnbüchsen aufgestellt, und als Craig dazu kam, waren die anderen schon eifrig bei der Arbeit, wobei die Colts wie Kanonen dröhnten. Aber ihr Mangel an Treffsicherheit war erschreckend. Madani, der Vaquero, traf nicht eine Büchse. Dann kam Simmons dran, und er schoß gut; er traf von fünf Schüssen viermal.

Simmons grinste, schlug Madani auf die Schulter und sah Craig an.

»Sie mit Ihrer schwulen Artillerie! Los, schlagen Sie mich, John«, sagte er.

Craig trat vor die Absperrung und überlegte, ob er es wirklich tun sollte. Wenn er nicht traf, errang er Simmons Wohlwollen, und das konnte nützlich sein. Wenn er ihn schlug, konnte Simmons böse werden, und ein wütender Mann war verwundbarer.

Der Smith & Wesson hatte einen schärferen Knall als der Colt, und er krachte fünfmal in gleichbleibendem Rhythmus. Der erste Schuß fuhr tief in die Büchse hinein und schleuderte sie in die Luft, wo sie sich um die eigene Achse drehte. Die vier folgenden hielten sie so in der Luft fest, wobei sie wie ein Ball bei jedem Schuß hochsprang. Als sie herunterfiel, hatte sie fünf klare Durchschüsse. Hinter Craig pfiff ein junger Mann anerkennend, und Madani berührte seinen Arm.

»Das haben Sie sicher schon öfter gemacht«, sagte er. »Nicht wahr, Christopher?«

»Sie erstaunen mich«, sagte Simmons. »Das Foreign Office besitzt verborgene Talente.«

»Ich habe in der Navy viel geschossen«, sagte Craig, und das stimmte auch zum Teil. Er hatte für die Navy geschossen, und zwar auf alle möglichen Leute.

Simmons sagte: »Wir wollen uns umziehen. Es ist bald Essenszeit.«

Craig, Madani und die anderen jungen Leute zogen sich in der Baracke um. Simmons und seine Tochter gingen in die Ranch.

Als Craig fertig war, setzte er sich hin und säuberte seine Waffe. Hornsey gesellte sich zu ihm und sah ihm zu, wie er geschickt mit Öl und Lumpen umging.

»Freut mich, daß wir uns wiedersehen«, sagte er.

»Ja, wirklich?« entgegnete Craig. »Was macht die Universität in Lancaster?«

»Bin zur Zeit beurlaubt«, erklärte Hornsey. »Ich arbeite an einem Forschungsauftrag über die abnormen Verhaltensweisen und deren Wirkung auf die konventionelle Moral.«

»Da haben Sie sich ja den richtigen Fleck für Ihr Studium ausgesucht«, sagte Craig.

»Hier?« Der Gedanke entzückte Hornsey. »Das würde ich nicht wagen. Jane hat mich eingeladen.« Er machte eine Pause. »Sie sind ein fabelhafter Schütze.«

»Danke.«

»Besser als Janes Vater.« Das schien Hornsey zu erstaunen.

»Es war nicht fair«, sagte Craig. »Ich hatte die bessere Waffe.«

Der junge Lord, bekannt als Charlie, gesellte sich zu ihnen.

»Ich bin Airlie«, sagte er. »Meine Freunde nennen mich Charlie.«

Craig nickte.

»Sie hatten recht, daß Sie den Smith & Wesson nahmen. Dieser Colt ist zu grob. Schießen Sie oft?«

»Nicht mehr«, entgegnete Craig. Nicht, wenn er nicht mußte.

»Schade«, sagte Charlie. »Sie können es verdammt gut.« Er sah sich in der Baracke um. »Eigenartige Szenerie hier, nicht?«

»Stimmt«, sagte Craig.

»Und dabei ist Hornsey hier, von der Uni. Sie sind vom F. O., Ivo dort drüben ist ein Bankier, auch Richard an der Bar ... und Hamid — was, zum Teufel, tun Sie, Hamid?«

»Ich bin ein Gentleman«, sagte Madani. »Ich lebe. Herrlich!«

»Na ja, gut. Und dann bin noch ich da.«

»Und was tun Sie?« fragte Craig.

»Ich bin Leutnant bei der Garde«, sagte Charlie. »Aber das gibt einem nicht genug zu tun.«

»Außerdem ist er ein Lord«, sagte Hornsey. »Der siebte Earl von ... Außerdem ist er ein Freier.«

Craig sah erstaunt drein.

»Er freit um Janes Hand«, erklärte Hornsey. »Er ist 6 : 4 Favorit, weil er den Titel erbt.«

»Nicht nur das«, sagte Charlie. »Ich bin auch reich.«

Hornsey warf einen Stiefel nach ihm, und sie rangen miteinander. Craig fühlte sich alt. Madani kam auf ihn zu, schlank, anmutig, sehr selbstbewußt, und Craig mußte an die Siamesenkatzen reicher Damen denken, wie verwöhnt sie waren und wie unbarmherzig.

»So etwas möchte ich nicht tun«, sagte Madani und lächelte. »Das nenne ich nicht schön leben.«

»Sie geben eben Ihr Bestes auf dem Pferd«, sagte Craig, und

Madani lächelte wie ein gefallener Engel. Seine Haut war von einem sehr blaßen Goldbraun, seine Augen haselnußfarben und seine Nase gerade. In dieser Hinsicht war er mehr Berber als Araber. Nur das dicke glatte Haar deutete auf arabisches Blut — das und sein Stolz. Craig beschloß, es darauf ankommen zu lassen.

»Aus welchem Teil Marokkos stammen Sie,« fragte er auf arabisch.

»Aus Talouet«, antwortete Madani sofort. Dann hielt er inne. »Ich merke, daß Sie mit Menschen genausogut umgehen können, wie mit Waffen, Mr. Craig. Wie kamen Sie darauf?«

»Das Foreign Office hat mich nach Marokko geschickt, weil ich arabisch spreche.« Das war gelogen. Er hatte dort nur einmal gearbeitet, und zwar auf eigene Rechnung, als Schmuggler. »Dabei traf ich viele Leute, die Ihnen ähnlich sahen. Fürsten und Fürstensöhne.«

»Meiner Familie gehört Talouet«, sagte Madani. »Es geht uns immer noch ganz gut.«

Darauf würde ich wetten, dachte Craig. Früher, vor der Befreiung, waren die Lehnsverhältnisse in Marokko wie im England des dreizehnten Jahrhunderts gewesen, und wenn ein Mann sagte, ihm gehöre eine Stadt, dann war das wörtlich gemeint: Ihm gehörten die Gebäude, Tiere und Menschen.

»Macht es Ihnen Spaß, so Cowboy zu spielen?« fragte Craig.

»Ich bin hingerissen«, sagte Madani. »So ähnlich muß es früher zu Hause gewesen sein. Ich war erst zehn Jahre alt, als die ›Befreiung‹ kam.«

Er sprach das Wort französisch aus, und sein Gesicht verzog sich dabei zu einem höhnischen Lächeln. »Es ist nicht weit her damit, wissen Sie.«

Pferde und Waffen, dachte Craig, etwas anderes gibt es nicht für einen Araber vom Rif oder Atlas. Wenn sie genug davon haben und richtig glücklich sind, beginnen sie einen Krieg und geraten vollends in Ekstase.

»Ich wünsche die alten Zeiten zurück«, sagte Madani, und Craig glaubte ihm aufs Wort.

Sie gingen dann hinaus zum Essen — dem unvermeidlichen Barbecue —, und Simmons hantierte als Meister zwischen den Steaks und Schnitzeln. Später wurde zu Hillbillymusik getanzt, und das Feuer sprühte Funken. Alle Cowboys tanzten mit Jane, aber Simmons tanzte am besten mit ihr und grinste, als die anderen klatschten. Craig hielt es für besser, nicht mit ihm zu konkurrieren; Madani ebenfalls.

»Ich wurde in Paris erzogen«, sagte er. »Aber ans Tanzen kann ich mich nicht gewöhnen. Es ist schlecht für einen Mann, mit einer Frau zu tanzen. Viel besser, wenn die Frau für ihn tanzt.«

Er erzählte dann von Bauchtänzerinnen aus Marakesh, und das brauchte seine Zeit. Dabei sprach er arabisch, Simmons hörte die schnellen gutturalen Laute und kam zu ihnen herüber.

»Sie sprechen also auch arabisch?« fragte Simmons und schien nicht einmal erstaunt.

»Deswegen bin ich zum Foreign Office gekommen«, sagte Craig. »Ich hatte einen Kursus bei der Navy.« Nicht direkt einen Kursus, dachte er bei sich. Sie hieß Kamar und tanzte so, wie Madani es eben beschrieben hatte.

Das Feuer war heruntergebrannt; Simmons wandte sich seiner Tochter zu und sprach leise mit ihr. Die jungen Leute wurden ganz aufgeregt, als Jane ihnen ein gute Nacht zulächelte. Dann kam sie zu Craig.

»Daddy meint, es ist Zeit für mich, schlafen zu gehen, Mr. Craig«, sagte sie.

Sie hielt ihm die Hand hin. Es war eine feste kleine Hand, sehr selbstsicher, aber sie zitterte in seiner, ehe sie sich abwandte und mit Röcken, die übers Gras wehten, davonging.

Simmons sah ihr nach und zwinkerte dann den anderen zu.

»Los, Boys«, sagte er. »Wollen doch mal sehen, was in der Stadt los ist.«

10

Sie hätten aufsitzen sollen, dachte Craig, und mit lautem Juchhe über die weite Prärie reiten. Statt dessen gingen sie zu Fuß — der Saloon war ja nur einige hundert Meter entfernt —, aber sie taten es wenigstens zünftig: nebeneinander, Daumen im Koppel, ehe sie die Schwungtüren aufstießen. Drinnen verbreiteten Petroleumlampen ein sanftes warmes Licht, und es ertönte echter Blues. Sofort begannen zwei der jungen Männer, Karten zu spielen, der Rest machte sich ans Trinken und blieb dabei, außer Simmons. Es schien ihn zu freuen, die anderen trinken zu sehen, und er wanderte ständig mit der Flasche herum, um die Gläser aufzufüllen. Craig ließ sich einmal nachfüllen, dann winkte er ab. Betrunken zu werden, paßte nicht in seinen Plan. Madani blieb bei Sarsaparilla.

Simmons gab dann dem Barmann einen Wink, der auf einen elektrischen Summer drückte. »Was wäre eine Kneipe ohne Tanzmädchen?« fragte Simmons.

Die Musiker gelangten in drei Akkorden vom Blues zu Offenbach; die Vorhänge teilten sich, und Craig befand sich wieder im *Nuderama*, mit Karen, Tempest, Maxine und acht weiteren Schönheiten und allem, was dazu gehörte. Diemal tanzten sie jedoch einen Can-Can, und zwar gut. Dann folgte die *Nuderama*-Show, aber mit einem Unterschied: Jetzt waren sie bei der Sache.

Für diese Frauen war das Ausziehen ein Vorspiel zur Liebe und als unverblümte Einladung an die Männer an der Bar gedacht. Und die Männer wußten das. Sie wußten auch, daß sie sich im Wilden Westen alter Prägung befanden, denn die Kleider, die die Mädchen auszogen, stammten aus der Zeit Eduards VII. Nie zuvor war sich Craig der erotisierenden Qualitäten von Korsetts, spitzenbesetzter, bis zu den Knien reichender Höschen und federngeschmückter Riesenhüte klar gewesen. Aber Simmons hatte sie erkannt.

Es gab eine Szene, in der Tempest in einem gelben Musselinkleid mit Tournüre, Strohhut und Sonnenschirm und mit Kleinmädchenstimme ein süßes Lied sang, während Karen und Maxine, als französische Kammerkätzchen verkleidet, sie langsam auszogen. Als ihr sanft gerundeter Körper sichtbar wurde, spielte sie die schamhafte Unschuld, die sich vergeblich gegen die anmaßenden Hände wehrte, die sie den Blicken der Männer preisgaben, wobei sie immerzu ihr Lied in die lüsterne Stille wisperte.

»Diese alten Lieder sind doch nicht zu schlagen, finden Sie nicht, Craig?« fragte Simmons.

»Nicht, wenn sie so gesungen werden«, sagte Craig.

»Liebe Mädchen, nicht wahr?« sagte Simmons.

»Liebe?«

Simmons lachte. »Sie gefallen mir«, sagte er. »Sie haben eine Art, zum Kern der Sache vorzustoßen, ohne zu ordinär zu werden. Nein, wenn ich sage ›liebe‹, meine ich liebenswert.«

»Verstehe«, sagte Craig. »Veranstalten Sie oft so etwas?«

»Nicht oft«, sagte Simmons. »Diese Art Show betreibe ich als Hobby. Mir gefällt es, ab und zu eine zu arrangieren, um sie an meinen jungen Gästen auszuprobieren. Anscheinend gefällt es ihnen. Auch erinnert es mich an meine verlorene Jugend.«

»Ich dachte, Sie verbrachten sie auf dem Balkan?«

»Jawohl«, entgegnete Simmons, »wo ich Menschen für eine gute Sache umbrachte. Dafür hatte ich immer etwas übrig. Es hatte schon seine Richtigkeit, daß meine Mutter mich Galahad taufte.«

Dann fiel der Vorhang, und Simmons ging wieder herum, um neu einzuschenken.

Danach kamen die Mädchen herein, und Craig hielt sich in angemessener Entfernung von Hornsey. Simmons geleitete die drei Stars der Show von einem Mann zum anderen. Zuletzt kamen sie zu Craig.

»Hallo«, sagte Tempest.

»Kennen Sie denn Mr. Craig?« fragte Simmons.

»Nein«, sagte Craig. »Sonst würde ich mich bestimmt erinnern.«

»Waren Sie nie in unserm Klub?« fragte Maxine.

»Nein«, sagte Craig. »Leider nicht. Wo ist er?«

»*Nuderama* bleibt eine Weile geschlossen«, sagte Karen. »Wir haben Ferien. Ein Jammer, daß Sie uns nie gesehen haben.«

»Das stimmt«, sagte Craig. Aus den Augenwinkeln sah er, daß Charlie und Hornsey kamen; Charlie war betrunken.

»Also, auf alle Fälle kennen Sie uns nun«, sagte Tempest und nahm seinen Arm.

»Schade, daß Sie eben so weit weg waren«, sagte Craig, und Karen kicherte. Maxine sagte, er sei frech, und Tempest drückte seinen Arm.

Charlie stand vor ihnen, eine Hand auf Hornseys Schulter.

»Die da ist meine«, sagte er zu Craig.

Simmons sagte: »Charlie, fang nicht Streit an.« Er schien es aber nicht so ernst zu meinen.

Charlie beharrte: »Die will ich.«

Craig fühlte, wie Tempests Hand auf seinem Arm zitterte. Aber sie lächelte und hielt die Schultern gestrafft, so daß Charlie ihre provozierenden Brüste sehen konnte.

»Die will ich«, wiederholte Charlie.

»Sie sind ganz schön betrunken, Charlie«, sagte Craig.

Charlie ließ Hornsey los und schwankte auf ihn zu.

»Ich mochte Sie, als ich nüchtern war, stimmt's?« fragte er, und Craig nickte. »Aber nun spielt es keine Rolle. Sie können alle fragen, man wird es Ihnen sagen. Fragen Sie Chris.« Er zeigte auf Simmons.

»Was soll ich ihn fragen?« sagte Craig.

»Wie ich bin, wenn ich betrunken bin.«

»Er ist gefährlich«, sagte Simmons. »Sehr gefährlich. Und sehr stark.«

»So ist es«, sagte Charlie. »Es gibt noch viele andere Mädchen, Craig. Nehmen Sie irgendeine.«

»Das Pech ist nur, daß ich die hier auch mag.« Er sah Tempest an. »Du hat keine Zwillingsschwester, Süße?«

Sie versuchte, sich zu beherrschen, aber ein Anflug von Furcht huschte über ihr Gesicht. Sie war hübsch und versprach reiche sexuelle Erfahrung, was erregend wirkte; aber er hatte keine Lust, sich um sie zu schlagen. Andererseits schien Charlie dazu entschlossen, und Simmons tat nichts, um ihn zurückzuhalten.

Der erste Schlag Charlies war eine harte Rechte, die auf Craigs Kinn zielte. Craig geriet ins Schwanken und stieß Tempest weg. Sie stolperte über Maxine und fiel hin, wobei ihr Kleid hochflog und runde weiße Oberschenkel enthüllte. Aber keiner der Männer guckte auch nur hin: Sie waren alle mit dem Kampf beschäftigt. Charlie sprang wieder an, täuschte mit einer Rechten und landete eine Linke an Craigs Gürtellinie.

Craig rang nach Luft und wich zurück. Der Junge hatte zuschlagen gelernt. Charlie stieß eine Linke nach, Craig packte seine Faust, zog und vollführte einen sorgfältig kontrollierten Schwung; schließlich wollte er Charlie nicht verletzen, er war betrunken. Aber betrunken oder nicht, Charlie landete in schön berechnetem Bogen auf der Erde, rollte sich um sich selbst, sprang auf und umkreiste Craig. Dann sprang er mit angezogenen Beinen hoch in die Luft, streckte eines und zielte mit einem Karatetritt nach Craigs Gesicht. Craig, der sich geduckt hatte, fühlte die Wucht des Schuhabsatzes an seiner Schulter, fiel zurück in einige der acht schönen Damen hinein, und der Schmerz schoß wie Säure in seinen Oberarm.

Charlie landete glatt und zielte wieder mit einem Karateschlag nach Craig. Dieser wich noch rechtzeitig aus und dachte: also gut, gut, du adliger Bastard, du bist also nicht betrunken und hast einige Tricks gelernt. Also ran!

Charlie versuchte einen weiteren Stoß, und Craig las von seinem Gesicht den richtigen Moment ab. Er beugte sich vor, seine Hände fegten von unten herauf und schlugen hart an die Schuhe, zwangen Charlie, den Fuß zu heben und überzutreten. Charlie fiel hin, dieses Mal unangenehm, und sein Körper schlug hart auf den hölzernen Boden auf. Aber er kam beinahe sofort wieder hoch und stürmte gegen Craig an, aber jetzt drehte sich dieser nicht weg. Charlies Arme waren noch damit beschäftigt, Craig fest zu umschließen, als dessen Handkante ihn unterm Kinn traf. Der Schlag kam aus einer Entfernung von fünfzehn Zentimetern und war genau zu hören. Als Charlie diesmal fiel, stand er nicht wieder auf.

Craig beugte sich über ihn, nahm ihm den Colt aus dem Halfter und begann, die Munition aus der Trommel zu klauben. Simmons kam mit einem Glas zu ihm herüber, und Craig nahm es.

»Ganz recht«, sagte Simmons, »dem Sieger die Beute. Habe ich mich klar ausgedrückt?«

»Sie haben«, sagte Craig.

»Schließlich hat es im Saloon immer eine Prügelei zu geben. Sie haben Ihre Rolle sehr wirklichkeitsnah gespielt.«

»Danke«, sagte Craig.

»Ich wußte nicht, daß Sie Karate können.«

»Das war Charlie«, sagte Craig. »Ich wandte Jiu-Jitsu an.«

»Sie können es sehr gut.«

»Es hält mich schlank. Hätte nie gedacht, daß es zu etwas anderem nütze sein könnte«, entgegnete Craig.

»Entschuldigen Sie«, sagte Simmons, »aber wird der arme Charlie lange bewußtlos bleiben?«

»Wenn man ihm nicht hilft, schon«, sagte Craig. Und Simmons gab dem Barmann einen Wink.

»Die Kammern sind leer«, sagte Simmons.

»Fünf waren leer«, sagte Craig. »Die sechste war geladen unterm Hammer.« Er warf die Kugel Simmons hinüber, der sie auffing. »Wenn die aus Ihrem Rücken wieder herauskommt, hinterläßt sie ein teetassengroßes Loch.«

»Tatsächlich. Wie unangenehm«, sagte Simmons. »Charlie muß es übersehen haben, als wir vom Schießstand gingen. Er ist wirklich sehr nachlässig.«

»Zweifellos wird er es noch lernen«, sagte Craig.

Er kehrte zu der Gesellschaft zurück, die immer noch dabei war, die Mädchen aufzuteilen. Tempest saß allein da und brachte ihr Make-up in Ordnung.

»Ich glaube, ich muß mich bei Ihnen bedanken«, sagte sie.

»Nicht nötig«, entgegnete Craig. »Er wollte es so, und im Grunde machte es mir Spaß.« Er beugte sich zu ihr und sagte leise: »Eigentlich müßte ich Ihnen danken, daß Sie nichts gesagt haben.«

»Sie gefallen uns«, sagte sie. »Sie sind nicht wie die anderen.« Sie wollte weitersprechen, aber Craig schüttelte den Kopf, weil Simmons und der Barmann mit Charlie vorbeigingen, »Sie haben ihn erledigt, und ich bin froh darüber«, sagte Tempest. »Er hätte mir weh getan.«

»Das bezweifle ich«, sagte Craig. »*Mir* wollte er weh tun.« Er stand auf.

»Sie wollen doch nicht schon gehen?« fragte Tempest.

»Es ist spät. Ich möchte schlafen«, sagte Craig.

»Oh, mein Lieber, aber das wollen wir alle. Sie können mich doch jetzt nicht sitzen lassen. Ausgerechnet, wenn ich auf Sie gewartet habe.«

»Speziell auf mich? Hatten Sie diese Weisung?«

»Nein. Er sagte nur, nach dem Kampf hätte ich mit dem Sieger zu gehen.«

»Wohin?«

»Auf den Speicher«, sagte Tempest. »Wissen Sie, wo das ist?«

»Ja«, sagte Craig. »Kommen Sie.«

Sie gingen hinaus, und Craig hörte Simmons murmeln: »Gott befohlen, Kinderchen.«

»Er hat uns eine Menge Geld geboten«, sagte sie, »und selbst mit uns geprobt. Nie hat er auch nur einen Annäherungsversuch gemacht. Dann sagte er uns, wir hätten jede heute nacht mit einem Mann zu schlafen, oder das Geschäft sei geplatzt. Er selber ist wohl anders herum?«

»Nein«, sagte Craig. »Nur anders.«

»Leg den Arm um mich«, sagte Tempest. »Mir ist kalt. Du bist ein verdammt starker Bursche.« Sie drängte sich eng an ihn. »Was machst du?«

»Wer will das schon wissen?« fragte Craig.

»Nur ich, Liebling. Ich bin neugierig.«

»Ich arbeite für das Foreign Office«, sagte Craig. »Ein Chinese wurde vor einigen Wochen ermordet, und Simmons' Tochter war Zeugin. Die Chinesische Volksrepublik verlangt Aufklärung, und ich bin hierhergeschickt worden, um zu recherchieren, ob Jane etwas weiß. Gleich als ich ankam, mußte ich mit einem Stier kämpfen, und dann bat mich Simmons zu seiner Party.«

»Armer Stier«, sagte Tempest. »Ich will wetten, er hat verloren.«

»Gewonnen hat er nicht«, sagte Craig.

Sie küßte ihn. »Komm in den Speicher«, sagte sie.

Er öffnete die Tür, und sie traten ein. Der Raum war mit viktorianischer Verschwendung eingerichtet.

»Sicher hat Simmons Gefallen daran, wenn wir uns ausziehen«, sagte Tempest. »Glaubst du, daß er dabei einen Kitzel empfindet?«

»Ich glaube gar nichts mehr«, sagte Craig. »Zwei Kämpfe an einem Tag, und nun noch du.«

Sie lachte. »Ich hab ja schon kapituliert«, sagte sie und begann, die Strümpfe abzustreifen. Ihre Beine waren schön, sie betrachtete sie liebevoll. »Hilf mir beim Ausziehen«, sagte sie, und Craig fummelte ungeschickt an Haken und Ösen herum, sah, wie sich das Kleid öffnete und ihr Rücken hervorschimmerte. Er war sanft und weich und leuchtete im Schein der Lampe. Sie stieg gekonnt aus dem Kleid und wandte sich dann ihm zu.

»Ist es einen Kampf wert?«

»Zwei«, sagte Craig. »Und einen davon mit einem Stier.«

»Ich mache meine Haare auf, damit du siehst, wie sehr ich dich mag.«

Ihre Finger strichen an ihm herauf und öffneten seinen Gürtel.

»Es macht Spaß, mal zur Abwechslung jemand anderen auszuziehen«, sagte Tempest.

Sie liebte mit fordernder Leidenschaft und ohne jede Verstellung. Ihre Erfahrung war eine Tatsache, die sie nicht verleugnete, sondern zu seinem und ihrem Vergnügen einsetzte, wo sie immer sie selbst blieb, gesund und schön, zärtlich auch in der Ekstase.

Als sie eine Stunde später aufwachte, war er aufgestanden, und seine Finger untersuchten vorsichtig die Wand, so wie sie vorhin ihren Körper erforscht hatten.

»Was suchst du, um Himmels willen?« fragte sie.

»Drähte«, sagte er. »Dieses Zimmer ist bestimmt präpariert.«

»Ich hasse so was«, sagte Tempest.

Es dauerte eine Zeit, aber sie waren da. Das Drahtmagnetophon bestand aus zwei flachen Scheiben, die in die Wandleiste eingelassen waren.

Craig spulte den Draht zurück und ließ ihn ablaufen, und Tempest hörte, wie sie geliebt wurde. Sie wurde rot vor Zorn und zog das Laken bis ans Kinn. Ihre Scham war so groß, daß sie an nichts anderes mehr denken konnte.

Dann fand Craig auch die Filmkamera. Das Objektiv war in einer Messingkugel der Bettpfosten untergebracht. Der Draht lief am Messingpfosten herunter bis zur Kameraspule, die in einer Kasette in der riesigen Matratze versteckt war. Nachhaltige Schwingung des Bettes löste die Kamera aus, und falls jemand der Liebe im Dunkeln den Vorzug geben sollte, so hatte die Kamera ihre eigene infrarote Birne. Simmons hatte an alles gedacht.

»Meinen Glückwunsch«, sagte Craig. »Simmons hat aus dir einen Filmstar gemacht.«

Tempest wollte den Apparat auf der Stelle zerschlagen, aber Craig ließ es nicht zu. Statt dessen nahm er ihre Nagelfeile, bohrte geduldig ein kleines Loch in den Apparat und setzte ihn dann wieder in Gang. Auf diese Weise konnte Simmons nicht ganz sicher sein, und es war besser, es bei Vermutungen zu belassen.

»Wirst du irgend etwas davon erzählen?« fragte Craig.

Sie gab keine Antwort. Er streichelte ihre Schulter.

»He«, sagte er, »schau mich an. Ich war auch ein Filmstar.« Er griff nach dem Bettuch und zog es herunter. Sie hielt es fest und wollte nicht nachgeben, merkte aber bald, daß es zwecklos war. Als sie schließlich still lag, streifte er das Tuch ganz ab und nahm sie in die Arme.

»So ist es besser«, sagte Craig, und sie nickte, hilflos und gehorsam wie ein Kind.

Später sagte sie: »Ich war schon zweimal hier. Er bezahlt sehr gut, und die Männer sind nicht unrecht. Sicher findest du das schrecklich?«

»Du weißt, was ich denke«, sagte Craig, und sie lachte.

»Aber ich hatte keine Ahnung von den Kameras und so«, sagte sie. »Warum hat er das eingebaut?«

»Um Leute in die Hand zu bekommen.«

»Leute wie dich?«

Craig nickte in ihre Schulter hinein.

»Aber Liebster, warum denn?«

»Leute wie ich verfügen über gewisse Informationen«, sagte er. »Das ist nützlich, wenn man Zeitungsverleger ist. Erzähl' mir von den Männern, die du hier kennengelernt hast.«

Und sie erzählte. Craig streichelte ihr sanft den Rücken, es half ihr zu entspannen und weiterzureden.

»Wirst du dich darüber beschweren?« fragte er.

»Brodski hat uns hergebracht. Er rief uns alle zusammen und machte uns den Vorschlag. Manche Mädchen lehnten zuerst ab. Dann kam Jennifer und sprach allein mit ihnen.«

»Weißt du, was danach geschah?«

»Nein«, sagte Tempest. »Aber sie hatten Angst vor Jennifer. Wir alle haben Angst vor ihr. Sie sagten dann, sie wollten doch mitmachen. Brodski war nicht so begeistert davon. Er ist eigentlich ein netter Mann.«

»Hat Simmons ihn in der Hand?«

»Wahrscheinlich«, sagte Tempest. »Bist du auch hinter Brodski her?«

»Ja«, sagte Craig. »Sein Paß ist abgelaufen.«

»Ich denke, er ist in Marokko?« sagte Tempest.

»Marokko?«

»Ich hörte, wie der Araber mit Charlie sprach und sagte, der einzige andere Herr, den er kenne, sei Pole und lebe in Marokko. Darauf sagte Charlie, daß er sich dort sicher sehr wohl fühlen würde, weil er auch in London einen Harem unterhalte. Dann sah er mich an. Sicher sprach er von Brodski. Liebster, hilft dir das weiter?«

»Sehr«, entgegnete Craig. »Das kommt alles in meinen Bericht. Ohne Namen, nur als Informant.«

»Wenn du willst, kannst du meinen Namen nennen«, sagte Tempest. »Mir ist es egal, ich würde alles tun ...«

11

Die Tür der Ranch stand offen. Craig klopfte und trat ein. Simmons und Jane saßen beim Frühstück, er in Stadtkleidung, sie in einem gelben Baumwollkleid. Als Craig eintrat, sah er auf und lächelte.

»Hallo, Craig. Sie sind früh auf«, sagte Simmons. »Gut geschlafen?«

»So gut wie lange nicht«, sagte Craig. »Danke.«

»Ich glaube nicht, daß wir die Jungs bald zu sehen bekommen«, sagte er. »Die waren letzte Nacht ziemlich betrunken. Sie haben es richtig gemacht; immer zeitig aufhören.«

»Ich glaube auch«, sagte Craig.

Der Butler servierte ihm Eier, Speck und Kaffee. Craig beobachtete die ruhige Sicherheit seiner Hände, die Höflichkeit, mit der er zurücktrat, als er fertig war.

Craig wandte sich an ihn.

»Wie wäre es, wenn wir beide einmal um den Stier herumspazierten? Bloß wir beide, Sie und ich?«

»Es tut mir sehr leid, Sir«, sagte der Butler.

»Das sollte es auch«, sagte Craig. »Ich wußte nicht, daß Jugoslawen so vergeßlich sind.«

Simmons machte eine kurze Handbewegung, und der Butler ging hinaus.

Das Frühstück war köstlich. Als sie fertig waren, sagte Simmons: »Ich habe Ihre Aktentasche holen lassen. Vielleicht können wir die Angelegenheit jetzt mit meiner Tochter durchsprechen.«

»Es handelt sich nur um einige Fragen«, sagte Craig. »Es ist wirklich nicht nötig, daß Sie sich aufhalten.«

»Ich möchte trotzdem lieber bleiben«, sagte Simmons. »Euch Figuren vom Foreign Office traue ich nicht.«

Jane sagte: »Oh, Daddy«, wie eine pflichtbewußte Tochter, aber ihre Augen hingen an Craig.

Noch einmal ließ Craig Jane die Geschichte erzählen, und Simmons hörte die Antworten, die mal sicher, mal zögernder kamen. Er blinzelte, als Craig die Worte des russischen Killers nachahmte, den kantonesischen Singsang der dem Genossen Soong den Tod ankündigte, und Jane nickte zustimmend.

»Was, um Himmels willen, soll das bedeuten?« fragte er. »Was geht dies das Foreign Office an?«

»Wir glauben zu wissen, daß Soong ein Spion war«, sagte Craig. »Desgleichen die Burschen, die ihn umbrachten.«

»Ich nehme an, das sind Geheiminformationen.«

»Natürlich«, sagte Craig. »Sie haben sie nie gehört, und ich auch nicht.«

»Sie wollen mir erzählen, daß ein Spion in unser Land kommen, morden und wieder verschwinden kann?«

»Jeder kann das«, sagte Craig. »Wenn er richtig geschult ist.« Er machte eine Pause. »Charlie könnte es.«

»Charlie?« fragte Jane.

»Er und Craig gerieten letzte Nacht in Streit«, sagte Simmons. »Genau wie bei echten Cowboys.«

»Wer gewann?«

»Craig. Jiu-Jitsu ist anscheinend sein Hobby.«

Jane war verwundert.

»Es ist eine schärfere Art Judo«, sagte Craig. »Und ungefähr die einzige Verteidigung gegen Karate.«

»Charlie wandte Karate an?«

»O ja. Und ganz geschickt«, sagte Craig. »Ich bin froh, daß ich meinen Jiu-Jitsu-Unterricht beibehalten habe; das Foreign Office betreibt einen sehr guten Klub.«

»Bringt man Ihnen dort auch Stierkampf bei?« fragte Simmons.

»Nein«, sagte Craig. »Das lernt man autodidaktisch.« Er stand auf. »Sie waren wirklich sehr hilfsbereit ...«

»Aber bitte«, sagte Simmons. »Hoffentlich kriegen Sie Ihre Mörder.«

»Ja, hoffentlich«, sagte Jane. »Aber Sie wollen doch nicht schon gehen?« Sie funkelte ihren Vater an, dem plötzlich klar wurde, daß Craig unmöglich schon gehen konnte. Er mußte für ein paar Tage nach London, einen Verleger sprechen, und Craig sollte unbedingt bleiben, um seiner Tochter Gesellschaft zu leisten. Er küßte sie, sagte Craig auf Wiedersehen und ging hinaus.

»Was möchten Sie unternehmen?« fragte Jane.

»Was machen die anderen?« fragte Craig zurück.

»Sie wollen nie irgend etwas unternehmen nach einer von Daddies Parties.«

»Ich habe auch eine Art Stier«, sagte Craig. »Kommen Sie, ich zeige Ihnen etwas.«

Sie gingen durch den Rosengarten und ins Haus. Der Butler erschien sofort, wie der Geist aus der Flasche.

»Danke, Zelko«, sagte Jane. »Wir brauchen Sie nicht weiter.«

Er verbeugte sich und ging, und Craig fragte: »Zelko?«

»Das ist sein Vorname«, sagte Jane. »Sein Nachname ist Gabrilowitsch oder so ähnlich. Zu kompliziert, sagte Daddy, so heißt er eben Zelko.«

»Ihr Vater scheint ihn sehr zu schätzen.«

»Dieser langweilige alte Krieg«, sagte Jane. »Sein Vater und Daddy retteten einander ständig das Leben. Nun zeigen Sie mir schon Ihren Stier.«

Er zeigte ihr den Miura, und sie war begeistert. »Sie müssen unwiderstehlich sein«, hatte Loomis gesagt, und der Wagen war alles, was er dazu benötigte. Sie bewunderte alles, angefangen bei dem Kampfstier-Emblem bis zu den bequemen Schalensitzen, die fast den ganzen Wagen ausfüllten. Craig drückte den Startknopf, die Maschine sprang an, heulte einmal auf und ließ dann ein Surren müheloser Kraft hören. Craig beschloß, einige Gesetze zu übertreten. Jane hatte schon in Rennwagen gesessen, in Maseratis, Ferraris, war selbst mit großer Geschwindigkeit gefahren oder gefahren worden, aber dieses Mal war der Wagen und der Mann neu für sie, stark und erschreckend. Bei 110 surrte der Motor ohne jede Anstrengung, als warte er auf das Zeichen, das ihn zu seinem eigentlichen Tempo antreiben würde. Und so geschah es.

Sie kamen zu einem Kreisverkehr, und Craig suchte nach Nebenstraßen, die ihn zu Simmons Haus zurückführen würden. Er war begeistert von dem Lamborghini: der schnellste Weg zum Herzen eines Mädchens.

»Lassen Sie uns außerhalb essen, nicht zu Hause«, sagte Jane. Sie fanden ein passendes Gasthaus. Er bestellte ihr einen Gin Tonic und einen Bitteren für sich.

»Es macht mir Spaß, manchmal so davonzufahren«, sagte sie.

»Was treiben Sie den ganzen Tag?« fragte Craig.

»Daddies Gäste unterhalten, wenn er zu Hause ist. Sonst ist Charlie da oder irgend jemand.«

»Fahren Sie nicht nach London?«

»Manchmal«, sagte sie. »Daddy mag es nicht sonderlich.«

»Aber auf diese Wanderung hat er Sie gehen lassen?«

»Es war seine Idee«, sagte sie. »Er meinte, die Bewegung täte mir gut. Manchmal läßt er mich vom Haken los, ich bin nicht direkt eine Gefangene.«

»Möchten Sie jetzt essen?« fragte er, und sie nickte.

Sie bestellte Gemüsesuppe, Roastbeef und Apfeltorte und entschloß sich zu Burgunder.

»Daddy mag nur französisches Essen, außer wenn er Cowboy spielt«, erzählte sie.

»Spielen Sie auch gern Cowboy?«

»Und wie«, sagte sie sarkastisch. »Ich mag alles, was Daddy mag.«

»Wirklich?«

»Ich muß«, sagte sie. »Sonst vererbt er mir nicht sein Geld, wenn er stirbt. Und er wird noch lang nicht sterben.«

»Er sieht wirklich ganz gesund aus«, sagte Craig.

Als der Kaffee kam, meinte sie: »Sie sind Daddy sehr ähnlich.«

Er schwieg.

»Ich meine das als Kompliment.«

»Ich dachte, Sie mögen Ihren Vater nicht«, sagte Craig.

»Nur manchmal nicht«, sagte sie. »Er erwartet zuviel. Darin sind Sie anders. Sie erwarten nie etwas.«

»Deswegen werde ich auch nie enttäuscht.«

»Werden Sie ihm erzählen, was ich gesagt habe?«

»Nein«, sagte Craig.

»Warum nicht? Weil Sie mich mögen?«

»Weil ich Sie mag«, sagte er.

»Also«, sagte Jane. »Es war doch nicht so schwer, es auszusprechen. Oder? Vielleicht stimmt es ja. Vielleicht mag ich wirklich alles, was Daddy mag.«

Ihr Knie stieß ihn beharrlich an und wollte zwischen seinen eingefangen werden.

»Diese verdammten Tanzmädchen«, sagte sie »Daddy glaubt, ich weiß das nicht. So was Dummes. Er sollte sich denken könne, daß ich alles herausfinde.«

»Er will aber nicht, daß Sie es herausfinden«, sagte Craig.

»Ich bin zwanzig«, sagte Jane, »eine Frau. Aber Daddy tut, als sei ich ein Märchen von Andersen. Dabei soll ich sein Kumpel sein.«

Craig schwieg. Ihr Knie erinnerte ihn ständig, wie hübsch sie war und wie heftig.

»Ihnen ist es wohl ganz egal«, sagte Jane und lächelte. »Ich möchte mit Ihnen schlafen, verdammt noch mal. Jetzt wissen Sie's! Befriedigt das Ihr großes maskulines Selbstgefühl?«

Craig fragte sich, was Loomis wohl dazu sagen würde. Zuerst Tempest und nun Jane. Und Loomis, so prüde und gierig nach Information.

»Nett, wenn man so gefragt ist«, sagte Craig. »Aber Sie brauchen nicht so patzig zu sein. Und hören Sie auf zu fluchen, das schadet Ihrem Image.«

»Tut mir leid«, sagte Jane. »Aber Sie können sich nicht vorstellen, wie es ist. In etwas verwickelt zu sein, das man nicht durchschaut. Ich wette, Ihnen ist das noch nie passiert.«

Craig sagte: »Warum haben Sie sich das Restaurant ausgesucht, wo Soong arbeitete?«

Jane schmollte, weil das Thema gewechselt wurde.

»Ich habe es nicht ausgesucht«, sagte sie. »Wir gingen einfach hinein. Es sah nett aus.«

Craig sagte: »Lügen Sie nicht. Es vertut nur Zeit.« Und wieder brummte sie.

»Also gut, Schlaumeier. Was glauben Sie?«

»Ihr Vater riet Ihnen dorthin zu gehen«, sagte Craig. »Er wollte, daß Sie Soong besuchten; Sie hatten eine Botschaft für ihn.«

Das brummige Gesicht verschwand, Erstaunen malte sich darin. »Das stimmt nicht«, sagte sie.

Craig entgegnete: »Sie vergeuden immer noch Zeit.«

Sie sah in sein Gesicht und begehrte mehr denn je diese gefährliche Kraft, die er so sorgfältig zu verbergen suchte.

»Also gut«, sagte sie. »Er sollte einer von Daddies Samariterfällen werden. Ich sollte ihm nur ausrichten, daß er Daddy zu Hause anrufen möchte. Irgend jemand hatte ihm von Soong erzählt, er war sehr intelligent, und Daddy dachte, er könne ihm von Nutzen sein.«

»Wie?«

Sie hob die Schultern. Eine sehr schöne Bewegung. »Daddy hilft allen möglichen Leuten. Gewöhnlich verdient er dadurch noch mehr Geld. Aber« — sie sah ihn erstaunt an — »wie kamen Sie darauf? Daddy liebt es nicht, wenn andere von seinen guten Werken erfahren. Ich führte die Gruppe in dieses Restaurant, damit es — Sie wissen ja — wie ein Zufall aussah. Ich habe weder Charlie noch Arthur noch irgend jemandem etwas davon erzählt.«

»Danke für die Auskunft«, sagte Craig. »Ist Arthur Ihr Freund?«

»Er soll es werden. Daddy möchte ihn seiner Sammlung einverleiben.« Sie runzelte die Stirn. »Bitte können wir jetzt gehen?«

»Wohin?« fragte Craig.

»Ich weiß wohin«, sagte sie. »An der Küste ist ein Hütte. Sie gehört mir, Mummy hat sie mir vererbt. Bis zum Abendessen können wir zurück sein.«

Der Lamborghini surrte, und sie fuhren zu einer verlassenen Klippe, kletterten die Felsen hinunter bis zu einem privaten Strand. Dort stand eine Strandhütte mit Decken, Handtüchern, einer Flasche Whisky, zwei Gläsern und sonst nichts.

Craig sah zu, wie das Mädchen Decken auf den Sand breitete, sich einen ordentlichen Schuß Whisky einschenkte und hinuntergoß. Sie lächelte, als sie sich auszog, und in dem Lächeln lag eine Spur von Wildheit, die ihn an Simmons erinnerte. Sie legte sich auf die Decken.

»Du machst mir Angst«, sagte sie. »Und das weißt du, nicht wahr?«

Und später: »Wenn mein Vater es erfahren sollte, würde er dich umbringen.«

»Warum mich?« fragte Craig.

Da weinte sie, und Craig nahm sie in die Arme und wartete. Wenn man lange genug wartete, hörten sie immer auf zu weinen.

»Gut«, schluchzte sie, »ich hab es auch schon vorher getan. Aber nicht wie heute. Das war anders.«

»Wie?« fragte Craig und zwang sich, freundlich zu sprechen.

»Die anderen waren jünger als du und nicht annähernd so stark. Du bist noch stärker als Daddy.«

Der Gedanke erstaunte und entzückte sie.

»Ich liebe dich«, sagte sie.

Du willst sagen, du haßt Daddy, dachte Craig, und jetzt hast du ihm den letzten Schlag versetzt. Es war für ihn besser zu verschwinden, ehe Daddy zurückkam.

Er erfuhr all ihre Geheimnisse. Sie sprach ganz offen und leichthin. Ihre Gedanken waren noch voll von der Stärke und der Kraft des Mannes, der sie besessen hatte. Schließlich liebte er sie noch einmal: eine Extraportion Pralinen für ein artiges kleines Mädchen.

Danach veranlaßte er sie zu schwimmen, und sie hielt den Atem an, so kalt war das Wasser. Er schwamm weit hinaus, mit ärgerlichen, kräftigen Zügen, um so eine Liebe loszuwerden, die weder rein noch schmutzig gewesen war, wohl aber notwendig zu diesem Zeitpunkt. Als er zurückkam, trocknete sie sich gerade ab, und irgendwie erschien ihm ihr schöner Körper trotz seiner festen und wohlgeformten Jugend rührend. Sicher hätte er früher Mitleid empfunden und das Bedürfnis, ein so junges Wesen zu beschützen. Aber diese Zeit war lange vorbei.

Sie blieben bis zum Abend am Strand. Dann fuhr Craig sie zurück, und sie verließ ihn sogleich, um mit Charlie zu flirten, obgleich ihr Vater noch nicht da war. Craig ging in die Baracke, um sich hinzulegen und nachzudenken, was als nächstes zu tun sei. *Nuderama* und die acht Schönheiten waren fort, aber er wußte, wo er sie finden konnte. Er hatte alle Nachrichten über Charlie und seine Freunde, die er brauchte. Und Hornsey. Vielleicht wußte er sogar, wo Brodski war. Es war Zeit, nach London zurückzukehren. Ein kleines Schläfchen, rasieren, baden, mit Jane und Charlie zu Abend essen und vielleicht noch etwas Neues zu hören bekommen, und dann nach London fahren und mit Loomis sprechen, dachte er. Danach vielleicht ein Bankraub in Marokko.

12

Als er erwachte, wußte er, daß etwas nicht stimmte. Es war ihm sofort klar, als er die Augen öffnete, so daß er dem Schlag, der auf seinen Kopf gezielt war, ausweichen und seinerseits ausholen konnte. Sein Schlag streckte Charlie nieder.

Aber es waren zwei weitere Männer im Zimmer, und zwar kräftige Männer. Es gelang ihm, Zelko wegzuschleudern und Simmons' Schlag auszuweichen, so daß er nicht seinen Magen, sondern sein Knie traf. Aber danach mußte er schwer humpeln, und sie griffen ihn von rechts und links gleichzeitig an. Er versetzte Zelko einen harten Schlag an die Kehle, der den großen Mann erst einmal lähmte. Aber er fiel nicht, und durch diesen Schlag war Craig Simmons preisgegeben, der sofort zuschlug, und zwar mit der Handkante gegen die Kinnlinie.

Craig wurde ohnmächtig.

Zelko sagte: »Ein guter Mann. Kräftig und schnell.« Seine Stimme war ein Flüstern.

Simmons sagte: »Fast zu gut.« Er beugte sich hinunter, um Craigs Puls zu fühlen, und lächelte: »Er lebt, wenigstens einstweilen.«

Zelko rieb sich die Kehle und trat dann Craig in die Rippen.

»Noch nicht«, sagte Simmons. »Kümmere dich um den armen Charlie.«

Zelko nahm Charlie hoch, als sei er eine Puppe. Auf dessen Stirn blühte eine Beule wie eine Orchidee.

»Armer Charlie«, sagte Simmons. »Er scheint mit Craig kein Glück zu haben.«

Zelko sagte: »Ich glaube, er braucht einen Arzt.«

»Gut«, sagte Simmons, »wir werden sehen. Bring ihn weg.«

Zelko brachte Charlie in den Futterschuppen und kam dann zurück. »Der hier braucht keinen Arzt mehr«, sagte er.

Er nahm Klavierdraht aus der Tasche und band Craig die Hände auf den Rücken. Niemand auf der Welt kann sich von Klavierdraht befreien. Zelko begann dann Craig durch Schläge ins Bewußtsein zurückzurufen.

Craig öffnete die Augen und blickte in die von Simmons, die ihn voller Erwartung ansahen. Ihm war sofort klar, daß es ihm schlecht ergehen würde.

»Ich bin nun doch nicht zwei Tage weggeblieben«, sagte Simmons.

»Sie hätten abfahren sollen, so lange noch die Möglichkeit bestand. Wer sagte Ihnen, daß ich wegbleiben würde?«

»Jane«, sagte Craig.

»Jane weiß so wenig von mir«, sagte Simmons. »Von Ihnen übrigens auch nicht viel. Sie weiß noch nicht einmal, daß Sie sterben werden, wenn wir hier fertig sind. Ihr Wagen wird einen Unfall haben und verbrennen. Zweifellos wird das Foreign Office Sie vermissen, sogar wenn ich ihnen erzähle, daß Sie zuviel getrunken hatten. Sie gehören doch zum Foreign Office?«

»Ja«, sagte Craig.

»Das sagte man mir auch, als ich es schließlich erreichte. Aber natürlich haben sie gelogen.« Er hielt inne. »Sie sind jetzt alle nach Hause gefahren, außer Charlie, und den haben Sie wieder so geschlagen, daß er eine Gehirnerschütterung hat.«

Craig schwieg.

»Sie werden bald brüllen. Und ich werde dafür sorgen, daß Sie es gründlich tun. O doch. Sollten Sie nicht eigentlich empört sein? Ein Mann aus dem Foreign Office wird zusammengeschlagen und gebunden. Sie sollten doch eigentlich fragen: warum?«

»Warum?« fragte Craig.

Simmons trat einen Schritt zurück, nickte, und Zelko begann zu schlagen.

Bis Craig zum erstenmal das Bewußtsein verlor, versuchte man gar nicht, ihm Fragen zu stellen. Craig keuchte bei den Schlägen, die auf seine Nieren und Leisten niedergingen, ohne Erbarmen immer wieder. Dann stöhnte er, und dann schrie er. Aber ein Teil seines Gehirnes blieb wach, so daß er, als die Fragen mit neuen Schlägen abwechselten, immer wieder die gleiche Geschichte erzählte. Er war vom Foreign Office, er wußte nichts über den Mann, der Soong getötet hatte, er wußte nur, daß die Chinesische Volksrepublik protestiert hatte.

Dann kamen Fragen über Simmons' Tochter, und was sie ihm von ihrem Vater erzählt habe, und Craig beteuerte immer wieder, daß sie ihn innig liebe, denn er wußte, wenn er das auch nur einmal leugnete, würde Simmons ihn töten. Und noch wollte Craig nicht sterben.

Dann handelten die Fragen von Tempest, und was sie zusammen gemacht hätten. Außerdem etwas über einen Fotoapparat. Craig erinnerte sich, daß da eine Kamera gewesen war, aber der wache Teil seines Gehirns sagte nein, und er leugnete es. Simmons fragte wieder nach seiner Tochter, und ob er dasselbe, was er mit Tempest getan hatte, auch mit Jane getan hätte? Und Craig sagte, nein, nein, nein, und seine Stimme war ein Schrei, weil Zelko gerade den Finger bearbeitete, der schon einmal gebrochen war. Dann wurde er wieder ohnmächtig.

Als Craig wieder zu sich kam, merkte er, daß er mit Brust und Schenkeln an einen schweren Holzstuhl gefesselt und nackt war. Simmons hatte eine schwarze Metallschachtel in der Hand. Craig hatte davon gehört und wußte, daß das einzige Gegenmittel Zyankali war. Er wußte auch, daß er bis jetzt nur einen Vorgeschmack erlebt hatte, und daß er ihnen mit tödlicher Sicherheit alles sagen würde, was sie wissen wollten.

»Kennen Sie das?« fragte Simmons, und Craig nickte. »Die Deutschen haben es erfunden und wandten es bei Widerstandsleuten an, bei solchen, die schworen, daß sie eher sterben als etwas verraten würden. Das hier hat sie immer gebrochen, es wird auch Sie brechen.«

Der Kasten hatte zwei Pole, aus denen Drähte kamen, die in schweren Klammern endeten. Craig zuckte zusammen, als sie in sein Fleisch schnappten. Dann bewegte Simmons einen Zeiger über die Skala, und es gab nichts anderes mehr als den Schmerz. Die Laute, die er ausstieß, waren ein unmenschliches Gebrüll, sein Körper wand und drehte sich, bis der Draht seine Haut zerschnitt. Dann ging der Zeiger zurück, und der Schmerz wich einer Todesangst, die kaum erträglich war.

»Sprechen Sie von meiner Tochter«, sagte Simmons. »Sagen Sie mir, was Sie mit ihr gemacht haben.«

Aber der letzte, noch intakte Teil von Craigs Verstand warnte ihn; er wußte, er würde alles verraten, wenn er erst anfing.

»Wir haben eine Spazierfahrt gemacht, zu Mittag gegessen, und sie sagte mir, daß sie Sie liebt«, stöhnte er.

»Mir hat sie etwas anderes erzählt«, sagte Simmons. »Ich will die Wahrheit wissen.«

Craig schwieg.

»Wenn ich weitermache«, sagte Simmons, »werden Sie impotent. Und ich habe vor, weiterzumachen.«

Er ließ den Zeiger tanzen, und Craig schrie und schrie in dem Schmerz, der ihn umfing.

Schließlich sagte Zelko: »Sie werden ihn umbringen«, und der Zeiger fiel zurück.

»Wer hat Sie geschickt?« Aber Craig konnte nur lallen, und die Worte hatten keinen Sinn.

»War es ein Mann namens Loomis?« fragte Simmons. »Vom Dezernat K? Was weiß Loomis von mir? Was weiß er?«

Und Craig konnte nur denken: ›Ich will nicht sterben. Ich will nicht sterben, also muß ich sprechen.‹

Dieses Mal schrie er, noch ehe der Zeiger sich bewegte.

Hornsey sah durchs Fenster und erbrach sich. Er mußte hineingehen, aber er bezweifelte, daß er dazu imstande sein würde. Er sah auf die Luger in seiner Hand nieder; beides zitterte. Er verschloß seine Sinne gegen alles außer der Waffe, wie er es gelernt hatte, und das Zittern hörte auf. Hornsey duckte sich unter dem Fenster und erreichte die Tür. Er wußte genau, wo Simmons und Zelko standen. Er wußte auch, wenn er sie verfehlte, würden sie ihm das gleiche antun, und dieser Gedanke drückte ihn beinahe zu Boden. Es mußte sofort sein.

Er stieß die Tür auf, und Zelko griff sofort in die Jacke. Hornsey erschoß ihn. Simmons blickte ihn starr an, und Hornsey brüllte lauter als Craig: »Stellen Sie ab! Stellen Sie das verdammte Ding ab!«

Simmons bewegte sich nicht. Hornsey stürzte sich auf ihn. Der Pistolenkolben sauste nieder, und Simmons fiel hin. Aber Craig schrie noch immer. Hornsey sah auf die Skala, die Maschine war abgestellt. Aber Craig schrie noch immer. Als die Schreie erstarben, begann er zu weinen.

Hornsey wickelte den Draht von Craigs Brust und band Simmons damit. Dann wurde ihm wieder schlecht, denn er sah, was er vor sich hatte, als er die Klammern von Craig löste. Er blickte auf den toten Zelko nieder, wandte sich dann an Craig und sprach leise und freundlich auf ihn ein. Craig sagte: »Hornsey«, und begann wieder zu weinen.

Hornsey sagte: »Es tut mir so leid, Craig. Ich konnte nicht eher kommen. Loomis mußte erst Bescheid wissen.«

Craig sagte: »Loomis?« Und die Erleichterung in seiner Stimme war grenzenlos, denn nun konnte er alles erzählen und würde doch nichts verraten.

Die Nachtglocke schlug an, und der Hausverwalter zog sich Overalls an und seine schweren Schuhe, lud im Korridor seine

Smith & Wesson. Durch den Spion sah er, daß die Einfahrt leer war; vorsichtig öffnete er die Tür. Niemand war zu sehen, die ganze Straße war leer, nur ein Wagen stand am Bordstein.

Der Verwalter ging hinüber. Der Rücksitz war mit einer groben Wolldecke zugedeckt. Der Verwalter nahm die Decke in die linke Hand und die Pistole in die rechte, zog dann die Decke fort und sprang zur Seite. Als er hinsah, sagte er: »Jesus!«

Dieses Mal vergaß Wetherly das Lächeln. Er saß Loomis gegenüber, rechts von ihm Sir Matthew Chinn, und sein Gesicht war ernst.

»Die körperlichen Wunden sind relativ geringfügig«, sagte er. »Zwei gebrochene Rippen, ein ausgerenkter Finger, beträchtliche Prellungen, besonders in der Nierengegend. All das wird ausheilen.« Chinn nickte. »Er hat auch Schnitte über Brust und Schenkeln, wahrscheinlich von dem Draht, mit dem er gefesselt war, als sie ...« Er hielt inne.

»Sprechen Sie weiter«, sagte Loomis.

»Genau«, fuhr Chinn fort. »Er hat starke Verbrennungen an den Geschlechtsteilen, und weniger starke an der rechten Brustwarze. Durch eine Reihe heftiger elektrischer Schläge.«

»Der Schmerz muß entsetzlich gewesen sein«, sagte Wetherly.

»Ist er noch ein Mann?« fragte Loomis.

»Das kann man noch nicht sagen«, sagte Wetherly. »Er ist verdammt zugerichtet. Diese Kerle waren Experten.«

»Wirkliche Experten?« fragte Loomis.

»Vom Fach«, sagte Wetherly. »Er ist noch nicht ganz bei sich, Loomis. Vielleicht wird er nie wieder normal.«

Loomis sah Chinn finster an. »Ich möchte wissen, was sein Verstand abbekommen hat.«

»Er wird noch einige Tage Schmerzen leiden. Er bekommt sehr starke Beruhigungsmittel.«

»Ist das wirklich nötig?«

»Unbedingt«, sagte Wetherly. »Diesen Morgen haben wir die Dosis etwas heruntergesetzt, und eine Schwester sollte seinen Verband wechseln. Seine linke Hand ist verbunden, aber mit der rechten hat er sie beinahe umgebracht. Wenn Chinn und ich nicht zufällig dagewesen wären ...«

Loomis saß sehr still da.

»Wollen Sie mir sagen, daß es aus mit ihm ist?«

Wetherly hob die Schultern. »Darauf kann ich Ihnen noch keine Antwort geben. Er hat einen schweren Schock, und einige Tage muß er noch im Schock bleiben. Wenn wir versuchen, darauf einzuwirken, kann es wirklich aus mit ihm sein.«

»Na gut«, brummte Loomis.

»Bis jetzt können wir nur nach dem gehen, was aus seinem Unterbewußtsein kommt. Immer wieder erlebt er von neuem, was Simmons ihm angetan hat. Und er schreit.«

»Sie sind sicher, daß es Simmons ist?«

»Manchmal ist er ein Cowboy, manchmal ein Bonze, aber immer ist es Simmons. Und ein Mann namens Zelko. Und ein Mädchen, Jane. Es hält sich irgendwo im Hintergrund, aber es hat ihn an Simmons verraten.«

»Simmons' Tochter«, sagte Loomis. »Was für eine Art und Weise, die Ehre seiner Tochter zu rächen . . .«

»Eine Menge Cowboy-Geschichten sind mit im Spiel«, sagte Wetherly. »Aber immer ist Simmons dabei.«

Loomis meinte ungeduldig: »Wenn er wieder bei Bewußtsein ist, kann man die Sache ja näher untersuchen.«

»Es gibt eine Sache, die wir vielleicht nie erfahren«, sagte Chinn. »Er weint, Loomis. Weint immerfort.«

»Er wollte doch die Pflegerin umbringen«, sagte Loomis.

Wetherly sagte: »Auch dabei weinte er.«

»Verdammter Mist«, sagte Loomis, und seine Hängebacken blähten sich. »Ich brauche ihn so dringend.«

»Sicher haben Sie noch diese Nacht eine Aufgabe für ihn«, sagte Chinn ätzend.

»Jede Nacht hätte ich eine Aufgabe für ihn«, sagte Loomis. »Aber eine Woche kann ich warten.«

Chinn sah ihn an, als ob er ein Schachproblem wäre. »Ich hätte es nicht für möglich gehalten, daß ich noch einmal jemanden hassen könnte«, sagte er. »Die Art meiner Arbeit isoliert mich« — er machte eine Handbewegung — »von all dem. Aber ich finde Sie außerordentlich abstoßend, Loomis. Dieser Mann hat Ihretwegen unglaubliche Schmerzen erlitten, und es besteht durchaus die Möglichkeit, daß er Sie nicht verraten hat . . .«

»Falls er hat, sind wir abgesichert«, sagte Loomis.

». . . und Sie denken an nichts anderes, als ihn wieder den gleichen Gefahren auszusetzen.«

Loomis sagte: »Ich brauche ihn doch, Mann. Ich brauche ihn, um

Simmons fertigzumachen. Simmons und Genossen bringen uns Ärger mit den Russen. Bisher war es gerade noch mittelgroßer Ärger, solcher, der am Eisernen Vorhang endet. Aber es könnte zum ganz großen Krach kommen. Zum größten, von der Art, der mit zwanzig Megatonnen-Bomben endet und chinesischen Volkskommissaren in Wigan. Deswegen möchte ich jetzt damit Schluß machen. Und Craig ist die beste Waffe, die ich habe.«

»Was ist mit diesem Hornsey?« fragte Chinn.

»Was soll mit ihm sein?«

»Er hat Craig gerettet«, sagte Chinn. »Und hierher zurückgebracht. Craig liebt ihn deswegen.«

»Sie wollen sagen, daß er nun anders herum ist?«

»Ich will sagen, daß er eine starke, auf Dankbarkeit beruhende Gefühlsbeziehung entwickelt hat. Gefühlsbindungen waren immer ein Problem für Craig. Könnte er nicht Craigs Aufgabe übernehmen?«

»Nein«, sagte Loomis.

»Aber . . .«

»Er arbeitet nicht für Dezernat K«, sagte Loomis. »Und Sie kommen und sagen mir nun, daß Craig ihn liebt.«

Nach drei Tagen setzten sie die Beruhigungsdosen herab. Die körperlichen Wunden begannen zu heilen. Vorsichtig begannen Chinn und Wetherly den Schaden zu untersuchen, den der Schmerz Craigs Persönlichkeit zugefügt hatte.

Das dauerte drei Tage, aber dann waren sie sicher und ließen Craig in Schlaf gebettet liegen, wie eine Seidenraupe in ihrem Kokon. Erst danach erlaubten sie Loomis, ihn zu besuchen. Zum erstenmal, seit Loomis ihn kannte, reagierte Craig nicht auf seine Nähe. Er lag vollkommen still, sein Atem ging ruhig, alle Härte war aus seinem Gesicht gewichen, und er wirkte wie sein eigener jüngerer Bruder.

»Sieht verdammt besser aus als damals, ehe er Simmons in die Hände fiel«, sagte Loomis.

Chinn sagte: »Wenigstens ist er wieder normal.« Loomis funkelte ihn an. »Oft werden Leute, die diese Behandlung durchgemacht haben, hoffnungslos neurotisch. Craig nicht.«

»Wie steht's mit seinen Nerven?« fragte Loomis.

Wetherly sagte: »Ah . . .« Und Chinn betrachtete seine Fingerspitzen.

Loomis sagte: »Sie sollten Ihre Behandlung wohl noch fortsetzen.«

Wetherly antwortete: »Simmons hat Craigs Mannestum im buchstäblichen Sinn angegriffen. Es scheint, daß Craigs Bewußtsein diese Tatsache überhöht hat.«

»Machen Sie keine Umschweife«, sagte Loomis. »Ich will die Wahrheit.«

Wetherly versuchte es mit einer Erklärung: »Craig war der maskulinste Mann, den ich kannte; hart, aggressiv, rücksichtslos. Ein gewaltiger Kämpfer, und wenn er kämpfte, völlig mitleidlos. Den richtigen Feind töten, das war für Craig ein Teil seines Mannestums. Er war auch auf sexuellem Gebiet sehr erfolgreich. Die Frauen fürchteten ihn, aber in gewisser Hinsicht wollen sie das. Craig war ein starker, sogar brutaler Liebhaber. Aber auf seltsame Weise war er auch sehr höflich im Bett, ein Gentleman.«

Er hielt einen Augenblick inne, und Chinn stellte mit Vergnügen fest, daß Loomis errötete.

»Seine letzte Eroberung war Simmons' Tochter Jane«, fuhr Wetherly fort. »Es scheint, daß sie einen großen Genuß an dem Zusammensein mit Craig hatte. Aber fast unmittelbar danach verriet sie ihn an ihren Vater, der ihn bestrafte, indem er sein Geschlechtsorgan zerstörte.«

»Ist er jetzt impotent?« fragte Loomis.

»Nicht organisch, aber psychisch.«

»Er weiß, wenn er weiterhin für Sie arbeitet, muß er vielleicht noch einmal leiden. Sein Verstand hat entschieden, daß er nicht mehr lieben kann. Für ihn gehören aber Liebe und Kampf zusammen. Also kann er auch nicht mehr kämpfen.«

Loomis wandte sich an Chinn: »Sind Sie der gleichen Meinung?«

Chinn nickte.

Loomis sagte verzweifelt: »Sie wollen sagen, daß er für mich verloren ist?«

Chinn sagte: »Er war ohnehin fast fertig. Ich warnte Sie schon damals . . .«

»Sie gaben ihm aber noch drei Monate.«

»Bevor er sich gegen Sie wenden würde«, sagte Chinn.

Loomis sagte: »Darauf kann ich aufpassen. Aber ich brauche diese drei Monate.«

»Er würde Sie bei der ersten Androhung von Schmerz verraten,« sagte Chinn.

Fast vor ihren Augen verfiel der dicke Mann, als sein aggressiver Optimismus ihn verließ. Er wirkte um zwanzig Pfund leichter und um zwanzig Jahre älter: ein Mann mit zuviel Verantwortung, zuviel Macht und zu wenig Zeit. Ein alter Mann.

»Er sollte noch eine Aufgabe erledigen«, sagte Loomis, »für die er wie geschaffen war.«

»Simmons aus dem Weg räumen?« fragte Chinn.

»Und andere«, sagte Loomis.

»Es gibt einen Weg«, sagte Wetherly plötzlich, an Chinn gewandt.

»Ich glaube nicht«, sagte dieser.

»Aber verdammt noch mal, es ist eine Chance. Für drei Monate nur.«

»Wie lange würde es dauern?« fragte Loomis.

»Zwei Wochen, höchstens drei«, sagte Wetherly. »Soviel braucht er, um auszuheilen.« Er sah den napoleonischen kleinen Mann an.

»Ich muß ihn nur wenige Tage haben«, sagte Loomis.

Chinn sagte: »Nein!« und hob zum erstenmal die Stimme.

»Können *Sie* es machen?« fragte Loomis, aber Wetherly schüttelte den Kopf.

»Es ist Chinn's Technik«, sagte er. »Kein anderer kann es.«

»Wenigstens können Sie sie mir erläutern«, sagte Loomis zu Chinn, und seine Stimme klang sanft und vernünftig.

»Sie sind nicht ehrlich, Loomis«, sagte Chinn, aber er gab nach. »Gut, erzählen werde ich Ihnen davon. Das heißt, ich werde Ihnen sagen, was ich mit Craig machen könnte, und dann werde ich Ihnen auch erklären, warum ich es nicht tun werde.«

»Ich höre«, sagte Loomis.

»Ich kann ihn seelisch einfacher strukturieren«, sagte Chinn. »Wenigstens für eine gewisse Zeit. Ich kann seine Ängste in Bezug auf seine sexuellen Fähigkeiten abriegeln und seine Energien auf Zerstörung ausrichten, das heißt ihn in eine Maschine verwandeln, die Menschen tötet oder verwundet.«

»Sie sind ein sehr gefährlicher kleiner Bursche«, sagte Loomis. »Wie erreichen Sie das?«

»Durch Drogen, Hypnose, gewisse Pawlow'sche Techniken, Reize, die im Unbewußten verborgen liegen. Aber die ganze Erläuterung hat keinen Zweck, wenn ich nicht Einzelheiten bringe. Das werde ich jedoch nicht tun, genausowenig, wie ich es mit Craig tun werde.«

»Sie sagten, Sie würden mir den Grund für Ihre Weigerung angeben«, erinnerte Loomis.

Sir Matthew sagte sofort: »Weil es meiner Auffassung von dem, was ein Mensch einem anderen moralisch antun kann, widerspricht.«

»Gut«, entgegnete Loomis. »Und nun werde ich Ihnen sagen, warum Sie es doch tun werden.«

Chinn erwiderte: »Ich bitte Sie, Loomis.« Aber der dicke Mann sprach durch ihn hindurch, und seine Augen glänzten in der Gewißheit, was getan werden mußte.

»Simmons ist mit einer Gruppe verbunden, die BK genannt wird. Es ist ein Haufen reicher Fanatiker, die Rußland hassen, und sie tun alles, was Rußland schadet. Alles. Wir hatten schon vorher Verrückte, und man kann mit ihnen fertig werden. Aber diese Art von Verrückten ist hart. Sie planen nur die ganz großen Dinger und führen sie auch aus. Und nun haben sie sich mit den Chinesen eingelassen.«

»Um die Russen anzugreifen?« fragte Shinn.

»Die Chinesen hassen die Russen, weil sie denken, die Russen hätten den Kommunismus verraten«, sagte Loomis. »BK haßt Rußland um seiner bloßen Existenz willen. Aber beide hassen also Rußland und wollen es vernichten. Sie versuchen, alles dem Westen in die Schuhe zu schieben. Und den Russen mißfällt das. Ich traf kürzlich einen Burschen in Paris — Tschelitschew ist sein Name —, den Leiter der Exekutive des KGB. Er weiß, was BK getan hat, aber seine Leute machen uns dafür verantwortlich. Und sie werden das weiter tun, bis wir beweisen können, daß sie unrecht haben, oder die Leute loswerden, die es getan haben.«

»Und wenn nicht?« fragte Wetherly.

»Dann werden wir alle die Punkte, die wir gewonnen haben, wieder verlieren«, sagte Loomis. »Der kalte Krieg wird wieder ausbrechen. Oder vielleicht der heiße.«

»Wie ist das möglich ...« begann Chinn.

»Stellen Sie sich vor, BK bringt ein paar russische Politiker um. Vielleicht den Ersten Sekretär und ein paar vom Präsidium, und es sieht dann so aus, als ob es die Yankees gewesen wären oder wir. Denn das will BK«, sagte Loomis. »und das werden sie erreichen.« Er warf einen Blick auf die Gestalt im Tiefschlaf. »Wenn nicht ...«

»Und es gibt wirklich niemand anderen, den Sie einsetzen können?« fragte Chinn.

»Sehen Sie«, sagte Loomis, »ich möchte ihn loswerden, denn er ist gefährlich. Aber ich kann ihn nicht entbehren. Für die Aufgabe ist er der beste, den ich weiß. Nun sehen Sie zu, was Ihre moralischen Prinzipien daraus machen.«

»Das ist nicht mehr nötig«, sagte Chinn. »Das heißt, wenn Sie mir die Wahrheit gesagt haben.«

»Jedes Wort ist wahr«, sagte Loomis und sah in die hellen, nicht blinzelnden Augen.

»Ich glaube Ihnen«, sagte Chinn. »Und ich werde tun, was Sie verlangen.«

»Wetherly kann Ihnen helfen«, sagte Loomis.

»Nein«, sagte Chinn. »Wetherly hat eine andere Auffassung von Moral als ich. Er könnte diese Technik später in Fällen anwenden, die ich nicht billige.« Er wandte sich an ihn: »Tut mir leid, Wetherly«, sagte er, »aber wenn Craig in meine Klinik kommt, und Sie versuchen zu beobachten, wie ich ihn behandle, mache ich nicht mehr weiter.« Sein Blick wanderte zu Loomis. »Ich versichere Ihnen, das ist mein voller Ernst.«

13

Tschelitschew schenkte den Wodka schnell und sicher ein. Die Frau schüttete den ihren in einem Zug herunter und sah trotzdem weiblich, gesund und schön aus.

»Ich habe mir die englischen Zeitungsberichte angesehen«, sagte sie. »Unter den Leuten im Restaurant war auch ein Mädchen, Jane Simmons. Ihrem Vater gehören einige Zeitungen, und ich habe ein paar davon gelesen. Er mag Rußland nicht.«

Tschelitschew lächelte sie voll Stolz und doch mitfühlend an. Sie hatte es so gut gemacht.

»Er hat auch einen Freund, Brodski, der auf dem Weg nach Tanger ist«, sagte er. »Simmons und seine Tochter werden ebenfalls hinfahren. Sie sind Agenten von BK.« Wieder lächelte er. »Keiner aus unserer Abteilung hat mir darüber berichtet«, sagte er. »Sie sind die erste. Ich beglückwünsche Sie.«

»Wer also?«

»Dezernat K«, sagte er. »Ich sagte es Ihnen schon. Sie sind sehr tüchtig. Sie werden ebenfalls nach Tanger fahren und sich dort mit Brodski treffen. Er ist Pole. Wenn Sie auch Polin sind, wird er Sie noch mehr lieben. Sehen Sie zu, daß Sie möglichst viel erfahren. Ich brauche Namen.«

Sie nickte.

»Simmons leitet die Organisation. Brodski ist Verbindungsmann zu den Leuten in Polen, Ostdeutschland und Ungarn. Die Chinesen allerdings verhandeln mit Simmons direkt. Wenn nötig, bringen Sie mir Simmons oder Brodski lebendig. Wir brauchen die Namen der Leute, die sie in den nächsten drei Wochen anwerben. Ist das klar?«

»Jawohl, Genosse General.«

»Ich schicke Ihnen einen Helfer. Er wird den anderen erledigen.«

»Jawohl, Genosse General.«

»Auch Craig wird mit Ihnen kommen.«

Sie sah erstaunt aus.

»Loomis besteht darauf. Die Engländer haben eine starke Stellung in Tanger, und Sie könnten Hilfe brauchen.«

»Sehr wohl, Genosse General.«

»Sie haben natürlich die Leitung. Da ist auch noch die Frage der Million Pfund in Deutschen Mark. Die sollen Sie stehlen und vernichten.«

»Vernichten?«

»Das Geld darf nicht gegen uns verwandt werden. Weder von BK noch von jemand anderem.«

»Die Engländer werden einen Teil beanspruchen.«

»Die Engländer bekommen viel mehr als Geld«, sagte Tschelitschew.

»Gut, Genosse General. Werde ich bei der Sache mit dem Geld Unterstützung haben?«

»Das werden Sie. Ich schicke Ihnen so eine Art Fachgenie. Er ist labil, wie Genies oft zu sein pflegen, und Ihr Helfer wird ihn nach der Operation schon loswerden. In gewisser Weise ist es schade um ihn, seine Begabung steht außer Frage. Sein Handwerk ist Diebstahl.«

Es dauerte neun Tage. Danach hatte Sir Matthew Chinn sieben Pfund abgenommen und war mit Craigs Unterbewußtsein so vertraut wie mit dem Inhalt seines Kleiderschranks. Er hatte zuerst befürchtet, daß Craig sich dem Wiedererwecken des Tötungsimpulses widersetzen würde, aber der Widerstand war gering gewesen. Craig strebte nach Orientierung, er wollte den Grund wissen, und diese Orientierung verschaffte ihm Chinn. Die Schwierigkeit hatte darin bestanden, den Komplex aufzulösen, den Craig von Anfang an ihm gegenüber entwickelt hatte. Aber es war ihm schließlich gelungen, und desgleichen das Gefühl zu großer Abhängigkeit von Hornsey abzubauen. In tiefer Hypnose war Craig noch etwas anderes eingepflanzt worden, etwas worauf Sir Matthew nicht verzichten wollte, um sein Leben zu retten; denn ihm bedeutete das Berufsethos mehr als Leben.

Craig lernte, nach dem Sinn der Aufträge, die er von Loomis erhielt, zu fragen, aber diese Fragen nur dann zu äußern, wenn es um Leben oder Tod eines Menschen ging, und zwar angefangen bei Loomis selbst.

Am zehnten Tag fuhr Craig zum Büro und klingelte. Der Portier blickte ihn an, und selbst dieser phlegmatische Mann war wie vom Donner gerührt. Den Craig jener schrecklichen Nacht schien es nie gegeben zu haben; der Mann war offenbar immun gegen Zerstörung. »Hallo, Mr. Craig«, sagte der Portier. »Geht es Ihnen wieder besser?«

»Mir geht es sehr gut«, sagte Craig.

Er ging durch den Korridor und hörte, wie der Portier die Türe schloß. Dann fuhr er plötzlich herum, wie ein großer Fisch im Wasser, seine Arme umklammerten den Mann, hielten ihn fest, während seine Daumen sich gegen die Nerven zu beiden Seiten des Kiefers preßten. Der Portier versuchte, zurückzustoßen, aber die Daumen drückten fester zu, hoben ihn hoch und trieben ihm jeglichen Angriffswillen aus.

»Ein neuer Trick für Sie«, sagte Craig.

Loomis erschien oben auf der Treppe.

»Sind Sie wieder zurück«? fragte er und fügte verdrießlich hinzu: »Lassen Sie ihn los, Craig. Sehen Sie Ihre Post durch und kommen Sie dann in mein Büro. Wir haben viel zu tun.«

Craig ließ den Portier los und drehte den Mann um. Die blaugrauen Augen hatten nie eine Vorwarnung erkennen lassen, aber nun waren sie so ausdruckslos wie Glasscheiben. Wut, Liebe, Zorn, Haß — nichts spiegelte sich mehr darin. Sie waren ausgebrannt.

»Wir sehen uns im Turnsaal«, sagte Craig. »Sie werden langsam.«

Damit ließ er ihn stehen. Der Verwalter erinnerte sich daran, wie vorsichtig er ihn aus dem Lamborghini gehoben hatte, und es tat ihm leid. Es hatte keinen Wert, nett zu Craig zu sein.

Mrs. McNab dachte das gleiche. Sie behandelte ihn genau wie

immer, wenn er von einem Auftrag zurückkam: sagte guten Morgen, machte ihm Kaffee, wartete, während er seine Papiere durchsah. Keiner erwähnte das Geschehene.

Als er mit dem Diktat fertig war, sagte Craig: »Vereinbaren Sie für heute nachmittag einen Termin am Schießplatz. Und sagen Sie dem Verwalter und dem anderen Burschen, sie sollen auf mich warten. Um fünf Uhr möchte ich sie in der Turnhalle sehen. Sie sollen vorher kein Bier trinken und auch nicht rauchen.« Craig grinste. »Ich will sie wütend.«

Loomis schwieg genau wie Mrs. McNab über das, was Craig durchgemacht hatte. Alles, was er sagte, war: »Schenken Sie uns beiden eine Tasse Kaffee ein«, und dann, als er ihn schlürfte: »Berichten Sie!«

Craig nahm ein winziges Notizbuch heraus und begann zu sprechen; Loomis hörte von Stieren und Cowboys und Mädchen, besonders von zwei Mädchen. Tempest und Jane ließen ihn rot werden. Craig nannte dann die Namen der Cowboys.

Loomis sagte: »Sie haben uns schon einiges davon erzählt, als Sie phantasierten. Wir haben es nachgeprüft. Simmons sammelt Männer, wichtige Männer: Rechtsanwälte, Rundfunkleute, eine Reihe ungarischer Diplomaten. Ein Rumäne, ein paar Griechen. Wir haben Linton hingeschickt«, fuhr Loomis fort. »Auf Grund einer Meldung wegen einer Schießerei, dafür ist die Polizei zuständig. Jane empfing ihn; Ihr Vater sei verreist. Sie sagte, Sie seien nur eine Nacht geblieben, und sie wüßte nicht, wohin Sie danach gefahren seien. Sie hätten sie ausgefragt, und sie könne Sie nicht leiden. Sehen Sie, mein Junge, alles war darauf angelegt, Sie als Lügner hinzustellen; wenn einer Sie ein bißchen hart angefaßt hätte, könne es nur Hornsey gewesen sein, der Ihnen gefolgt sei, als Sie abfuhren.«

»Hornsey hat mir nichts getan«, sagte Craig. »Er erschoß den Butler und machte Simmons kampfunfähig.«

»Er hat Sie aber doch reingelegt«, sagte Loomis. »Sie dachten, er arbeitet für mich.«

»So etwas haben Sie schon gemacht«, sagte Craig. »Nämlich jemanden auf meine Spur zu setzen, ohne mir etwas davon zu sagen. Und er tauchte auch in Soho auf. Aber das ist nicht der Grund. Simmons hatte mich beinahe gebrochen. Ich war jenseits von Gut und Böse. Ich glaubte alles, was er sagte.«

»Was haben Sie Hornsey erzählt?«

Craig antwortete: »Von dem Geld und dem dicken Arthur und der BK-Angelegenheit.«

»Was?«

»Wie BK versuchte, uns in einen Krieg mit Rußland zu treiben. Und wie China seine Hand im Spiel hat. Ich glaube, das habe ich ihm gesagt. Ja, doch, denn er wollte über Soong Auskunft haben.«

»Für wen er auch arbeitet«, sagte Loomis, »Sie gaben ihm unsere Adresse. Nun werden wir Tag und Nacht dreifach beobachtet. Wir müssen umziehen.«

Craig schwieg.

»Immerhin, dieser Bursche Madani, der Marokkaner aus Talouet,« fuhr Loomis fort, »er ist nach Marokko zurückgegangen, und zwar am gleichen Morgen, als wir Sie fanden. Aber er blieb in Tanger, immer noch. Kann es sein, daß er jemanden erwartet?«

»Simmons?«

»Möglich. Es ist an der Zeit, daß BK einen großen Schlag führt. In Marokko haben sie das Geld dazu, auf einer Bank, die Crédit Labonne heißt. Eine Million haben sie da. Ich glaube, sie werden es abheben und verbrauchen, wenn Sie es nicht vorher holen.«

»Das wollten Sie also für Tschelitschew tun?«

»Genau«, sagte Loomis. »Er wird uns dabei behilflich sein. Mit ein paar Experten.«

»Ich würde es lieber allein machen«, sagte Craig.

»Ich auch«, meinte Loomis. »Aber das ist nicht vorgesehen. Wir werden uns heute nacht mit ihnen treffen. In Zivil, keine Orden.«

»Sie glauben, daß Simmons in Tanger ist?«

Loomis nickte. »Auch Brodski und Hamid.«

»Die sind unwichtig«, sagte Craig. »Aber Simmons nicht.«

»Sie wollen ihn töten?«

»Ich muß«, sagte Craig.

»In Ordnung«, sagte Loomis. »Aber zuerst das mit der Bank.«

Der Schießstand war in dem ehemaligen Keller eingerichtet, Craig übte, bis ihm der Arm weh tat und das Knacken des Gewehrs sein Trommelfell wie Schläge traf.

Danach ging Craig in die danebenliegende Turnhalle; in einer Ecke lag ein Dojo, eine Judo-Übungsmatte.

Um 5 Uhr kamen der Chauffeur und der Verwalter herein. Craig sagte: »Umziehen ist nicht nötig. Wir wollen kämpfen, wie wir sind.«

Die beiden Männer legten Pistolen und Messer ab und gingen zur Matte.

»Ich möchte, daß Sie mich beide gleichzeitig angreifen«, sagte Craig. »Bleiben Sie so weit auseinander, wie Sie wollen. Und greifen Sie mich an, warten Sie nicht darauf, daß ich komme.« Die beiden Männer redeten leise miteinander, und Craig wartete. Sie waren nicht so gut, wie Simmons und Zelko gewesen waren, aber es mußte genügen. Es mußte eine Gegenwehr für den gleichzeitigen Angriff von zwei Seiten geben, und er würde sie herausfinden. Er mußte. Es konnte wieder passieren.

Plötzlich stürzten sich die beiden Männer auf ihn, und Craigs Hand verhielt gerade noch rechtzeitig vor einem Karate-Schlag in den Nacken des Chauffeurs; aber in dem Augenblick berührten die Finger des Verwalters die Nerven hinter seinen Ohren. Sie versuchten es noch einmal, und dieses Mal war der Verwalter dem Schlag ausgesetzt; aber der Fahrer kam davon.

Sie griffen ihn wieder und wieder an, und beim neunten Versuch, als die beiden schon über den lange ersehnten Sieg über Craig grienten, erkannte der seine Chance und nützte sie. Der Trick bestand darin, den Bruchteil einer Sekunde vor ihrem Angriff einem der Angreifer entgegenzukommen, ehe der andere zupacken konnte. Dann schnell mit einem einzigen Schlag zu beginnen, sich während des Schlags zu drehen und den zweiten Mann von der Seite zu nehmen, dabei den Schwung der Drehung zu benutzen, um dem zweiten Schlag, dem tödlichen, wenn es sein mußte, noch mehr Stoßkraft zu geben. Sie probierten es noch einmal und ein drittes Mal, und es klappte.

Craig duschte und zog sich um. Es war bald an der Zeit, mit Loomis und den russischen Experten essen zu gehen.

Es waren ihrer zwei. Sie trugen italienische Anzüge, weiße Hemden, diskrete Krawatten, konnten mit Messer und Gabel umgehen und sprachen sehr gut englisch. Der kleinere, Boris, hatte fast keinen Akzent. Seine Hände wirkten wie Steine. Der andere, Istvan, war groß, schlank und elegant. Sein Benehmen und Akzent hatten einen Schwung, der nicht russisch war. Seine Augen, die dunkel und leicht geschlitzt waren, glänzten vor Verschlagenheit, aber sein Charme war nicht zu leugnen.

Er führte die Unterhaltung, machte die Witze, hatte aber Angst vor Boris, fürchterliche Angst. Und seine Hände beunruhigten Craig. Sie waren roh, breit gearbeitet und trugen noch die Spuren von Blasen und Wunden. Wenn irgend möglich, behielt er sie in den Taschen.

»Wir haben nicht viel Zeit«, sagte Boris. »In 48 Stunden müssen wir starten. Haben Sie einen Plan?«

»Ja«, sagte Loomis. »Sie müssen einige Zeitschlösser knacken, das Geld aufladen und wegfahren. Der Rest ist Routine.«

»Routine?«

»Wachen überwältigen, vielleicht sogar töten. Aber die Zeitschlösser sind schwierig.«

»Deswegen haben wir Istvan mitgebracht«, sagte Boris.

Istvan sah bescheiden und erschreckt zugleich aus.

Loomis sagte: »Ich kenne alle Schlösser, die die Bank benutzt.«

»Sehr gut«, sagte Istvan.

»Wir haben auch einen Safe zum Üben.«

»Hervorragend«, sagte Istvan.

»Es wird viel davon abhängen, wie Sie sich morgen in der Praxis bewähren«, sagte Loomis.

Weder Boris noch Istvan schien das zu beunruhigen.

»Wie sollen wir entkommen?« fragte Boris.

»Der leichteste Weg ist nach Gibraltar«, meinte Loomis.

Boris sagte: »Nein.« Er sagte es so, wie es jeder Russe bei den Vereinten Nationen zu sagen pflegt. Weitere Auseinandersetzungen erübrigten sich.

»Wie finden Sie Algerien?« fragte Loomis.

»Nicht das richtige«, sagte Boris.

»Wo dann?«

»Ägypten«, sagte Boris, »mit dem Flugzeug. Das kann ich arrangieren, Freunde würden uns erwarten.«

Dieses Mal sage Loomis nein. Ägypten kam nicht in Frage. Schließlich einigten sie sich auf ein Übersteigen auf See, wobei zwei Schiffe, ein russisches und ein englisches warten sollten. Weiterhin sollte das Geld geteilt werden. Die Russen wollten die Deutschen Mark behalten und den Engländern ihren Anteil in Pfund Sterling auszahlen.

Boris wandte sich an Craig: »Sie sagen sehr wenig.«

»Ich denke nach«, entgegnete Craig. »Ich glaube, Istvan ist kein russischer Name.«

»Sie haben recht«, sagte Boris.

»Mir paßt es nicht, mit jemandem, dessen ich nicht sicher bin, einen Auftrag auszuführen.«

»Über Istvan können Sie beruhigt sein«, sagte Boris. »Ich bürge persönlich für ihn.«

»Sie persönlich?«

Boris nickte.

»Ich möchte wissen, warum«, sagte Craig.

»Weil ich sehr strenge Anweisungen seinetwegen habe; Istvan kennt sie.«

Craig wandte sich ihm zu. »Woher soll ich wissen, daß Sie wirklich so ein Fachmann sind?« fragte er. Boris wollte antworten, aber Craig schnitt ihm das Wort ab. »Lassen Sie *ihn* sprechen«, sagte er.

Istvan sah Boris an, der nickte großmütig.

»Ich kann Ihnen versichern, daß ich große Erfahrung habe«, sagte er. »Ich bin Ungar, in Budapest geboren, aber in Frankreich und den Vereinigten Staaten ausgebildet. Bisher habe ich schon ungefähr 200 000 Pfund gestohlen. Es könnten noch mehr sein, ich bin schließlich erst 45 Jahre alt, nur ...« Er brach ab und sah wieder Boris an, der wieder nickte. »Ich war dumm genug nach dem Aufstand nach Ungarn zurückzukehren. Sie nahmen mich fest. Ich hatte eine Waffe bei mir.«

»Sie haben sie auch benutzt«, sagte Boris.

»Das stimmt. Zuerst wollte ich nur nach Österreich entkommen, ein Auftrag erwartete mich in der Schweiz, und Schweizer Franken zu besitzen ist so beruhigend. Aber ich kann nicht einmal sagen, was mit dem Aufstand passierte. Eine Tragödie. Ich begann zu schießen, aus purer Ungeduld mit meinen Landsleuten. Schließlich fand ich mich als Ausbilder wieder. Ich mußte Polizeibaracken aufbrechen, um Waffen für meine Schüler zu bekommen. Ich hatte« — er blickte Boris an — »sehr viel zu tun.«

»Was haben Sie danach gemacht?« fragte Craig.

»Bis 1961 beraubte ich Banken. Dann ging ich zurück nach Budapest und kam nach Sibirien. Ich sah vorhin, daß Sie meine Hände betrachteten. Man muß dort schwer arbeiten, und das Wetter ist nicht angenehm. Aber ich war bei einem Hautspezialisten. Meine Fingerspitzen sind wie neu.«

»Noch weitere Fragen?« sagte Boris.

»Noch eine: Woher weiß ich, daß ich Ihnen trauen kann?«

»Wenn ich irgend etwas falsch mache«, sagte Istvan, »wird Boris mich umbringen. Und ich weiß das. Wenn ich andererseits meinen Auftrag erfülle, bekomme ich Geld und die Freiheit.«

»Eine ganz und gar bürgerliche Mentalität«, sagte Boris. »Aber die Sowjetunion braucht ihn nicht.«

Er stand auf, und Istvan tat sofort das gleiche.

»Ein sehr netter Abend«, sagte er. »Wo können wir morgen an dem Safe arbeiten?«

Loomis sagte ihm Bescheid, und die beiden Männer gingen zur Tür.

Boris wandte sich um: »Mir fällt auf, daß Sie nicht fragen, wo wir wohnen«, sagte er. »Zweifellos beschatten Sie uns.«

»Mein lieber Junge, wir müssen doch auf Sie aufpassen«, sagte Loomis.

»Nicht nötig«, meinte Boris. »Ich passe auf uns beide auf. Aber wir können Sie nicht daran hindern.« Er lächelte. »Ich sollte vielleicht erwähnen, daß wir mit amerikanischen Pässen reisen. Wenn wir belästigt werden, beschwere ich mich bei der amerikanischen Botschaft.«

Damit gingen sie, und Craig sah, wie sicher sich Boris bewegte, trotz seiner Figur. Istvan wirkte angegriffen. Vielleicht sah er aber nach allen diesen Jahren in Sibirien immer so aus.

»Was halten Sie davon?« fragte Loomis.

»Sie sind gut«, meinte Craig. »Für diese Aufgabe müssen Sie es auch sein.«

»Tschelitschew sagt, Istvan sei wirklich ein kleines Genie«, sagte Loomis. »Und für ihn ist der Anreiz ja groß.«

»Geld«, sagte Craig. »Wir sollen also die Hälfte bekommen.«

»Wir können es brauchen«, sagte Loomis. »Motorboote, Schiffe, Hotelrechnungen, Safes. Es summiert sich, wissen Sie. Dazu kommt noch Ihre Rechnung von Matt Chinn.«

»Nein«, sagte Craig. »Die bezahle ich selbst.«

In diesem Augenblick begann Loomis sich Sorgen zu machen.

14

Dezernat K hatte in Pimplico einen Laden. Die Frau des letzten Besitzers war froh gewesen, den Laden verkaufen zu können. Es war ein totes Geschäft in einer sterbenden Straße.

Craig fuhr mit einem Lieferwagen hin: Merridew Ladenausstatter, Hackney & Slough. Drinnen saßen Boris und Istvan, ebenso wie Craig in Overalls. Istvan hatte eine Werkzeugtasche dabei und einen Kasten mit Ausrüstungsgegenständen, die fünfmal soviel wert waren wie der ganze Lieferwagen. An diesem Morgen wirkte er viel entspannter, als ob die Tatsache, daß er seine Geschicklichkeit beweisen sollte, seine Furcht vor Boris zurückgedrängt hätte. Er schwatzte vergnügt, und Boris lächelte ihn an, wie ein nachsichtiger Vater, der die Vorfreude des Sohnes auf einen besonderen Spaß genießt.

Ein hölzerner Bauzaun war vor dem Laden errichtet worden, und aus den gegenüberliegenden Häusern spähte man vergeblich hinter den Gardinen hervor. Als sich Istvan an die Arbeit machte, konnte ihm niemand sein Geheimnis abgucken. Sowie sie durch die Tür des Zaunes waren, schloß Craig hinter ihnen ab, und Istvan studierte erst einmal Ladeneingang und Schaufenster.

Beide waren ingeniös gegen Diebstahl gesichert. Das dicke Fensterglas war mit feinen, elektrisch geladenen Drähten durchzogen. An jeder Seite des Türrahmens waren elektronische Augen angebracht. Es kostete viel Zeit und den vollen Einsatz von Istvans Geschicklichkeit, sie auszuschalten.

Auch das Türschloß bot beträchtliche Schwierigkeiten. Es bestand aus einem platten Stück dunklen dicken Stahls mit nur einem winzigen Loch in der Mitte.

»Diese Schlösser sind sehr schwierig«, sagte Istvan. »Wenn man eine falsche Drehung macht, ist alles verklemmt. Und der Schlüssel, mit dem man schließt, muß genau passen.«

»Warum schneiden Sie nicht das Schloß heraus?« fragte Craig.

»Sehr gut, sehr gut«, sagte Istvan. »Das wäre natürlich ein Weg, aber ein schwieriger. Ich werde Ihnen zeigen, warum.«

Er nahm einen dünnen Meißel und einen Hammer und schlug dann gegen die hölzerne Türverkleidung. Er drang einen halben Zentimeter tief ein, dann quietschte Metall auf Metall.

»Sehen Sie«, sagte Istvan. »Die Tür besteht aus Stahl, das Holz ist nur Dekoration. Mit dem Drillbohrer durchzukommen, würde zuviel Zeit kosten.«

Er nahm ein Stück feinen Draht aus der Tasche, steckte ihn ins Schlüsselloch und achtete dabei auf jedes Geräusch. Danach führte er einen Greifzirkel ein, um das Schlüsselloch auszumessen, und gab dem Draht eine bestimmte Biegung. Das dauerte eine Stunde, während Craig und Boris zusahen, und Istvan den Draht mal krumm, mal gerade bog. Schließlich war er zufrieden und holte ein dünnes Stück Stahl heraus. An einem Ende befand sich die runde Vertiefung eines altmodischen Schlüssels. Mit einer Metallsäge, dünnen Feilen und Sandpapier begann er nun mit Hilfe der Drahtschablone einen Schlüssel herzustellen. Als er fertig war, polierte er den Stahlschlüssel mit Sandpapier und ölte ihn.

»Entschuldigen Sie meine Eitelkeit«, sagte er. »Aber es gibt nicht mehr als drei Männer auf der Welt, die das könnten.«

Der Schlüssel funktionierte tatsächlich, eine Drehung nach rechts, drei nach links und zwei weitere nach rechts.

Istvan stieß die Tür auf. In einer Ecke des dunklen Raumes stand ein Safe; ein schweres Stahlgitter verwehrte den Zutritt.

»Schwierig«, sagte Boris.

»Nicht so sehr«, entgegnete Istvan. »Aber das ist noch nicht der richtige. Wir wollen in den Keller gehen.«

Craig wandte sich der Treppe zu, aber Istvan hielt ihn zurück.

»Lassen Sie mich bitte vor«, sagte er. »Vielleicht warten da weitere Überraschungen.«

Er entdeckte ein elektronisches Auge am Kopf der Treppe und ein weiteres an ihrem Fuß.

Istvan schaltete sie aus, und sie folgten ihm. Der Safe mit dem Zeitschloß stand vor ihnen; er füllte beinahe den ganzen Keller. Istvan tätschelte grinsend seine schiefergraue Wand.

»Es gehört zu der Art, die lange als einbruchssicher galt«, sagte er. »Wirklich eine sehr beachtliche Konstruktion.« Er redete in seiner Begeisterung für das Meisterwerk wie ein Kunstexperte im Fernsehen.

»Solche Safes sind auch schon ausgeraubt worden«, sagte Boris.

»Ja, es ist möglich. Man muß in die Bank einbrechen und auf das Zeitschloß warten. Wenn das Schloß so eingestellt ist, daß der Safe sechzig Stunden nicht aufgemacht wird, dann muß man eben sechzig Stunden warten. Wenn Bankangestellte dazukommen, muß man sie gefangen halten. Es gibt keinen anderen Weg. Ein Safe mit einem Zeitschloß hat die eingestellte Zeit abzuwarten.«

»Das ist unmöglich«, sagte Craig. »Die Bank in Tanger ist immer voller Leute.«

»Wir werden es auch nicht nötig haben«, sagte Istvan. »Es gibt noch einen anderen Weg. Sehen Sie«, seine Art zu reden glich immer mehr der eines Fachmannes, der zu Studenten im ersten Semester spricht, »der Haken an den Zeitschlössern ist, daß sie zu perfekt sind. Sie haben die Uhr jetzt sogar im Safe — wohin Leute wie ich nicht gelangen können. Aber gesetzt den Fall, irgend etwas läuft falsch, dann steht die Bank vor einem Problem. Wenn das Zeitschloß defekt wird, können Sie nicht heran, außer wenn Sie Löcher in den Safe bohren. So ist fast immer noch ein Geheimweg vorgesehen. Es gibt einen in der Bank in Tanger und hier auch.«

»Wo?« fragte Boris.

»Durch den Safe, der oben steht«, sagte Istvan. »Zuerst muß man durch ein Gitter mit einem Schloß, dann steht einem noch der Safe selbst bevor. Der hat ein Kombinationsschloß. Kommen Sie hinauf, ich zeige es Ihnen.«

Zwei verschiedene Schlösser zu öffnen und zwei Kombinationen herauszufinden brauchte seine Zeit, aber Istvans Zuversicht war beeindruckend. Sie betraten schließlich den einen Safe. Von dort aus konnten sie sich dem anderen zuwenden, der nun unter ihnen lag. Auch dieses Problem löste Istvan mit Glanz. Als er die Falltür öffnen wollte, sagte Boris: »Eine Stunde, um hereinzukommen, eine weitere, um den Safe zu öffnen. Das ist nicht schlecht.«

»Es ist brillant«, sagte Craig, und Istvan lächelte. »In der Bank von Tanger, werden wir weniger Zeit brauchen. Der Weg ist schon offen, wir müssen nur in den Safe gelangen.«

Istvan ließ sich hinunter in den Safe mit dem Zeitschloß. Da traf ihn ein Lichtstrahl, und er fluchte auf ungarisch.

Drinnen im Safe saß Loomis, eine Taschenlampe in der Hand und eine Thermosflasche mit Kaffee neben sich.

Er strahlte Istvan an.

»Sie sind gut, Junge, wissen Sie das?« sagte er. »Nein, Sie sind besser als gut, Sie sind ganz große Klasse.« Er machte eine Pause. »Ich wußte es übrigens, sonst wäre ich nicht hier herein gegangen.«

Er strahlte Istvan noch einmal an. »Kennen Sie einen Burschen, der Tschelitschew heißt?«

»Den kenne ich«, sagte Istvan, und Boris erstarrte.

»Ich werde ihm bald schreiben und ihm mitteilen, wie fabelhaft Sie sind.«

15

Sie flogen in einer Comet nach Tanger, und Boris benutzte die Gelegenheit, an Bord billigen Alkohol zu tanken. Es schien ihm nichts auszumachen. Istvan versuchte das gleiche, aber ihm stieg er zu Kopf, und er wurde gesprächig. Craig hörte zu. Solange Istvan von den Aufträgen sprach, die er ausgeführt hatte, war es faszinierend, und Craig, selbst ein Fachmann, fand es nicht schwierig, sich auf dieses Thema einzustellen. Aber dann begann Istvan von Frauen zu sprechen, und das langweilte Craig und machte ihn unruhig. Es wäre ein leichtes für ihn gewesen, Istvan das Wort abzuschneiden, aber Loomis hatte ihm gesagt, er solle freundlich zu ihm sein. Boris unterbrach ihn schließlich: »Sie reden zuviel über Frauen«, sagte er.

»Bedenken Sie«, entgegnete Istvan, »ich soll ja Amerikaner sein.«

»Der Chef dieses Unternehmens ist eine Frau«, sagte Boris. »Ziemlich jung und sehr schön. Es wäre sehr dumm von Ihnen, sich an sie heranzumachen.«

Istvan stimmte sofort zu: »Äußerst dumm.«

Es entstand eine Pause; beide schienen auf ein Wort von Craig zu warten.

Schließlich meinte er: »Darüber hätte man mich eher informieren sollen.«

Boris sagte: »Machen Sie sich keine Sorgen. Sie ist sehr tüchtig wie ein Mann. Sie denkt wie ein Mann, arbeitet wie ein Mann. Nur der Körper gehört einer Frau. Das ist sehr nützlich und sehr gefährlich.«

»Wird sie uns am Flughafen abholen?« fragte Craig.

»Nein, nein«, entgegnete Boris. »Das wird alles rechtzeitig arrangiert werden.« Er klingelte. »Wir sollten lieber billigen Cognac trinken, statt über Frauen zu reden.«

Craig wunderte sich, wie sehr sich Tanger verändert hatte. Es hatte einen neuen Flughafen, und die Verbindungsstraße zur Stadt war schnell und neu. Es gab jetzt auch mehr Taxen, und die Fahrer versuchten nicht mehr, einem beim Öffnen der Tür sofort eine Frau zu verkaufen.

Aber das Meer war noch da und dahinter die Felsen von Gibraltar und das spanische Festland. Craig dachte kurz an George Allen und Dowtschenko, der lieber Jean-Luc Calvet sein wollte. Spanien mochte er gern, und er war in den alten Zeiten oft genug dort gewesen. Aber in Tanger war er zu Hause. Er hatte da zwar kein Haus mehr, und zweifellos verkehrten jetzt Touristen in der kleinen Bar, die früher den Schmugglern gehört hatte. Aber es war ihm, als ob er noch Wurzeln hier hätte; Sprache und Gebräuche empfand er als ganz vertraut.

Sie aßen in ihrem Hotel zu Abend, schlenderten dann den Boulevard Pasteur herab und setzten sich vor ein Café, um die ziellos dahinströmende mediterrane Menge zu beobachten, die die Kühle des Abends genoß.

Boris bemerkte: »Hier gibt's viel Leerlauf.«

Craig stimmte zu.

»Und einen sonderbaren Geruch. Haben Sie ihn auch schon bemerkt?«

»Gosse?« fragte Craig.

»Nein«, sagte Boris, »es ist ein seltsamer Geruch, dünn und bitter. Viele scheinen ihn an den Kleidern zu haben.«

Istvan kicherte.

»Das ist Haschisch«, sagte Craig, »eine Art Marihuana. Viele Leute nehmen das statt Alkohol. In einem mohammedanischen Land wird Alkohol nicht gern gesehen.«

»Sie scheinen aber doch Alkohol zu trinken«, entgegnete Boris.

»Sie trinken ihn zu gern«, sagte Craig. »Also tun sie eben für eine Nacht, als ob sie Christen seien.«

Boris sagte: »Das ist widersinnig. Und wir sollten nicht hier sitzen.«

»Warum nicht?« fragte Craig.

»Stellen Sie sich vor, dieser Brodski sieht uns.«

»Brodski hat sein Haus seit seiner Ankunft nicht verlassen«, sagte Craig. »Er wartete auf Simmons.«

»Sie scheinen gut informiert zu sein«, entgegnete Boris.

»Dennoch wußte ich nicht, daß Ihr Chef eine Frau ist«, gab Craig zurück.

Da tat Boris beleidigt. Wenn es sich um eine Friedenskonferenz gehandelt hätte, wäre er hinausgegangen. Craig hatte noch nie mit einem Bundesgenossen zusammengearbeitet und wollte es auch nie wieder tun. Er seufzte und bestellte Boris einen Cognac; wie ein Bonbon für ein schmollendes Kind.

Boris hatte beinahe ausgetrunken, als Hornsey auftauchte. Er trug einen weißen leichten Anzug mit Panamahut. Als er sich an den Nebentisch setzte, wurde er sofort von Schuhputzern belagert. Er versuchte, sie in schlechtem Französisch zu vertreiben — ohne jeden Erfolg. Craig verscheuchte sie mit einem Maschinengewehrfeuer arabischer Schimpfworte. Als sie fort waren, sah Hornsey zu Craig hinüber.

»Das war sehr nett von Ihnen«, sagte er.

»Aber bitte«, entgegnete Craig.

»Erlauben Sie mir, Sie zu einem Drink einzuladen?«

»Ein andermal«, sagte Craig. »Wir haben eine Verabredung.«

»Dann nochmals vielen Dank«, sagte Hornsey.

Er bestellte Pfefferminztee, und als sie aufbrachen, nickte er nur.

Die drei Männer schlenderten wieder den Boulevard Pasteur hinauf. Unter ihnen lag die Kasbah, wo die Touristen lernten, daß sie für jede Erfahrung bezahlen mußten. Gerade gegenüber war die Crédit Labonne.

»Sie waren unvorsichtig«, sagte Boris. »Sie haben den Mann neugierig gemacht.«

»Er sah so hilflos aus«, meinte Craig.

Boris begann eine Ermahnung loszulassen, und Craig dachte unterdessen über Hornsey nach. Er hatte sich gefreut, ihm helfen zu können, ihm eine Verlegenheit zu ersparen. Und es war nett zu wissen, daß man sich nicht zu erkennen brauchte. Es hatte auch den Anschein gehabt, als ob Boris und Istvan ihn nicht kannten. Er wollte nicht, daß Hornsey Boris kannte, aber wenn er ihn nicht kannte, warum war er dann im richtigen Augenblick nach Tanger gekommen? Vielleicht hatte ihn Simmons hierher beordert, ehe er Zelko erschossen hatte? Vielleicht, dachte Craig, habe ich ihm auch von dem Banküberfall erzählt, nachdem er mich befreit hatte? Der Gedanke betrübte ihn, er wollte es nicht mit Hornsey aufnehmen müssen.

Boris redete weiter, und Istvan füllte die Zeit aus, indem er auf die Bank starrte. Es würde nicht leicht werden, dachte er. Die Tür wurde von Straßenlaternen beleuchtet, und es gingen viele Leute vorbei. Aber eine Million zu rauben war nie leicht. Er verdrängte die Gedanken an dieses Problem. Der Weg hinein war Craigs Angelegenheit; zweifellos würde er sie meistern. Besser, er dachte darüber nach, was zu tun war, wenn sie die Million hatten. Boris konnte sich als Hindernis erweisen, ebenso die Chefin des Unternehmens. Istvan fürchtete insgeheim, daß sie ihn umbringen würden, wenn die Arbeit getan war.

Als sie ins Hotel zurückkamen, übergab ihnen ein Negerportier die Schlüssel und sagte etwas in Arabisch zu Craig.

»Worum handelt es sich?« fragte Boris.

»Er hofft, daß wir unseren Aufenthalt hier genießen«, sagte Craig.

»Er will ein Trinkgeld«, meinte Istvan.

Boris sagte viel zu spät: »Sie sollten nicht arabisch sprechen, Craig, das tun Touristen nicht.«

Sie hatten zu dritt eine Suite aus Wohnzimmer und Veranda, einem Doppelzimmer rechts und links davon für Boris und Istvan und einem Einzelzimmer für Craig. Craig schloß die Tür zum Wohnzimmer auf und trat beiseite, damit Boris voranging. Der zögerte, aber Istvan fand sich durch die Kraft von Craigs Willen genötigt, einzutreten; Boris folgte ihm. Als letzter kam Craig.

Sie hatten die Lampe im Raum nicht ausgemacht, und Craig blieb außerhalb ihres sanften goldenen Scheins, angespannt und auf dem Sprung; als er hinter Boris eintrat, befand sich der stumpfnasige Smith & Wesson nicht mehr im Schulterhalfter, sondern an seiner Hüfte.

Drinnen saß eine Frau. Ihr Haar war sehr blond, fast weiß, und ihre Augen waren grün wie kaltes Meer. Sie trug ein weißes Kleid, und ein Nerzcape lag wie eine Trophäe zu ihren Füßen. Craig fiel sofort ihre Gelassenheit auf. Sie saß völlig entspannt und rührte sich nicht. In der Stille konnte man das Summen der Klimaanlage hören. Dann bewegte sich ihre Hand schnell am Stuhl hinunter.

Craig sprang zur Seite, die Waffe jetzt in der Hand.

»Nein«, sagte er.

Die Frau lachte vergnügt. Es hörte sich entzückend an, tiefklingend und gedehnt. Dann stand sie auf, und Istvan atmete schwer. Sie war groß, vollschlank und sehr anmutig, von der Grazie eines jagenden Tieres. Istvan sah aus dem Augenwinkel, wie Craigs Waffe ruhig auf ihre linke Brust zielte. Istvan zweifelte nicht, daß Craig abdrücken würde, wenn es nötig war. Auch die Frau wußte das.

»Ich denke, Boris sollte uns vorstellen«, sagte sie.

»Das ist mein Chef«, sagte Boris. »Sie wird Tania genannt.«

»Ich habe einen Brief für Sie«, sagte Tania. »In meiner Handtasche. Nur einen Brief.«

Craig sagte: »Istvan, holen Sie ihn bitte.«

Istvan gehorchte sofort. Boris mochte für seinen Tod verantwortlich sein, und Tania hatte die Verantwortung für Boris; aber noch nie hatte Istvan einen Bewaffneten gesehen, der so entschlossen schien wie Craig. Er holte den Brief und übergab ihn aus gehöriger Entfernung.

»Machen Sie alle Lichter an«, befahl Craig, und wieder gehorchte

Istvan. »Nun alle drei an die Wand mit den Händen an der Seite.« Wieder gehorchte Istvan, als ob nur ihn allein Furcht triebe; die beiden anderen folgten langsamer. Selbst in dieser Stellung war Tanias Anmut überwältigend.

Craig las den Brief. »Schenken Sie ein, Istvan«, sagte er dann.

Istvan trank den ersten Drink selbst und merkte nicht einmal, daß er es tat. Als die anderen ihre Gläser in der Hand hielten, war er schon beim dritten.

»Mein Chef teilt mir mit, daß ich Anweisungen von Ihnen entgegenzunehmen habe«, sagte Craig. »Das paßt mir nicht.«

Tania sprach russisch mit Boris, und er verschwand sofort mit Istvan in ihrem Schlafzimmer; Istvan füllte vorher noch sein Glas.

»Craig«, sagte Tania und sah ihn an. Es war ein langer, durchdringender, sexuell fordernder Blick und sehr beherrschend. Seine Wirkung auf Männer war gewöhnlich außerordentlich. Aber Craig wartete mit stumpfer, offensichtlich strapazierter Geduld.

»Wir haben eine Akte über Sie«, sagte sie, »und zwar eine ziemlich umfangreiche. Sie sind ein sehr erfolgreicher Agent. Wenn Sie für uns gefährlich werden, können wir Sie nur umbringen. Es wäre schwierig, aber es ist zu schaffen, das verspreche ich Ihnen.«

Craig gähnte. »Es war ein langer Tag«, sagte er.

Sie lachte wieder, der gleiche Ton schnurrenden Vergnügens.

»Bitte«, fuhr sie fort, »ich will Ihnen nicht Angst machen. Nur eine Tatsache feststellen. Ich möchte auch keine Zeit mit Sticheleien verlieren — weil Sie so müde sind.«

»Also zur Sache«, sagte Craig.

»Sie hatten Befehl, sich ruhig und diskret zu verhalten. Aber ich finde Sie in einem großen Hotel. Sie gehen an die Bar und ins Speisezimmer. Sie gehen in Cafés und in Nachtklubs. Sie lassen sich in der ganzen Stadt sehen.«

»Dachte ich mir's doch, daß Sie uns beschatten würden«, sagte Craig.

»Aber warum taten Sie es, Craig? Man kennt Sie hier. Es könnte peinlich für Sie werden.« Craig schwieg. »Sie wollten gesehen werden, oder?«

Wieder antwortete er nicht. »Loomis hat Ihnen gesagt, sie sollten mit uns zusammenarbeiten.«

»Wir sollen eine Bank überfallen«, sagte Craig. »Gut, aber wir sollten uns als Touristen tarnen. Und Touristen schlendern herum.«

»Brodski hätte Sie sehen können«, entgegnete sie. »Oder Simmons.« Sie erwähnte Hornsey nicht, was Craig kaum auffiel.

»Ist Simmons hier?« fragte er.

»Heute nacht kam er mit seiner Tochter an. Sie wohnen in Brodskis Villa. Haben Sie Befehle, Simmons betreffend?«

»Ich soll ihn töten«, sagte Craig.

»Nach dem Banküberfall. Sie haben es zu eilig.« Wieder kam der lange Blick, aber diesmal zornig. »Das gefällt mir nicht, denn es macht unvorsichtig.«

Er wirkte absolut ungerührt.

»Weshalb so dumm, Craig?«

»Sie haben auch Ihre Befehle. Ich möchte wetten, die besagen ebenfalls, daß er zu sterben hat.«

Sie seufzte. In dem Mann steckte eine Wut, eine Aufwallung persönlichen Rachedurstes, die nichts mit der Aufgabe zu tun hatten. Das fühlte sie sofort und war auf der Hut. Ihre einzige Chance bestand darin, diese Gefühle auszunutzen.

»Morgen werden wir das Geld holen«, sagte sie. »Ihre Leute kennen den Fluchtweg?«

Craig nickte.

»Bitte, sagen Sie ihn mir.«

Im Jachtklub lag ein schneller Kreuzer. Der Besitzer war nicht da, und es war einfach, ihn zu stehlen, besonders da es dem Eigentümer vorher mitgeteilt worden war. Tania hörte aufmerksam zu und war zufrieden.

»Ihr Plan ist gut. Uns liegt daran, daß das ganze wie ein Verbrechen aussieht. Istvan steht auf der Verbrecherliste.«

Craig grinste. »Dachte ich mir doch, daß Istvan kein Happy-End nehmen würde.«

»Er ist ein Verräter«, sagte Tania. »Verräter können keine Schonung erwarten, wenn man sie erwischt.« Sie zögerte. »Brodski sollte auch sterben. Aber der Zeitplan wird zu schwierig. Und es würde dann nicht wie Raub aussehen.«

»Wir können sie mitnehmen«, sagte Craig, »und auf See umbringen. Dann sieht es so aus, als ob sie mit ihrem eigenen Geld durchgegangen seien.«

Sie überlegte und fand nichts an dem Plan auszusetzen.

»Nun denken Sie wieder«, sagte sie. »Das freut mich.«

»Werden Sie mitkommen?« fragte Craig.

»Ich muß«, sagte sie. »Ich bin Brodskis Verlobte.«

Craig erschrak, und sie lachte.

»Es war Liebe auf den ersten Blick. Sehr romantisch und genau das, was man von einem Polen erwartet. Ich war schon hier, als er ankam. Ein polnischer Flüchtling, der von den bösen Russen verfolgt wurde. Wie ich ihnen entkommen konnte, ist ein fabelhaftes Abenteuer. Aber nichts für Sie, Sie sind nicht sensibel.«

»Nein«, sagte Craig.

»Sie lieben keine Frauen?«

»Wie kommen Sie darauf?«

»Weil ich eine Frau bin.« Sie zögerte. »Nein, das ist das dumme Gerede, das ich Brodski vorsetze. Weil ich darauf trainiert bin, Männer für mich zu gewinnen, und Sie kann ich nicht erreichen, obgleich ich es ernsthaft versucht habe.«

»Es ist unwichtig«, sagte Craig. »Ich werde Sie herausschaffen und Simmons für Sie umbringen.«

»Auch Brodski?«

Craig hob die Schultern.

»Vielleicht wäre es besser, wenn Boris Brodski und Istvan umbrächte«, sagte sie. »Wir können dann zwar Istvan nicht als Zeugen verwenden, wenn wir Ihre Idee verwirklichen, aber er muß trotzdem sterben.«

»Wie Sie wollen«, meinte Craig.

»Noch eins«, sagte Tania. »Ich möchte, daß Sie nicht mehr arabisch mit dem Personal sprechen. Auf diese Weise erzählen sie Ihnen, was passiert, nicht wahr?«

»Genau«, sagte Craig, »der Portier hat mir gesagt, daß Sie ins Hotel gekommen sind.«

»Wie ungalant«, sagte Tania. »Nachdem ich ihm so ein großes Trinkgeld gegeben habe, damit er es nicht tat. Ist er einer Ihrer Leute?«

»Nein«, entgegnete Craig. »Ich habe ihm nur mehr Geld geboten.« Er hielt inne. »Ich höre auf, arabisch zu sprechen, wenn Sie aufhören, mich beschatten zu lassen.«

»Einverstanden«, sagte sie. »Bleiben Sie morgen hier?«

»Ja, die meiste Zeit. Ich muß den Kreuzer sicherstellen.«

Sie nickte. »Ich werde morgen Boris anrufen und alles mit der Bank regeln. Halten Sie sich bereit, sobald es dunkel ist.«

»In Ordnung«, sagte er. »Aber sagen Sie mir noch eine Sache: Warum machen Sie sich überhaupt die Mühe, mit uns zusammenzuarbeiten? Warum tun Sie es nicht allein?«

»Wir brauchten Sie, damit Sie uns zu Simmons führten«, sagte sie und paßte auf, wie er auf diesen Namen reagierte. Aber sein Gesicht blieb verschlossen. »Wir wußten natürlich, daß es ihn gab, aber nicht, wer er war. Außerdem, wenn etwas schiefgeht, brauchen wir Sie, um uns herauszuholen.«

Er sagte nichts.

»Sie können das.«

»Nachdem ich Simmons erledigt habe.«

Sie trat auf ihn zu, küßte ihn auf den Mund und setzte dabei Lippen und Zunge sehr geschickt ein, um ihn zu erregen.

Er rührte sich nicht.

»Nein«, sagte sie, »für Frauen haben Sie nichts übrig.«

Das Sanatorium war teuer. Die Ärzte waren Kapazitäten, die Pflegerinnen nicht nur tüchtig, sondern auch hübsch, die Einrichtung ähnelte der luxuriöser Hotels. Loomis fand das ganze bedrückend und sagte es auch.

Airlie trug einen schwarz-seidenen Kimono, einen weißen Seidenpyjama und weiße Hausschuhe. Der Verband um seinen Kopf glich einem Turban. Wetherly begrüßte ihn mit Salem.

»Wer, zum Teufel, sind Sie?« fragte Airlie.

»Freunde«, sagte Loomis. »Das müssen wir wohl sein, wenn wir uns diese Mühe machen.«

Seine Hand fuhr in die Tasche und zog einen zerdrückten Brief heraus.

»Sehen Sie sich das an«, sagte er. »Alles Empfehlungen.«

Airlie las ihn, blickte sie an, und sein Gesicht war gespannt. »Sagen Sie bloß noch, Sie seien Agenten«, sagte er.

»Nicht ganz so großartig«, entgegnete Loomis. »Ich bin Beamter, mein Freund hier ist Arzt.« Er wandte sich an Wetherly. »Untersuchen Sie ihn und machen Sie es amtlich.«

Wetherly untersuchte ihn.

»Alles dreht sich um die Frage, was Sie sich eigentlich bei diesen Geschichten denken«, sagte Loomis. »Sich mit Simmons abzugeben!«

»Ich bin mit seiner Tochter verlobt«, entgegnete Airlie.

»Sie haben versucht, einen Burschen zusammenzuschlagen.«

Der Earl griff an den Verband, den Wetherly wieder befestigte. »Es hat nur das hier eingebracht.«

»Dem anderen ist mehr passiert«, sagte Loomis.

»Ein paar gute Nachrichten kämen mir gelegen. Erzählen Sie.«

Loomis erzählte, und Airlie wurde so weiß wie sein Verband.

»Das glaube ich nicht«, sagte er schließlich.

»Aber ich«, sagte Wetherly. »Ich habe ihn behandelt.«

»Aber . . . aber, warum sollte Simmons . . .«

»Aus zwei Gründen«, erklärte Loomis. »Erstens ist er ein Sadist, und dann hatte der andere gewisse Informationen.« Er vermied es, Jane zu erwähnen.

»Einer von Ihren Leuten?« fragte Airlie.

»Einer von meinen Leuten. Es ist besser, Sie sprechen offen, mein Sohn.«

Airlie sagte: »Simmons nannte es einen Kreuzzug gegen den Kommunismus. Wir legten unsere Hilfsmittel zusammen. Für mich bedeutete das zunächst Muskelkraft, bis Ihr Mann daherkam. Aber er hatte noch andere — Bankiers, Rechtsanwälte, diese Art Leute. Sie hatten was im Kopf, waren Experten. Es ging ihm darum, ihr Wissen auszunutzen. Gegen Rußland.«

»Wie?« fragte Loomis.

»Durch Nachrichten in seinen Zeitungen, in seinem Fernseh-Sender. Diese Experten arbeiteten mit den Informationen, die Simmons von irgendwoher bezog, und benutzten sie, um Rußland eins auszuwischen. Das war alles.«

»Dieses ›irgendwoher‹«, sagte Loomis. »Kam das von einem Burschen namens Brodski?«

Airlie sah verstockt aus.

»Sehen Sie, mein Lieber«, fuhr Loomis fort, »ich weiß, daß Sie die Geheimnisse der Schwarzen Hand für heilig halten, aber sie sind es nicht. Es ist verdammt noch mal zu ernst dafür.«

»Ich habe mein Wort gegeben«, sagte Airlie.

Loomis wandte sich an Wetherly. »Also, lassen wir ihn«, sagte er wütend. »Er hat sein Wort gegeben, das heißt, wir sollten lieber gehen.« Er sah Airlie finster an. »Hören Sie, ich habe Ihnen einen Gefallen getan. Ich hätte Ihnen auch den Mann schicken können, den Simmons bearbeitet hat, um Sie zu befragen. Oder haben Sie das vergessen?«

»Das verstehe ich nicht«, sagte Airlie. »Simmons sagte uns, daß Zelko und ich ihn lediglich niederzuschlagen und zu durchsuchen hätten.«

»Er wollte Sie tief hineinverwickeln«, sagte Loomis. »So tief, daß Sie nicht mehr hinauskonnten.«

»Aber warum?«

»Er will Krieg«, sagte Loomis. »Kalt oder heiß, das ist ihm gleichgültig, wenn es nur ein Krieg ist. Der Westen auf der einen, Rußland auf der anderen Seite. Spannung und Isolierung auf Jahre hinaus.«

»Aber um alles in der Welt, warum?«

»Wir glauben es nun zu wissen«, sagte Wetherly. »Er war während des Krieges in Jugoslawien. Hatte dort ein Mädchen. Die Russen eroberten ihr Dorf und vergewaltigten das Mädchen, bis es starb. Das Dorf war anti-kommunistisch. Simmons fand das Mädchen später.«

»Er will Rache«, sagte Loomis. »Ganz Rußland für ein Mädchen. Ebenso wie Brodski Rache für Polen will, für das Polen von früher. Aber sie kümmern sich nicht darum, wer unschuldig und wer schuldig ist. Sie wollen alle, wollen Verhaftungen und Verhöre, Blokkaden und Zwischenfälle. Sie wollen Aufstände in den Satellitenstaaten, wollen, daß wir hineingezogen werden. Und letzten Endes wollen sie Krieg.«

»Aber großer Gott«, sagte der Earl. »Simmons machte mir nie auch nur eine Andeutung. Es schien eine gute Idee zu sein, Rußland in Schranken zu halten. Und was hätte ich denn in einem solchen Plan für eine Rolle spielen sollen?«

»Wieviel Geld haben Sie?« fragte Loomis.

»Hier bei mir?« fragte Airlie. »Brauchen Sie welches?«

Loomis wurde rot, und Wetherly griff ein. »Wieviel sind Sie wert?« fragte er.

»Ach so«, sagte der Graf. »Jetzt verstehe ich. Schwierig, es genau zu sagen. Es können rund vier Millionen sein.« Er runzelte die Stirn. »Ich hätte ihm nichts gegeben. Dafür nicht.«

»Dafür hatte er Vorsorge getroffen«, sagte Loomis. »Wenn er Sie nicht für den Kreuzzug hätte gewinnen können, wäre immer noch Erpressung geblieben.«

»Mich erpressen?«

»Sie sind wie ein verdammtes Echo«, sagte Loomis. »Jawohl, erpressen. Als Sie mit dem Vogel, den er für Sie ausgesucht hatte, ins Bett gingen, hat er Sie gefilmt.«

Airlie wurde dunkelrot.

»Und er hätte Sie auch in die Sache mit der Folterung verwickelt. Sie wollten doch seine Tochter?«

Airlie nickte.

»Das hätte er ebenfalls ausgenützt.« Er hielt einen Augenblick inne. Der Graf hatte sich zurückgelehnt; Wetherly fühlte seinen Puls, dann nickte er.

»Es ist besser, Sie sagen uns alles«, meinte Loomis. »Das käme uns allen zustatten.«

Airlie schluckte und begann zu sprechen.

16

Der Jacht-Klub war schick, elegant, frisch gestrichen, verfügte über lautlose Kellner, kühle Getränke und ein Bassin voll der teuersten Spielzeuge der Welt. Craig war bereits im Besitz einer Mitgliedskarte für Besucher und ging direkt an die Bar, sicher und entspannt. Noch ehe er seinen Whisky halb ausgetrunken hatte, tauchte der Mann auf, der ihn beschattete. Craig fragte sich, ob er wohl telefonieren würde. Er war ein untersetzter kleiner Mann, der eine Menge Freunde an der Bar hatte. Craig zweifelte nicht daran, daß er seinen Drink wirklich genoß. Es war ein heißer Tag.

Dann hatte auch er plötzlich einen Freund an der Bar: Esteban. In alten Zeiten war er ein spanischer Schmuggler gewesen, nun lebte er als marokkanischer Bürger und geachteter Geschäftsmann, der Boote vermietete. Sie luden sich gegenseitig zu Drinks ein und sprachen über alte Zeiten. Durch das Fenster betrachteten sie die Jachten, die im Hafenbecken festlagen.

»Bildschön«, sagte Esteban. »Sind sie nicht wirklich schön? Was wir in denen hätten transportieren können!« Er zeigte auf eine schöne weiße Zweimotorige mit blitzendem Messingaufputz.

»Sieht aus wie die schnellste hier«, sagte Craig.

»Ungefähr«, entgegnete Esteban. »Es gibt aber noch eine andere, die beinahe genauso schnell ist. Gehört einem Araber, namens Madani.«

Craig setzte sein Glas ab; seine Hand zitterte nicht.

»Wo ist er?« fragte er.

»Draußen, nehme ich an«, sagte Esteban. »Madani ist kein guter Segler, er wird seekrank. Er borgt sie einem Polen, Brodski, der in der Villa Florida wohnt. Er geht mit einer Frau — einer tollen Frau!« Craig ließ eine liebevoll detaillierte Beschreibung von Tania über sich ergehen. Dann sagte Esteban: »Ich bin deinetwegen hier.«

Craig sagte nichts.

»Du wunderst dich nicht?«

»In Tanger wundert mich nichts.«

»Fuad ist der Polizeichef hier. Erinnerst du dich an Fuad?«

Craig erinnerte sich in der Tat. »Er sagte, er habe gehört, daß du hier bist.« Craig verschwendete keine Zeit mit Fragen, woher Fuad es gehört hatte. »Ich soll dir von ihm ausrichten, du seist willkommen, aber du sollst kein Ding drehen.«

»Ich bleibe nur eine Woche«, sagte Craig, »auf Ferien, Esteban. Die alten Tage sind vorbei.«

»Das stimmt«, seufzte Esteban.

»Sag Fuad das. Und nun muß ich gehen.«

Er trat von der Bar zurück, und dabei rannte der untersetzte kleine Mann in ihn hinein, ergriff, um sich zu stützen, Craigs Revers, entschuldigte sich und ging hinaus.

»Wer war das bloß?« fragte Craig.

»Keine Ahnung«, sagte Esteban. »Heutzutage lassen sie ja jeden hier rein.«

Craig ging hinaus. Der untersetzte kleine Mann wartete draußen und folgte ihm. Craig ging die kurze Pier entlang, die auf der Küstenstraße endete, und nahm dort ein Taxi zur Asbah. Der kleine Mann folgte ihm in einem Privatwagen, in dem noch zwei seiner Freunde saßen. Craig verlor sie alle drei innerhalb von zehn Minuten.

Es war unmöglich, jemanden in der Kasbah zu beschatten, wenn der Verfolgte es weiß.

Craig suchte sich eine Garage, die Wagen vermietete. Für fünfzig Pfund bekam er für drei Tage einen ältlichen Chevrolet. Ein Polizist zeigte ihm den Weg zur Villa Florida.

Die Villa Florida und ihr Park dehnten sich über den halben Block einer breiten, mit Palmen bestandenen Straße aus. Sie hatte schmiedeeiserne Tore und einen drei Meter hohen Zaun aus Eisenstäben. Am Tor stand ein Portier, augenscheinlich mit einem Stock bewaffnet. Craig erinnerte sich, daß solche Stöcke oft aus Eisen bestanden.

Er ging die Straße hinunter bis zur Rückseite des Gartens. Der Zaun dort war genauso hoch. Im Garten dahinter standen Zwergpalmen und blühende Büsche. Craig sah sich nach Alarmdrähten um. Es gab keine, und er stieg über den Zaun, duckte sich unter den Palmen, bis er zu den schützenden Büschen gelangte. Er bewegte sich, wie er es gelernt hatte, ohne einen Laut, bis er schließlich zu einer Lücke in den Büschen kam und in den Garten hinuntersehen konnte.

Er war nach arabischer Art angelegt, mit schattigen Wegen, Blumenbeeten und winzigen Springbrunnen, und in der Mitte lag das Schwimmbecken, das heute für jeden Reichen in heißem Klima obligatorisch ist. Jane Simmons lag in einem gelben Bikini auf dem Rand und sah ihrem Vater zu, der von einem Sprungbrett sprang und in schnellem Kraul zu ihr kam und sich neben ihr hochzog.

»Fabelhaft, Daddy«, sagte sie.

Craig starrte den Mann an, der ihn gequält und verletzt hatte, und beobachtete jede Linie, jeden Muskel seines Körpers. In seinem Starren lag Gier, beinahe eine Art Wollust.

Er wollte gerade wieder gehen, als von der Villa her ein Mann zu Simmons kam. Es war ein Chinese. Er beachtete Jane gar nicht, als sie an ihm vorbei ins Haus ging. Er wollte nur Simmons sprechen.

»Wir sollten uns nicht hier unterhalten«, sagte der Chinese.

»Ich liebe die frische Luft«, entgegnete Simmons. »Niemand kann uns hören.«

»Irgend jemand könnte sich dort verbergen«, sagte der Chinese und zeigte dorthin, wo Craig versteckt war.

»Es ist ein Wächter da«, sagte Simmons, und Craig erstarrte.

Der Chinese schien beruhigt und begann zu sprechen. Craig — mit oder ohne Wächter — lauschte. Es handelte sich in der Tat um eine heiße Angelegenheit. Noch nie war er mit so etwas in Berührung gekommen.

Mit allergrößter Vorsicht hielt Craig dann Ausschau nach dem Wächter und sah ihn schließlich in einem trockenen Graben fest schlafend liegen. Craig kroch näher und musterte ihn. Der Mann bewegte sich nicht. Neben ihm stand ein leerer Teller und eine Wasserflasche. Craig sprach leise, schüttelte den Mann, aber der schlief weiter, von Rauschgift betäubt.

Craig goß den Rest Wasser auf die Erde und sah zurück nach den Büschen, wo er das Murmeln der Stimmen hörte. Er wünschte, er hätte ein Gewehr bei sich gehabt.

Boris und Istvan saßen in Badehosen am Schwimmbad des Hotels. Craig zog sich um und gesellte sich zu ihnen. Sie setzen sich unter einen Sonnenschirm und sprachen mit Tania, die ebenso entzückend wie gefährlich aussah in einem grünen Strandkleid, das die Farbe ihrer Augen hatte. Sie wandte sich an Istvan und sagte: »Gehen Sie schwimmen.«

Istvan schien in einer einzigen Bewegung aufzustehen und sich ins Becken zu stürzen, mit einem Ausdruck von Schrecken, Erstaunen und Leidenschaft zugleich — wie ein Kaninchen, das sich in einen Hermelin verliebt hatte.

»Sie waren in der Villa Florida«, sagte Tania. »Ich hatte Ihnen doch ausdrücklich gesagt . . .«

Craig antwortete: »Lassen Sie das. Sie wußten, daß ich gehen würde. Sie wußten es schon gestern nacht, als Sie mir sagten, daß Simmons da sei. Sie hielten Brodski heute morgen fern und gaben dem Wächter im Park ein Betäubungsmittel. Wo drin war es: im Essen oder im Wasser?«

»Im Wasser«, sagte Tania. »Wenn sie das untersuchen lassen . . .«

»Das werden sie nicht«, sagte Craig. »Ich habe es weggegossen.« Das freute sie. »Sie haben durch einen Ihrer Schatten nachprüfen lassen, ob ich eine Waffe trug. Ich hatte keine. Hätte ich eine bei mir gehabt, so hätten Sie mich wahrscheinlich nicht fahren lassen.«

»Er kann immer noch sterben«, sagte Tania. »Zuerst das Geld.«

»Ich hätte ihn trotzdem töten können«, sagte Craig.

Boris sah ihn nachdenklich an.

»Warum ließen Sie mich hin?« fragte Craig.

»Damit Sie den Weg kennenlernen«, entgegnete sie. »Sie und Boris müssen heute nacht dorthin zurück.«

Craig nickte. »Waren Sie schon da?«

»Mit Brodski, aber nur im Haus, nicht im Garten.«

»Haben Sie den Chinesen getroffen?«

Bis jetzt hatte sie sich entspannt gegeben, wie eine Dame, die Ferien hatte und mit zwei Herren einen Drink nahm. Nun packte sie Craigs Unterarm, ihre rosa Nägel bohrten sich hinein.

»Welchen Chinesen?« fragte sie.

Craig sah nieder auf ihre Hand, und sie nahm sie sofort weg.

»Simmons nannte ihn Chan«, sagte Craig. »Ein kleiner Mann, ungefähr fünfzig Jahre alt. Er hinkte auf dem linken Bein.«

»Ich kenne ihn«, sagte Tania. »Erzählen Sie weiter.«

Craig betrachtete seinen Arm. Wo ihre Nägel ihn gezwickt hatten, war ein kleiner blutiger Streifen. »Er liebt Sie nicht«, sagte Craig. »Keinen von Ihnen. Sie hätten die Revolution verraten und natürlich Lenin, Stalin und Marx. Das Schlimmste ist, Sie haben auch den Vorsitzenden Mao verraten.«

Boris sagte: »Es gehört nicht zu unserer Abmachung, daß Sie sich über unser Land lustig machen.«

Tania sprudelte etwas in Russisch, er hob die Schultern, blieb aber ärgerlich.

»Chan möchte, daß die Russen die Blamierten sind«, sagte Craig. »Und er weiß, wie er das erreichen kann.«

»Weiter«, sagte Tania.

»Nächste Woche wird Rußland einen bemannten Satelliten zum Mond schicken«, fuhr Craig fort. »Er soll dort landen.«

Tania und Boris saßen erstarrt da.

»Wußten Sie das nicht?« fragte Craig.

»Natürlich nicht«, entgegnete Tania. »Weiter.«

»Der springende Punkt ist, daß er nicht auf dem Mond, sondern in Neu-Mexiko landen wird.«

»Das ist doch unmöglich«, sagte Boris.

»Nichts ist unmöglich, wenn man eine Million Pfund bezahlt«, sagte Craig.

»Aber wen wollen sie bestechen?« fragte Tania.

»Das ist schon geschehen«, sagte Craig. »Den Namen erwähnten sie nicht. Es soll den Anschein einer Panne haben. Der Computer wird falsch programmiert werden. Allgemeines Durcheinander, Bruchlandung, und die Astronauten steigen in den USA aus. Das wird ein Heidenspaß! Ihr Staatschef ruft dann den amerikanischen an und sagt: ›Können wir bitte unseren Sputnik wiederhaben?‹«

»Ein Russe würde das nie tun«, sagte Tania.

»Mag sein«, entgegnete Craig. »Aber sind bei diesem Projekt nur Russen beteiligt? Keine Ostdeutschen, Polen, Tschechen? Oder Mongolen, das heißt, irgendwelche Burschen, die mit China in Verbindung stehen?« Er hielt inne; Boris schwitzte. »Da ist noch etwas zu bedenken«, fuhr Craig fort. »Nehmen wir an, es ist gar nicht so ein Ulk? Nehmen wir an, Ihre Leute denken, die Amerikaner hätten das eingefädelt? Würden Sie für einen Sputnik in den Krieg ziehen, Boris?«

»Nicht allein deswegen«, sagte Boris. »Aber wenn noch andere Dinge passieren ...«

»Es werden noch andere Dinge passieren«, sagte Craig.

»Wenn das der Fall ist, würde auch Simmons sterben«, sagte Tania.

»Dann ist er längst in China«, sagte Craig. »Diese Chance hätte er bestimmt.«

»Aber Brodski hat mir nie davon erzählt. Wahrscheinlich weiß er nichts davon, ich hätte es sonst erfahren.»

»Brodski weiß nichts«, sagte Craig.

»Ich muß das sofort meinen Leuten melden«, sagte Tania.

»Einverstanden«, sagte Craig. »Aber werden sie Ihnen auch glauben?«

Er stand auf und sprang ins Schwimmbecken. Istvan kam aufgeregt zu ihm gestrampelt.

»Entschuldigen Sie, Mr. Craig. Ich habe sehr wenig Zeit«, sagte er.

»Natürlich«, entgegnete Craig.

»Ich glaube, nach dem Job wird mich Boris umbringen.«

»Das glaube ich auch«, entgegnete Craig.

Sie schwammen durch das Becken und setzten sich auf den Rand. Unter dem Sonnenschirm sprachen Tania und Boris aufgeregt miteinander.

»Ich möchte aber nicht sterben, Mr. Craig«, sagte Istvan.

»Gute Idee«, sagte Craig. »Nur, wie wollen Sie das bewerkstelligen?«

»Am besten wäre, wenn ich Boris vorher umbrächte.«

»Ich fürchte, das geht nicht. Da müßte ich eingreifen, alter Junge.«

»Aber ich arbeite für Sie«, jammerte Istvan.

»Sie gehören auf die Seite von Boris und Tania. Das müssen Sie schon mit ihnen ausmachen.«

Craig sprang wieder ins Wasser und schwamm hinüber. Am Tisch wurde weiter in russisch geflüstert. Craig erlaubte sich eine Zigarette.

Tania sagte: »Ich muß die Information durchgeben.«

Craig nickte.

»Aber es ist schwierig. General Tschelitschew ... Es gibt da Leute, wichtige Leute, die eine Zusammenarbeit mit Ihnen, wie er sie sieht, nicht befürworten.«

»Darauf möchte ich wetten«, sagte Craig.

»Diese Leute werden sagen, daß Sie lügen.«

»Scheint unvermeidlich.«

»Bitte, Craig, gibt es keine Möglichkeit, Ihre Worte zu beweisen?«

»Es gibt Chan«, sagte Craig.

»Es gibt auch Simmons«, fiel Boris ein.

»Simmons wird sterben«, sagte Craig.

»Nein«, sagte Tania. »Wir brauchen Simmons lebendig.«

»Sie brauchen niemand weiter als Chan«, beharrte Craig.

»Chan ist als Diplomat hier. Er wohnt beim Gouverneur und genießt Immunität. Es wäre sehr schwer, gerade jetzt, zu ihm vorzustoßen. Bei Simmons geht das viel einfacher.«

Craig stand auf. »Es wird Zeit, daß ich mein Schläfchen halte.«

»Sie bleiben«, sagte Boris. »Sie müssen bleiben.«

»Tut mir leid«, entgegnete Craig. »Mein Psychiater hat mir gesagt, ich muß regelmäßig schlafen. Es ist schade, daß ich Ihnen mit Simmons nicht helfen kann, aber das ist nicht zu ändern. Er muß sterben.« Schon im Aufbrechen sagte er noch: »Ich nehme an, daß Sie die Villa Florida beobachten lassen. Wir werden jetzt natürlich auch beobachtet.«

Die Decke war hoch, das Zimmer kühl, und Craig lag auf dem Rücken, die Hände an den Seiten, und ließ seine Gedanken wandern. Die Hemmungen, die Sir Matthew Chinn ihm eingepflanzt hatte, begannen zu wirken. Er wußte, daß er sich etwas vorlog: Tania brauchte Simmons, sie mußte ihn haben. Brodski reichte nicht aus, denn er wußte nicht genug. Chan war wahrscheinlich nicht zu kriegen. Simmons blieb der einzige. Craig begann zu schwitzen, als er der Stimme der Vernunft Widerstand leisten wollte. Aber es gab keine andere Antwort: Simmons mußte leben.

Als er diese Tatsache akzeptiert hatte, begann er über Istvan, den Raub und Madani nachzudenken. Vor seinem geistigen Auge erschien die Küstenlinie bei Tanger, der Ort, wo die Jacht lag, eine weitere Rückzugslinie, falls etwas schieflaufen sollte. Zuerst das Geld, dann Simmons. Brodski würde auch in der Villa sein, Jane ebenfalls. Es war gefährlich, sie alle leben zu lassen. Aber sie zu töten, hatte auch keinen Zweck, überhaupt keinen Zweck.

Er schlief bis zum Abendessen, stand auf, badete, zog einen dunklen Anzug aus Tussahseide an und schwarze Kreppsohlenschuhe. In seiner Jacke steckte der Smith & Wesson, an seinem Bein ein Messer. Es hatte eine einseitig geschärfte Blattklinge und eine Spitze wie eine Nadel. Er hielt die Hände ausgestreckt vor sich hin: Sie waren ganz ruhig. Also ging er ins Wohnzimmer.

Istvan und Boris warteten schon, ebenfalls in dunklen Anzügen.

Craig war sicher, daß Boris auch bewaffnet war. Keiner trank. Essen und Trinken mußten warten.

Boris sagte: »Istvan macht Schwierigkeiten.«

»Das wundert mich nicht«, meinte Craig. »Er weiß, daß Sie ihn nachher umbringen werden.«

Boris leugnete es, schnell, leidenschaftlich; aber Istvan ließ sich nicht beeindrucken.

Craig sagte: »Er weiß es, weil es nur logisch ist. Sie sind ein Volk von Schachspielern, Boris, sie opfern einen Bauern, um einen König dafür zu nehmen.«

Istvan sagte: »Oder auch eine große Summe Geld. Besser, Sie erschießen mich gleich.«

»Warum besprechen Sie es nicht noch einmal mit Tania?« fragte Craig.

»Sie ist jetzt bei Brodski«, sagte Boris. »Ich kann sie nicht erreichen.«

»Übergeben Sie ihn mir, wenn die Sache vorbei ist«, meinte Craig. »Er kennt eine Reihe von Tricks, die meinen Chef interessieren würden. So lange er nützlich ist, soll er am Leben bleiben. Und ich verspreche Ihnen, daß er nichts ausplaudert.«

Boris sagte: »Einverstanden, was mich angeht.«

»London«, sagte Istvan, »Swinging London. Mädchen, Miniröcke. Oben ohne.« Er hielt Craig die Hand hin. »Okay«, strahlte er.

Boris sagte: »Um elf Uhr treffen wir uns mit Tania. Bis dahin sollten wir Ihren Plan noch einmal durchgehen.«

Sie setzten sich um den Tisch, und Craig begann zu sprechen. Der Russe und der Ungar waren sehr geduldige und aufmerksame Zuhörer.

Um 10 Uhr 45 verließen die drei Männer ihr Zimmer. In der Halle gab der Nachtportier Craig ein Päckchen, das für ihn abgegeben worden war. Sie traten vors Hotel, wo ein gemieteter Mercedes 300 SE auf sie wartete. Der Chauffeur war Tania, in schwarzen Hosen und Pullover und einer kurzen schwarzen Jacke. Sie stiegen ein, und Craig öffnete das Päckchen. Es enthielt zwei Schlüssel.

Tania sagte: »Brodski ist noch in der Villa. Desgleichen Simmons und Jane. Chan sitzt beim Gouverneur.«

Craig sagte: »Also muß es Simmons sein. Können Sie sich Zutritt verschaffen?«

»Sie haben sich entschlossen, ihn nicht zu töten?«

»Sieht so aus, als ob es nicht anders ginge«, sagte Craig. »Können Sie hinein?«

»Brodski glaubt, ich esse mit einer Freundin zu Abend«, sagte Tania. »Ich versprach, vor ein Uhr auf einen Drink zurückzukommen. Er sagt, er hat bis spät in die Nacht zu arbeiten.«

»Er wird seine Anweisungen von Simmons bekommen«, sagte Craig.

Ein Bettler trat an den Wagen, und Craig drehte die Scheibe hinunter, um ihm ein Geldstück zu geben. Sie sprachen leise arabisch miteinander, dann verbeugte sich der Bettler, und der Wagen fuhr weiter.

»Hören Sie zu«, sagte Craig. »Sie sollen wissen, wo die Jacht liegt, falls einer von uns es nicht schafft.« Er begann zu sprechen, und die anderen hörten aufmerksam zu. Zuletzt sagte er: »Wenn irgend etwas schiefgeht mit der Yacht, fahren wir nach Ceuta. Ich habe dort einen Freund mit einem Fischerboot. Aber wenn es so weit kommt, ist unsere letzte Chance Gibraltar.«

Tania sagte: »Gut«, und fuhr in die Stadt. In einer Seitenstraße parkte sie.

Dann stiegen sie aus, und Craig studierte die Lichter des Boulevards. Das Gebäude des Crédit Labonne lag wie eine dunkle Festung an der Ecke. Daneben standen schmale Häuser mit schweren Türen und vergitterten Fenstern.

Craig wartete, bis Boris den Kofferraum öffnete, und nahm dann zusammen mit Istvan zwei glatte Lederkästen heraus, die Istvans Geräte enthielten. Sicher sind sie als Diplomatengepäck hereingekommen, dachte Craig. Er ging die Straße hinunter zu dem Haus neben der Bank. Die anderen folgten zögernd, so daß er Zeit hatte aufzuschließen. Dafür brauchte er den Schlüssel, der mit einem Stück Bindfaden versehen war. Der Schlüssel drehte sich leicht im Schloß, Craig trat ein, die anderen folgten, und die Tür klappte zu.

Craig führte sie eine Treppe hinunter in einen Raum im Erdgeschoß und noch ältere Stufen abwärts, die in Stein geschlagen waren und sie in den Keller brachten.

Früher einmal war Korn oder Öl hier gelagert worden. Ein Ring, in die Mauer eingelassen, deutete darauf hin, daß der Keller auch ein privates Gefängnis gewesen war, für unbotmäßige Sklaven. Nun standen nur noch ein altes Fahrrad und die Überreste eines Kinderwagens da; eine Birne spendete mäßiges Licht. Craig trat an die Wand, die an die Bank stieß. Geduldig hatte irgendwer einen Stein locker gehauen, gerade groß genug, um einen Mann von Boris' oder Craigs Größe durchzulassen. Hinter dem Stein war eine Stahlplatte, und jemand hatte ein Loch hineingeschnitten, wieder gerade groß genug. Der Stahl und der zertrümmerte Stein lagen neben dem Loch. Man sah keine Spuren von Handwerkszeug oder Schweißlampe.

»Ihre Leute sind tatsächlich gründlich«, sagte Tania.

»Wir haben das Erdgeschoß einen Monat lang gemietet«, sagte Craig. »Der Stein war einfach, aber wir mußten waren, bis die Bank schloß, um durch den Stahl zu schneiden.« Er wandte sich an Istvan: »Hinein mit Ihnen.«

Istvan verschwand so geschwind wie ein Kaninchen im Bau, und Boris folgte.

Craig wandte sich an Tania: »Sie passen auf?«

Sie nickte.

»Wenn wir auffliegen, und es ist noch Zeit genug, dann kommen Sie in die Bank. Wir schießen uns den Fluchtweg durch die Vordertür frei. Wenn irgendwelche Aufregung ausbricht — draußen wartet ein Wagen. Grüner Buick, ein Taxi.«

»Es macht Spaß, mit Ihnen zusammenzuarbeiten«, sagte Tania.

Er kroch durch das Loch, und Tania setzte sich mit dem Rücken zur Wand. Es war kalt im Keller, und nur aus diesem Grunde zitterte sie. Dann nahm sie aus ihrer Tasche eine Makarow 9 mm. Sie war in Ostdeutschland hergestellt und sehr zuverlässig.

In einer Ecke des Bankkellers stand der massive Safe mit dem Zeitschloß. Istvan untersuchte ihn im Licht einer kleinen Taschenlampe, grinste dann, wie man einem gut bekannten Feind zugrinst, und folgte Craig die Treppe hinauf ins Zwischengeschoß. Craig trat zur Seite und hielt dem Ungarn die Lampe, als dieser sicher und vorsichtig mit dem Dietrich hantierte. Im Zwischengeschoß war ein bewaffneter Wächter postiert und über ihm im Erdgeschoß ein zweiter. Bis sie nicht ausgeschaltet waren, war jedes Geräusch zu vermeiden.

Craig beobachtete, wie der Dietrich faßte und Istvan eine behandschuhte Hand ausstreckte. Der Türgriff drehte sich. Langsam öffnete er die Tür — für den Bruchteil einer Sekunde. Craig sah durch den Spalt, dann berührte er Istvans Arm. Der Raum war erleuchtet, und Craig konnte den Wächter auf einem Stuhl sitzen sehen, mit dem Rücken zur Tür. Er warf einen Blick auf die Fenster. Sie waren mit Rolläden verschlossen. Er sah, wie Istvan ein Ölkännchen aus seinem Kasten nahm, die Türangeln ölte, dann die Tür weiter aufstieß.

Craig schlüpfte wie eine Katze hindurch und bewegte sich auf den Wächter zu. Der Mann blieb sitzen, bis er ihn fast erreicht hatte, merkte dann plötzlich, daß jemand im Raum war. Er wollte gerade aufstehen, als Craigs Hand ausholte und zuschlug. Er fiel zurück auf den Stuhl, der auch umgefallen wäre, wenn Craig ihn nicht gehalten hätte. Kein Schrei, kein Krach, kein Geräusch. Craig besah sich noch den Wächter, als die anderen beiden eintraten. Er war Araber und trug Uniform, blau und mit den Initialen C. L. — Crédit Labonne — auf den Schulterstücken. Hinter seinem Ohr erschien eine dunkelrote Beule auf der olivfarbenen Haut. Istvan nahm Draht und Schnur aus der Tasche und fesselte ihn an seinen Stuhl, dann knebelte er ihn. Danach fühlte Craig den Puls des Mannes. Er hatte nicht damit gerechnet, daß er sich bewegte. Dadurch war die Gewalt des Schlages verstärkt worden, aber er hatte ihn nicht töten wollen. Der Puls war dünn und unregelmäßig, doch man hörte ihn. Nur Sir Matthew Chinn hätte ermessen können, warum Craig erleichtert war.

Istvan ölte die Angeln der Zwischenstocktür, besah sich das Gitter und den Safe dahinter und zeigte auf seine Uhr. Die Zeit war knapp. Er horchte, öffnete dann die Tür, die auf eine halbe Treppe und zu einer dritten Tür führte. Dahinter stand der zweite Wächter.

Wieder arbeitete Istvan mit dem Dietrich, ölte die Angeln, schob die Tür einen Spaltbreit auf. Diesesmal saß der Wächter der Tür halb zugewandt. Boris begann eine lebhafte Pantomime, und Craig nickte. Istvan machte die Tür zu und verschloß sie. Boris schüttelte den Kopf, und Craig und Istvan kehrten in den Zwischenstock zurück. Boris zog die Makarow und ließ dann eine Münze auf die Steinstufen fallen. Darauf hörten sie in dem Raum hinter der Tür den Stuhl knacken, danach Schritte und das Herumdrehen eines Schlüssels. Dann öffnete sich die Tür, und in dem Augenblick drückte Boris von seiner Seite aus nach. Sie prallte gegen den Mann dahinter, Boris schob sich durch und schlug mit dem Kolben zu, als der Mann den Mund zum Schreien öffnete. Im Zwischenstock hörten sie das Aufschlagen seines Körpers auf den Boden. Istvan sah auf Craigs rechte Hand hinunter. Sie hielt die Waffe und zitterte nicht. Es wurde ihm wohler.

Boris rief sie leise, und wieder fesselte und knebelte Istvan den Wächter. Dann zwängte er sich an der Kasse vorbei, um die Haupttür zu untersuchen. Er schloß sie auf und ließ nur einen schweren Riegel stehen. Dann gingen sie in den Zwischenstock zurück zu dem verdammt komplizierten Schloß, dessen Kombination zu dem Gitter vor dem Schalter gehörte. Craig hielt die Lampe, als Istvan es untersuchte.

»Dasselbe wie vorher«, sagte er, »gut. Es wird nicht lange dauern.«

Er untersuchte und prüfte, nahm dann einen Probeschlüssel heraus und versuchte es mit ihm. Er schloß nicht. Mit äußerster Vorsicht feilte Istvan an zwei Bärten herum. Er schloß nicht. Istvan fluchte, feilte an dem dritten Bart, ölte den Schlüssel und führte ihn in das Schloß ein. Es knackte, als der Schlüssel faßte, dann führte Istvan einen Metallstab durch das Ringende und drehte, einmal nach rechts, dreimal nach links, zweimal nach rechts.

Das Schloß öffnete sich, und Istvan griff über das Gitter, das die Kombination verdeckte. Er wollte sie gerade drehen, als er erstarrt innehielt. Auf der Schalttafel der Kombination befanden sich zwei winzige elektronische Augen. Draußen trat Boris vor Ungeduld hin und her, als Istvan nach den Drähten suchte. Um an sie heranzukommen, mußte er ein Loch in die Wandverkleidung brechen. Er arbeitete sich durch und wandte sich wieder der Kombination zu.

»Kein Volk hat eine so hohe Meinung vom Geld wie die Franzosen«, sagte er. »Sie verehren es wie einen Gott. Sogar die Westdeutschen haben sich nicht so mit ihrer Mark.« Er drehte die Skala, und das Schloß knackte.

»Mir wäre es lieber, wenn Sie still wären«, sagte Boris. »Sprechen beruhigt mich«, entgegnete Istvan und drehte wieder an der Skala. »Für die Westdeutschen ist ihre Mark lediglich ein Symbol.«

Wieder klickte es, und Istvan lauschte. Er holte ein Stethoskop aus seinem Kasten und horchte noch angespannter. Craig fragte sich, warum ihm die Unterhaltung so wichtig war. Sie waren hergekommen, um Geld zu stehlen, nicht mehr und nicht weniger. Was Istvan gesagt hatte, war aber wichtig. Loomis hatte das gleiche vor Wochen behauptet: Die Mark war ein geheiligtes Symbol. Die Deutschen würden alles tun, um sie zu schützen. Es klickte wieder, Istvan seufzte, und Craig verdrängte die Frage.

»Jetzt haben wir's«, sagte Istvan.

Er drückte auf einen Knopf an der Wand, und mit einem schwirrenden Geräusch faltete sich das Gitter nach oben zusammen. Dahinter lag die Safetür mit zwei weiteren elektronischen Augen.

Istvan sagte: »Diese elektronischen Augen sind ärgerlich, aber ich wage nicht, den Strom abzuschalten. Nach der Straße zu muß aus der Bank etwas Licht zu sehen sein.«

Wieder suchte er die Drähte und schnitt sie durch, dann beschäftigte er sich mit dem Schloß, das den Safe mit seiner Kombination schützte. Als es schließlich nachgab, mußten zwei weitere elektronische Augen ausgeschaltet werden, ehe er sich an die Kombination machen konnte. Das Stethoskop hing ihm um den Hals. In seinem dunklen Anzug sah er aus wie ein Arzt, den man vom Dinner weg zu einem dringenden Fall gerufen hatte.

»Letzte Hürde«, sagte er.

Craig sah auf die Uhr. 11 Uhr 45. Sie waren vierzig Minuten in der Bank, aber es kam ihm wie vierzig Stunden vor.

Die Kombination am Safe war schwieriger als die des Gitters. Istvan verhielt sich wie ein Angler, der einen Riesenlachs auszappeln läßt. Immer wieder drehte er an den Skalen, lauschte und sonderte die möglichen Zahlenkombinationen aus. Schließlich stieß er den Seufzer aus, auf den Craig gewartet hatte.

Die Skalen drehten sich ein letztes Mal, und Istvans Lippen bewegten sich, als er die Nummern wiederholte. Dann klickte das Schloß laut in der Stille, und Istvan begann am Rad zu kurbeln, das die massive Tür öffnete. Als er das noch tat, hörten sie ein gedämpftes Geräusch von oben. Craig hieß sie durch Zeichen, sich still zu verhalten, und ging die Treppen hinauf. Der Wächter war vorwärts gerutscht, sein Stuhl war umgefallen. Er war noch bewußtlos. Craig hob ihn auf und klemmte den Stuhl mit der Lehne unter die Schalterbank der Angestellten. Der Mann atmete röchelnd, wahrscheinlich hatte er eine Gehirnerschütterung. Craig dachte, daß Boris zwar kein Sadist sei, aber eine verdammt schwere Hand habe. Er wandte sich um und wollte wieder hinuntergehen, als das Telefon läutete.

Craig fluchte. Sie hatten keine Zeit, es klingeln zu lassen. Wenn sie das taten, mußten sie sofort verschwinden, und es gab dann keine zweite Chance. Niemand hatte ihm gesagt, wie er sich bei Telefonanrufen verhalten sollte. Es konnte sich um eine Stichprobe handeln, oder ein Polizist hatte sie in das Nachbarhaus gehen sehen. Das Telefon mußte bedient werden. Falls sein Bluff fehlschlug, konnten sie immer noch fliehen. Er ging zu der Schalttafel hinter dem Schreibtisch des Kassiers, nahm den Hörer ab und brummte auf arabisch: »Wer ist da?« wobei er versuchte, seiner Stimme einen möglichst verschlafenen und ärgerlichen Ton zu geben.

Die Stimme am anderen Ende sagte auf englisch: »Tut mir schrecklich leid, ich habe wohl falsch gewählt.« Craig sagte wieder etwas Arabisches, und der am anderen Ende entschuldigte sich und hängte auf. Craig legte den Hörer hin.

Er ging in den Zwischenstock zurück. Istvan war nun im Safe drin und hantierte am Schloß der Falltür, die zu dem darunterliegenden Safe mit dem Zeitschloß führte. Er arbeitete mit wütender, aber trotzdem beherrschter Eile, die Craig bewundernswert fand. Er hatte die Bedeutung des Telefonanrufs verstanden, ohne eine Erklärung abzuwarten.

Boris fragte: »Was war los?«

»Der Stuhl des Wächters ist umgefallen«, sagte Craig. »Dann hat ein Idiot die falsche Nummer gewählt.« Aber es war kein Idiot gewesen, dessen war Craig sicher, sondern Hornsey.

Als sich die Falltür öffnete, schwang sich Istvan behende wie eine Katze hinunter. Craig folgte, Boris hielt oben Wache. Sie waren nun in dem Safe mit dem Zeitschloß. Istvan knipste eine Lampe an, und sie sahen sich um. Der Safe war ein großer Schrank mit Regalen, und jedes Regal war in riesige Fächer aufgeteilt, von denen jedes eine eigene Safetür hatte.

»Nummer 3 rechts«, sagte Craig.

Istvan nickte, ging aber zuerst zur Haupttür des Safes. Vorsichtig zerbrach er die Glasscheibe über den vier Uhren, nahm sie heraus und schraubte dann die Metallplatten von den Uhrwerken ab. Sie konnten das Ticken ganz klar hören. Behutsam löste er die Federn von den Rädchen, und das Ticken hörte auf. Dann ging er zu jeder der vier dicken Eisenstangen, die die Tür sicherten, drehte sie in vertikale Lage, kurbelte am Rad der Tür und öffnete sie einen genau bemessenen Spalt.

»Wieder ein elektronisches Auge«, sagte er grinsend. »Glücklicherweise haben sie an jeder Seite der Tür ein Rad. Ich hätte sie nicht gern aufgestoßen.«

Craig sagte: »Okay, wir haben jetzt einen Fluchtweg offen. Machen Sie weiter.«

Er sah wieder zu, wie Istvan das Schloß behandelte. Vorher hatte er ihn an einen Fischer erinnert, der einen Lachs zappeln ließ, aber das Bild war nicht richtig. Istvan wandte nicht soviel Energie auf. Er erinnerte ihn eher an einen Musiker. Es war, als ob man einem Pianisten auf die Finger sah, wie er eine schwierige Kadenz meisterte. Jetzt war es 12 Uhr 30. Tania würde zu spät in die Villa Florida kommen. Dann seufzte Istvan ein letztes Mal, und die schmale Safetür ging auf.

Craig wußte nicht, was ihn erwartete. Notenbündel neben Notenbündel, harte Münzen, zu je hundert gepackt, so hatte er es sich ausgemalt. Statt dessen standen da sechs schwarze Lederkoffer mit handgeschmiedeten Messingschlössern und den Initialen BK. Istvan hob einen vom Bord und fluchte, als er ihm aus der Hand fiel.

»Hatte ganz vergessen, wie schwer gutes Papier ist«, sagte er.

»Heben Sie alle heraus«, sagte Craig. »Ich hole Boris.« Craig kletterte in den Safe über ihm, dann hörte er das leise Klicken eines Dietrichs auf Metall. Er grinste und zählte bis hundert, ehe er Boris holte. Diesen Vorsprung sollte Istvan haben.

Die Wächter waren noch bewußtlos, als Craig und Boris in den Safe hinunterstiegen. Istvan hatte die Koffer in einer Reihe aufgestellt, aber Craig ließ Boris einen öffnen. Sie schienen ihm beinahe zu schwer für Papiergeld. Aber es stimmte: Hundertzehn Bündel zu je hundert Tausenderscheinen Deutsche Mark. Elf Millionen Deutsche Mark, knisternd und sauber aus der Druckerei.

»Es ist fast zu schön«, sagte Istvan. »Die Leute sollten wirklich besser auf ihr Geld aufpassen.«

17

Sie wartete neben dem Loch in der Mauer. Als Craig durchkroch, verschwand die Makarow in ihrer Tasche, und sie half mit den Koffern. Dann ging sie den Mercedes holen. Die Männer trugen die Koffer in die Halle und warteten. Sie hörten das Geräusch eines Schlüssels, der das Loch suchte, und traten in den Schatten der Wand, als ein dicker und sehr betrunkener Mann hineinstolperte und zur Treppe ging. Boris' Hand griff in die Jacke, aber Craig schüttelte den Kopf. Der dicke Mann tastete nach dem Geländer, fand es endlich und begann, sich die Treppen hinaufzuschleppen. Sie warteten, bis er um die Ecke bog, dann hörten sie einen Schlag und darauf eine Frauenstimme auf spanisch losrattern.

»Los«, sagte Craig.

Draußen wartete der Mercedes; sie beluden ihn mit den Koffern und Istvans Werkzeugen.

»Was nun?« fragte Boris.

Tania sagte: »Simmons. Ich habe einen Plan, der eigentlich auszuführen sein müßte.«

Während der Fahrt erklärte sie ihn, und Craig stimmte zu. Es konnte klappen. Nur Istvan war nicht beteiligt, und das machte ihn sehr glücklich. Im Wagen warten zu dürfen, war sein höchster Ehrgeiz. Sie fuhren zu dem Parkplatz, wo Craig seinen Mietwagen gelassen hatte, dann setzte sich Craig ans Steuer und Tania in den Fond. Boris und Istvan folgten im Mercedes. Tania sagte nichts, bis sie die Straße erreicht hatten, in der die Villa lag. Als Tania schließlich sprach, klang ihre Stimme belegt.

»Vergessen Sie nicht, Craig, ich muß Simmons lebendig haben.«

»Ich vergesse es schon nicht«, sagte Craig.

Sie blickte aus dem Fenster nach rückwärts. Der Mercedes folgte.

»Sie lassen Istvan wirklich zurück?« fragte Craig.

»Er kann den Wagen nicht stehlen«, sagte Tania. »Ohne Werkzeug ist das unmöglich. Und seines ist mit dem Geld im Kofferraum. Istvan wird nicht ohne Geld gehen.«

Craig bremste vor der Villa und hupte. Ein Wächter trat aus der Dunkelheit, und Tania suchte in ihrem Portemonnaie nach Geld, das sie Craig gab.

Auf arabisch sagte Craig: »Die Dame wird erwartet.«

Der Wächter starrte Tania an und begann das Tor zu öffnen. Während er das noch tat, begann Craig auf englisch zu erklären, warum er nicht auf die Dame warten könne. Das Tor öffnete sich, und Tania ging hinein. Dann rief Craig: »Sie haben etwas vergessen«, und lief auf sie zu. Der Wächter wandte sich zu spät um, wobei er seine Eisenkeule halb hob. Craigs Schlag sauste schon herab. Er fiel hin, Craig fing ihn auf und zog ihn in den Schatten, legte ihm die Arme auf den Rücken und nahm Klavierdraht aus der Tasche. Von weiter unten konnte er Boris' Schritte hören. Als er den Mann gefesselt hatte, trat Boris neben ihn. Tania ging den Weg entlang, und die beiden Männer blieben im Schatten neben ihr, liefen dann zur Freitreppe und stellten sich wartend zu beiden Seiten der Tür auf. Tania blickte schnell von einem zum anderen und klingelte. Ein dicker Araber in arabischer Kleidung öffnete und sagte gleich: »Guten Abend, Madame.«

Tania sagte: »Es scheint ein Unfall passiert zu sein. Ihr Wächter . . .«

»Ja, Madame?«

»Er ist wohl überfallen worden.« Sie wandte sich um und zeigte hin: »Dort drüben.«

Der dicke Araber rief etwas und dann traten er und ein zweiter Araber aus der Tür. Das Geräusch des Schlages war in der Dunkelheit kaum zu hören. Sowohl Craig wie Boris fingen ihre Kandidaten auf, ehe sie hinfallen konnten, fesselten sie und nahmen jedem die Pistole weg. Tania ging in die Halle.

Sie folgten ihr geräuschlos auf die Tür zu, hinter der man Stimmen hörte. Dann blieben sie wieder jeder auf einer Seite stehen, die Waffe in der Hand. Craig sah, wie sich Tanias Brust hob, als sie tief Luft holte, das einzige Zeichen ihrer Furcht. Dann öffnete sie, ging hinein und ließ die Tür hinter sich offen. Im Bruchteil einer Sekunde mußte sie die Worte wählen, die den beiden Männern sagen würden, was sie zu tun hatten. »Ich bitte um Vergebung«, hieß vorwärts! Und »Entschuldige« bedeutete: schnell weg!

»Ich bitte um Vergebung«, sagte Tania. »Ich weiß, es ist spät . . .« Craig trat schnell ein und schob Tania vorwärts, ehe er zur Seite sprang.

Drei Männer waren im Raum: Simmons, Brodski und Madani. Ihr Erstaunen bei Craigs Anblick war völlig echt.

»Tania«, sagte Brodski. »Was, um Himmels willen . . .« Er blickte Craig an: »Der Mann, der mit Jennifer . . .«

»Ist das alles, was Sie über mich wissen?« fragte Craig.

Simmons bewegte sich, und der Pistolenlauf folgte ihm. Er wurde plötzlich sehr ruhig. Von seinem Platz aus konnte Craig Boris an der Tür stehen sehen.

Er sagte: »Ich brauche wohl nicht zu sagen, daß sich keiner zu bewegen hat.« Es herrschte die Stille des Entsetzens. »Halten Sie die Hände so, daß ich sie sehen kann.« Sie gehorchten.

Brodski sagte: »Ich verstehe nicht, was du mit ihm zu schaffen hast. Du, eine Polin!«

Tania sagte: »Ich bin Russin.«

Brodskis ganzes Leben war von Augenblicksentscheidungen bestimmt gewesen. Als Fechtchampion in Krakau, als Kampfflieger, als Nachtklubbesitzer wußte er, wann es zu kämpfen und wann es zu bestechen galt. Er faßte seinen Entschluß: Die Frau, die er anbetete, hatte ihn verraten, und er wollte nicht allein sterben.

Er ließ sich plötzlich zur Seite fallen und griff in die Tasche. Craig und Boris feuerten gleichzeitig, und Brodski starb mit einer Kugel aus dem Smith & Wesson in der rechten Schulter und einer aus der Makarow im Herzen. Er fiel vor Tania zu Boden. Sie sah ihn nicht an, ihre Augen waren auf Simmons gerichtet. Als Simmons sah, wie Craigs Pistole zu Brodski herumschwang, war er aufgestanden: Aber schon zeigte die Mündung wieder auf ihn, und er bewegte sich nicht.

»Ist Ihre Tochter schon im Bett?« fragte Craig.

»Ja«, sagte Simmons.

»Sonst noch jemand hier?«

Simmons schüttelte den Kopf.

»Beobachten Sie die Tür«, sagte Craig zu Boris. »Das Mädchen muß draußen bleiben.«

Boris sah Tania an, und sie nickte. Er ging hinaus.

Madani sagte: »Müssen wir alle sterben?«

»Durchaus möglich«, sagte Craig.

»Dann möchte ich Zeit zum Beten haben«, erklärte Madani.

»Beten Sie«, sagte Craig. Und Madani tat es, seine Lippen bewegten sich lautlos. Tania sah ihn erstaunt an und begann dann, den Schreibtisch zu durchsuchen und Papiere herauszunehmen.

»Darf man fragen, was Sie suchen?« fragte Simmons.

»Nicht Ihr Geld«, sagte Craig. »Das haben wir schon, und zwar alles. Aus dem Crédit Labonne.«

Diese Nachricht war ein Schock für Simmons. Er schwankte, faßte sich nur mit Mühe.

»Ist das der Preis für Ihre Potenz?« fragte er.

Craig lachte verhalten und steckte den Revolver in das Gurtband seiner Hose. »Ich frage mich, was Sie damit bezwecken, mich in Wut zu versetzen. Hoffen Sie auf einen schnellen Tod?«

Vor der Tür erklang Janes Stimme, die nach ihrem Vater rief.

»Antworten Sie ihr lieber«, sagte Craig.

Simmons trat einen Schritt vor.

»Alles in Ordnung«, rief er. »Geh wieder auf dein Zimmer.«

»Aber hier steht ein Mann mit einem Revolver. Und ich habe einen Schuß gehört.«

»Diebe«, sagte Simmons und näherte sich der Tür. »Sie sind davongelaufen. Geh auf dein Zimmer.«

Er stand nun ganz dicht bei Craig. Madani hörte auf zu beten. Hinter ihnen durchsuchte Tania immer noch den Schreibtisch. Craig wandte sich absichtlich von Madani ab. Das war die Chance, auf die sie gewartet hatten, das Modell, das Zelko und Simmons vorexerziert hatten, als sie ... als sie ... Craig verbannte die Gedanken an das, was geschehen war, und konzentrierte sich auf das, was er in der Turnhalle geübt hatte.

Madani klappte in seinem Stuhl nach vorn, wo er jetzt gekrümmt wie ein Läufer hockte, die Beine schon zum Sprung angezogen. Craig blickte noch einmal zu Tania hin, und Simmons geriet in Bewegung.

Seine Faust kam von der Seite hoch und zielte auf Craigs Nakken; aber Craig sprang schon von ihm weg und griff nach Madani, der aus seinem Stuhl hochfuhr; er packte seinen Arm, zerrte ihn herum, daß der Drei-Finger-Stoß ihn in den Magen traf und durch die Drehung Simmons Angriff nicht zum Zuge kam. Der junge Araber griff Halt suchend nach Simmons, ehe Craigs Schlag auf seinen Nacken niederfuhr und er zu Boden fiel. Simmons sprang über ihn hinweg, und Craig riß den Kopf gerade noch rechtzeitig zur Seite, um einem Schlag auf die Kehle auszuweichen. Sein eigener Rückschlag wurde gekontert, Simmons warf ihn zu Boden und sprang nach, Craig rollte sich weg und entging einem Tritt, der ihn getötet hätte, versetzte dem ausgestreckten Bein einen Schlag, der Simmons taumeln machte, während er wieder auf die Füße kam. Sie standen einander gegenüber, und Craig konnte in Simmons' Augen keine Angst sehen, nur glühenden Haß. Einen Haß, der einem Menschen zu einem Blitzsieg verhelfen oder ihn ins Verderben führen konnte.

Simmons flache Hand fuhr ihm an die Schulter, um ans Schlüsselbein zu kommen. Craig schwang herum, des zweiten Schlags gewärtig, der auf die Finte folgen würde. Es war der Faustschlag, auf den er gewartet hatte, und er packte die Faust, seine Hände schlossen sich glatt darum, und indem er Simmons' eigene Schwungkraft benutzte, warf er ihn an die Wand. Auch dann noch waren Simmons' Reflexe phantastisch. Als er gegen die Wand traf, zog er den Kopf ein, streckte die Arme vor, um den Stoß so abzufangen und zu mildern, daß er gleich zurückspringen konnte. Aber dieses Mal hatte auch Craig sich von der Stelle bewegt, und sein Fuß schoß vorwärts, wobei sich das Bein vom Schenkel bis zum Knöchel versteifte und so auf den vorspringenden Körper von Simmons traf. Ein verheerender Tritt, dessen Wucht sorgfältig abgemessen war im Vollzug der Rache, die Craig nehmen mußte. Er traf Simmons in den Unterleib, und der Kampf war aus. Simmons lag auf dem Boden und schrie, bis Craig zu ihm ging, ihn hochzerrte und noch einmal schlug. Danach war es still.

Tania sagte: »Das genügt, Craig. Sie fassen ihn mir nicht mehr an.«

Craig sah sie an. Sie hatte die Makarow wieder in der Hand. Von der Tür her konnte er Boris hören: »Wir haben Ihnen den Gefallen getan; seien Sie nun zufrieden.«

»Wissen Sie, was er mit mir gemacht hat?« fragte Craig.

Tania sah Simmons an. Obwohl er bewußtlos war, litt er Qualen. »Wir wissen es nicht«, sagte sie, »und wir wollen es auch nicht wissen. Aber was es auch gewesen sein mag, er hat dafür bezahlt.«

Craig wandte sich Madani zu, der langsam auf die Füße kam, die Hände gegen den Magen gepreßt.

»Was soll mit ihm geschehen?« fragte er. »Und mit dem Mädchen?«

»Das Mädchen ist oben im Zimmer eingeschlossen«, sagte Boris. »Den hier brauchen wir nicht.« Er lächelte höhnisch und hob die Mauser. »Seine Gebete hat er ja gesagt.«

Craig fiel ein: »Wir nehmen ihn mit.«

»Lebendig?« fragte Tania.

»Sein Vater ist wichtig«, entgegnete Craig. »Sicherlich läßt er es sich etwas kosten, wenn er seinen Sohn unversehrt zurückbebekommt. Und Sie haben ja Simmons. Bleibt nur noch das Mädchen.«

»Wir brauchen sie nicht«, sagte Tania. »Aber hierlassen können wir sie auch nicht.«

»Dann nehme ich sie ebenfalls mit«, erklärte Craig.

»Wie ritterlich«, spöttelte Tania.

Craig zuckte die Schultern. »Sie kann uns nützlich sein. Schließlich ist sie die Erbin.« Er wandte sich Madani zu: »Lassen Sie uns Englisch sprechen«, sagte er.

Madani rieb sich stöhnend den Magen.

»Mir ist, als ob man mich durchbohrt hätte«, sagte er. »Womit haben Sie mich geschlagen?«

»Damit«, zeigte Craig und hielt die drei Finger hoch. »Sie hatten Glück. Meinen Fuß brauchte ich für Simmons.«

Madani blickte herunter auf den Mann am Boden.

»Sie haben gewonnen«, sagte er. Und mit einem Blick auf Boris: »Warum lassen Sie mich nicht töten?«

»Sie Narr«, sagte Craig. »Sie hirnverbrannter, verdammter Narr.«

Der stolze Kopf fuhr bei diesen scharfen Worten hoch, auch in der Niederlage noch arrogant.

»Haben Sie noch immer nicht verstanden?« fragte Craig. »Warum haben Sie bei Simmons mitgemacht?«

»Er und Brodski wollten uns vor Rußland retten«, entgegnete Madani. »Wir wollen hier keinen Kommunismus. Simmons konnte uns davor schützen.«

»Indem er statt dessen die Chinesen holte?«

Der hochmütige Ausdruck wurde zu kindlichem Erstaunen.

»Er hätte nicht . . .«, begann Madani.

»Ein Mann namens Chan war doch gestern hier«, sagte Craig.

»Er ist beim Gouverneur. Mein Vater wollte ihn nicht sehen.«

»Simmons hat ihn empfangen. Ich habe die beiden gesehen und gehört. Er wollte Chan alles geben, was der verlangte, nur um Hilfe gegen Rußland zu finden.«

»Sie lügen«, sagte Madani.

Tania mischte sich ein: »Nein, hier steht alles, hier in den Papieren. Darf er sie sehen?«

Craig nickte und beobachtete, wie Madanis Enttäuschung beim Lesen wuchs. Schließlich sah er auf: In seinem Blick stand Verzweiflung.

»Er sagte uns, es sei ein Kreuzzug«, erklärte Madani. »Wir sollten für den Islam kämpfen, für unsere Lebensart, unsere Geschichte.« Er wandte sich der bewußtlosen Gestalt zu und spie aus. »Es war alles nur für ihn.«

»Es wäre gut, wenn Ihr Vater davon erführe.« Craig wandte sich Tania zu. »Ich werde hierbleiben müssen, das ist wichtig.«

»Sie könnten gefaßt werden«, sagte sie.

Craigs Hand legte sich schwer auf Madanis Schulter. »Ich bin Gast dieses Mannes«, sagte er.

Er ging hinauf ins Schlafzimmer.

Sie lag auf dem Bett, sah nichts, fühlte nichts und hatte das Tablettenröhrchen noch fest in den Händen. Mit ein paar großen Schritten war Craig bei ihr und wand es ihr aus den Fingern. Es war noch beinahe voll. Er seufzte erleichtert und zog Jane hoch. Dann schlug er sie rechts und links auf die Wangen, bis sie wimmernd die Augen öffnete.

»Ich hab's nicht fertiggebracht«, weinte sie. »Ich wollte, aber ich konnte nicht.« Sie hob die Hände an die Wangen, als ihr der Schmerz bewußt wurde. »Haben Sie Daddy umgebracht?«

»Nein«, entgegnete Craig. »Er macht nur eine Reise.«

»Eine weite Reise?«

»Von der er nie wiederkommt.«

Sie sagte: »Ich weiß, was er Ihnen angetan hat. Kann ich ihn noch sehen?«

»Nein«, sagte Craig.

Da begann sie zu weinen, und er ließ sie allein. Es war höchste Zeit, mit Istvan zu sprechen. Er nahm die Autoschlüssel mit. Istvan saß noch im Wagen, neben sich einen ernsten jungen Mann in zerknittertem Anzug. Die beiden redeten erregt deutsch miteinander.

»Mr. Hornsey«, sagte Craig. »Wie nett, Sie zu sehen.«

»Ganz meinerseits«, entgegnete Hornsey. »Es geht um das Geld, wissen Sie. Um Simmons' Geld.«

»Unser Geld«, warf Craig ein.

»Also gut, unser Geld«, sagte Hornsey. »Das heißt, noch nicht einmal unseres. Ich werde es erklären. Übrigens heiße ich nicht Hornsey, sondern Heinz. Ich bin Deutscher, das heißt, mein Vater war Deutscher, meine Mutter ist Engländerin. Ich arbeite für den Verfassungsschutz. Ich war Drivers Führer. Wir haben ihn für uns angeworben.«

»Damit er die gefälschten Zwanzigdollarnoten fand?«

»Nein, die gefälschten Deutschen Mark. Die Dollar waren nur ein Köder, leider machten sie den armen Driver habgierig. Sie haben nun das deutsche Geld, Mr. Craig, im Wert von einer Million Pfund.«

»Ach, du lieber Himmel«, sagte Craig und begann zu lachen.

»Es kommt noch besser«, sagte Istvan bitter. »Erraten Sie, wer die Druckstöcke machte?«

»Tatsächlich wurden zwei hergestellt», erklärte Hornsey. »Einer für Zwanzigdollarscheine und einer für Tausend-Mark-Noten.«

»Wer hat sie gemacht?«

»Die Russen«, sagte Hornsey, und Craig mußte wieder lachen.

»Es war noch während des kalten Krieges«, fuhr Hornsey fort. »Sie ließen sich von einem Plan Hitlers inspirieren. Erinnern Sie sich an die gefälschten Fünfpfundnoten, die die britische Wirtschaft lahmlegen sollten?«

Craig nickte.

»Die Russen wollten das gleiche tun, mit uns und den Amerikanern. Aus irgendeinem Grunde kam es nicht dazu, aber Brodskis Agenten fanden den Mann, der die Druckplatten hatte. Er fiel um, und sie kauften sie ihm ab, stellten das Geld her und bewahrten es hier auf. Der Zwanzigdollarschein war nicht gut gemacht, Simmons ließ nur wenige herstellen und sah zu, daß er sie los wurde.«

»Calvet bekam einen davon in die Hände«, sagte Craig.

»Wir auch«, erklärte Hornsey. »Driver benutzte ihn, um mit Brodski in Kontakt zu kommen. Das war dumm von ihm. Aber die Markscheine waren tadellos. Wir können nicht zulassen, daß sie in Umlauf kommen, Mr. Craig. Westdeutschland würde blamiert dastehen.«

»Was sollen wir also tun?« fragte Craig.

»Sie vernichten.«

»So viele Millionen vernichten?« entsetzte sich Istvan.

»Mal sehen«, sagte Craig.

Er erzählte Boris und Tania, was Hornsey ihm mitgeteilt hatte, und zuerst wollten sie es nicht glauben. Aber schließlich blieb ihnen nichts anderes übrig, und Tania lachte. Boris trank Cognac, und Madani meditierte über das Unheil, das Craig durch sein Dazwischentreten gerade noch verhindert hatte. Damit verglichen, war eine lumpige Million Pfund von geringem Interesse.

Tania und Boris verglichen die falschen mit den echten Noten, die Hornsey ihnen gegeben hatte. Die Unterschiede waren minimal, aber sie waren vorhanden. Tania rollte einen gefälschten Schein zusammen, hielt eine Kerze daran und zündete sich eine Zigarette damit an. Sie sah zu, wie der Schein zu Asche verbrannte.

»In gewisser Weise bin ich froh«, sagte sie. »Also sind wir doch keine Verbrecher, Craig.«

Er warf einen Blick auf den toten Brodski und auf Simmons, der sich in Schmerzen wand.

»Nein, Verbrecher würden sich nicht so verhalten wie wir.«

Er ließ dann Madani Jane holen, gab ihm den Schlüssel des Chevrolets und sagte ihm, daß er das Mädchen in das Haus seines Vaters in Tanger bringen sollte. Dann fuhr er den Mercedes zum Eingang der Villa und wartete, bis Boris Simmons eingeladen hatte.

»Wir haben ihm eine Spritze gegeben«, sagte Tania. »Er wird

uns keine Scherereien machen.« Lächelnd wandte sie sich an Hornsey: »Auch wir werden Ihnen keine machen, junger Mann, wenn Sie das Geld vernichten. Es könnte unserer Regierung Ungelegenheiten bereiten.«

»Ich verspreche Ihnen, daß es vernichtet wird«, sagte Hornsey.

»Dann können wir ja gehen.«

Craig fuhr sie aus der Stadt heraus und auf die Straße nach Ceuta. Die Jacht lag vor der Küste, und weiter draußen wartete der unvermeidliche russische Fischereikutter. In einer Woche würden sie zu Hause sein, versprach Tania, und der Genosse General Tschelitschew würde sich sehr freuen, sie wiederzusehen, zusammen mit Simmons. Seine Aussagen mußten das nächste Weltraumprojekt zu einem Erfolg machen.

»Wir sind Ihnen sehr verbunden«, fuhr sie fort. »Der Genosse General wird das Ihrem Chef mitteilen.«

»Vielen Dank«, sagte Craig.

»Sie werden bestimmt keine Schwierigkeiten haben, herauszukommen?«

»Das kann Madani regeln«, meinte Craig. »Er wird für mich und Istvan ein Alibi für die vergangene Nacht liefern. Wir werden seinen Vater besuchen und dort gut aufgehoben sein.«

Er hielt am Straßenrand. Das Meer hob sich wie ein schwarzer Strich vom Weiß des Sandes ab. Ein Boot mit Außenbordmotor war auf den Strand gezogen, und dahinter, weiter draußen, sah man die Lichter einer seetüchtigen Jacht.

»Wir müssen aufbrechen«, sagte Tania und stieg aus, gefolgt von Boris, der Simmons wie ein Paket trug.

»Adieu, Craig«, sagte er und wiederholte es auf russisch. Dann stapfte er durch den Sand.

Tania küßte Craig auf den Mund, in der Hoffnung auf eine Erwiderung. Es kam keine.

»Adieu, Craig«, sagte auch sie. »Ich hätte Sie gern gekannt, als Sie Frauen noch mochten.«

Dann ging auch sie zum Boot. Craig und Hornsey sahen zu, wie der Motor losknatterte und die Lichter langsam verschwanden.

»Die Straße ist ganz leer«, sagte Hornsey.

»Wollen Sie es denn gleich tun?« fragte Istvan angstvoll.

»Je länger wir es aufschieben, um so schwerer wird es«, meinte Craig.

»Moment mal«, sagte Istvan und wandte sich an Hornsey. »Ich

kenne Leute, Geschäftsleute, die vielleicht zehntausend Pfund für dieses Geld bezahlen würden.«

»Nein«, sagte Hornsey.

»Zwanzigtausend.«

»Nein.«

»Sie würden sehr vorsichtig sein und nicht mehr als hunderttausend Pfund im Jahr ausgeben.«

Hornsey schwieg.

»Fünfundzwanzigtausend«, steigerte Istvan. »Ein Spitzenpreis für heißes Geld.«

»Dieses Geld ist nicht käuflich«, sagte Hornsey. »Sie bekommen es auch nicht für eine Million. Es muß verbrannt werden.«

»Dann lassen Sie mir wenigstens die Koffer.«

Die bekam er.

Sie gruben ein Loch in den Sand, füllten es mit Geldscheinen, tränkten sie mit Benzin aus dem Tank des Wagens und zündeten es mit einer Fackel aus Geldscheinen an. Nacheinander warfen sie die Bündel steifen eleganten Papiergeldes in die Flammen, sahen zu, wie sie zu glühender Asche zusammenfielen, die auf die nächste Ladung wartete.

Istvan hielt die Hände übers Feuer.

»Sie versprachen mir Reichtümer«, sagte er. »Das war gelogen, denn sie wollten mich umbringen. Aber ein Ungar lebt von Versprechungen. Jetzt habe ich gar nichts mehr.«

»Sie Lügner«, sagte Craig. »Sie haben einiges genommen, als ich Sie im Safe allein ließ. Ich habe es gehört.«

»Eine Kleinigkeit«, gab Istvan zu.

»Sie haben immer noch Ihre Werkzeuge.«

»Wie soll ich sie wieder benutzen? Ich habe eine Million Pfund geraubt. Das ist nicht mehr zu übertreffen.«

Hornsey kam zurück, und das letzte Geldbündel schrumpfte in der glühenden Hitze.

»Bringen Sie mich nach Tanger zurück?« fragte Hornsey.

»Natürlich«, sagte Craig. »Ich bin Ihnen sehr dankbar.«

Istvan rümpfte die Nase.

»In der Nacht damals hätte ich Simmons töten sollen«, sagte Hornsey.

»Dann hätte er Sie nicht hierhergeführt«, entgegnete Craig und zeigte auf den glühenden Aschenhaufen.

»Nein«, sagte Hornsey, »das taten Sie.«

»Als ich Sie für einen von uns hielt, nachdem er ...«

Hornsey nickte. »Ich mußte es tun, Craig. Das Geld mußte verbrannt werden.«

»Deshalb riefen Sie auch in der Bank an? Um sicherzugehen, daß wir uns damit befaßten?«

»Ja, Sie haben es für mich erledigt. Wir haben gewonnen, Craig.« Er hielt inne. »Ich dachte, Sie würden Simmons töten.«

»Das dachte ich auch, aber er mußte am Leben bleiben.«

»Und Brodski?«

»Boris erschoß ihn.« Er zögerte. »Brodski hätte mir sympathisch werden können.«

Seine Hand fuhr blitzschnell an seine Brust, kam mit dem Smith & Wesson wieder heraus, wirbelte ihn am Abzug herum und steckte ihn genausoschnell wieder unter die Jacke. »Das einzige Geschäft, das ich verstehe, ist Töten«, sagte er. »Höchste Zeit, daß ich etwas anderes lerne.«

Sie gingen zurück zum Wagen.

Istvan fragte: »Bei diesem Vater von Madani, zu dem wir nun fahren, wird es da Frauen geben?«

»Ich denke ja«, meinte Craig. »Leute wie er hatten in den alten Zeiten zweihundert bis dreihundert davon.«

»Bauchtänzerinnen?« fragte Istvan.

»Ich möchte annehmen, daß er noch eine für Sie auftreiben wird. Schließlich muß er Ihnen dankbar sein.«

»Eine solche Dankbarkeit ist tröstlich«, sagte Istvan. »Nur eine Frau kann mir jetzt noch helfen.«

Craig dachte an die Berberin, die er gekannt hatte. »Ich glaube nicht, daß Sie eine Berberfrau tröstlich finden werden«, sagte er. »Aber bei Gott, sie gibt Ihnen das Gefühl, ein ganzer Mann zu sein.«

William Wingate

Crystal

Ullstein Buch 10274

ein Ullstein Krimi

Kaum ist Hardacre, der sich jetzt Crystal nennt, der Hölle von Baptist's Fire entkommen, nagt er fast am Hungertuch, weil die CIA das vereinbarte Honorar mit Blei bezahlen wollte. So greift er widerstrebend zu, als Harry Wheeler, ein hohes Tier bei den amerikanischen Rauschgiftfahndern, ihm eine Million Dollar für ein gutes Dutzend Morde anbietet . . .